文学之都·青柠檬丛书

第六届"青春文学奖"中短篇小说
获奖作品集

狂想一九九三

《青春》杂志社　编

南京出版传媒集团
南京出版社

图书在版编目（CIP）数据

狂想一九九三：第六届"青春文学奖"中短篇小说获奖作品集/《青春》杂志社编 . —— 南京：南京出版社，2021.3

（文学之都·青柠檬丛书）

ISBN 978-7-5533-3176-8

Ⅰ.①狂… Ⅱ.①青… Ⅲ.①中篇小说—小说集—中国—当代②短篇小说—小说集—中国—当代 Ⅳ.①I247.7

中国版本图书馆 CIP 数据核字（2021）第 011330 号

丛 书 名	文学之都·青柠檬丛书
书　　名	狂想一九九三——第六届"青春文学奖"中短篇小说获奖作品集
编　　者	《青春》杂志社
出版发行	南京出版传媒集团
	南 京 出 版 社

社址：南京市太平门街53号　　　　邮编：210016

网址：http://www.njcbs.cn　　　　电子信箱：njcbs1988@163.com

联系电话：025-83283893、83283864（营销）　025-83112257（编务）

出 版 人	项晓宁
出 品 人	卢海鸣
责任编辑	孙海彦
封面设计	朱赢椿　戴亦然
封面插画	凤　四
版式设计	石　慧
责任印制	杨福彬

排　　版	南京新华丰制版有限公司
印　　刷	南京爱德印刷有限公司
开　　本	880毫米×1230毫米　1/32
印　　张	8
字　　数	159千
版　　次	2021年3月第1版
印　　次	2021年3月第1次印刷
书　　号	ISBN 978-7-5533-3176-8
定　　价	52.00元

用微信或京东 APP 扫码购书

用淘宝APP 扫码购书

青春因文学而不朽

丁　帆

　　看到一句话十分感动："青春不死！"言下之意，就是《青春》杂志不死。而从广义的角度来说，这世间一切生命的理想和欲望都是想永葆青春活力的。然而，青春易老，驻颜难求，唯有文学才能使青春不死。

　　多年前，当方之在为筹办南京市的一个杂志而殚精竭虑、耗尽最后一息生命之时，中国文坛记住了1979年这个难忘的金秋——在那个充满着文学青春活力的时代，《青春》杂志诞生了。她照亮了许许多多文学青年圆梦的道路，几十年间，一批又一批的作家从这个摇篮中呱呱落地，在蹒跚中走向了诗和远方，她成了中国文坛培养青年作家的地标性刊物。

　　毋庸讳言，20世纪90年代的商品文化大潮无情地冲击着人们的文学理想，当文学成为消费文化的奴仆时，青春不再了，"青春几何时，黄鸟鸣不歇"（李白），"泥落画梁空，梦想青春语"（吴文英）。这样的悲凉却是几代文学青年心头之痛。然而，在 21 世纪的第二个十年到来之时，带有"青春"标识的文学复活，则搅动了新时代文学青年的青春之梦，她会又一次成为新世纪文学新人的摇篮吗？《青春》作为一份以培养文学新人为办刊宗旨的杂志，尽管有许许多多困扰羁绊当道，但是她主办的"青春文学奖"35 年后的重启，无疑吹响了召唤"青春文学"的号角。在这里，我们看到了文学的希望——《青春》杂志把文学青春的触角伸向了大学校园，新一代有知识有文化有识见的青年作者从这里出发，迎接他们阳光灿烂的文学日子，即使再有暴风骤雨的时刻，他们也必定以青春的名义，向这个世界宣告：我们来了！

第六届"青春文学奖"以青春开路，将获奖作品结集出版，定名为"文学之都·青柠檬丛书"，其中包含了获奖的 5 部长篇小说和 5 部中短篇小说。无疑，冠以"文学之都"，其用意不言而喻：也正是在《青春》创刊 40 年后的 2019 年又一个金秋时节，南京被联合国教科文组织评为"世界文学之都"，《青春》也唤回了自己的第二青春期；"青柠檬"则预示着青春文学在青涩中的又一次崛起，她象征着大批的青年作家将从这里起航，走进成熟前的那份没有被污染的清纯境界，走进那个青春萌动的憨态可掬的创作流程之中。

浏览这些作品，我仿佛看到了一种原生态文学写作者对创作的虔诚与庄重，从中既看到了文学未来的希望，同时也看到了他们在成长中需要磨砺的青涩。

在五部长篇小说中，第一名是空缺的，这充分体现了评委会的严谨态度。以我的陋见，这批作品正是成长中的作品。

宋旭东的长篇小说《交叉感染》以变幻着的第一人称与第二人称叙事视角，灵动地展现了作者对生活的深刻思考。时空的变幻，让小说具有了来之不易的成熟和韵味，也让书写脱尽铅华，不显造作，使作品的生活气息显得自然贴切。显然，它的理性哲思通过形而下的形象描写，让读者从中嗅到了青春的气息。

《自逐白云驿》来自一个日本大学社会学专业学生的手笔，其小说也是在时间和空间、现实与梦幻中展开抒写的翅膀，思考的却是生存哲学问题。作品是一部成长小说。作者春马对人性的思索充满深刻的探究和剖析，沉湎于形而上的描写之中。从某种意义上来说，这类作品如果能够完成小说从形而下到形而上，再到形而下的描写过程，或许会更能够打动读者。

阿野的《黎明街区》描写年轻一代人迷茫的人生境遇，青春的痛感与生活的无着，在作者形而下的生动描写中得以充分体现，所形成的作品张力，让人感到无边的生存困惑无处不在。所有这些生活景观都在作者细致的描写中得以较好地呈现，也体现了作者对青春迷茫期的人生叩问与沉思。

钱墨痕作为一个已经在中国现当代文学专业学习的年轻学子，他的《俄耳普斯的春天》虽然过于讲究从主题出发来建构小说的肌理，但是，也写出了被时光和世人之眼"石化"的人物从幽冥的黑暗中提点到阳光下的复活，从这个意义上说，作者对于这个世界形而上的思考是有一定深度的。

高桑的《火速逃离平江路》通过一个儿童的限知视角和一个全知视角，以交替的眼光来展开对世俗生活的描写，虽然没有君特·格拉斯那种具有荒诞性的结构和观察世界的独到之处，以及深刻的哲思，却也写出了人物命运的艰辛，不乏对生活的深入思考。作品对平凡人物的心理描写和市井生活的摹写，也有其独到之处，显示出作者较强的生活洞察力和深切的人文关怀。

在得奖的五部中短篇小说当中，《狂想一九九三》属于那种以澎湃激情取胜的作品，情感抒发一泻千里；而《花朝鲁》则是一篇舒缓的抒情诗；《镜中人，镜中人》是在写实与想象的时空之间，展开故事的叙述，具有一定的小说张力；《木兰舟》以浪漫主义的笔法抒写了一个异乡人的边地故事，以城市文明为参照，反思了两种文明的双重悖论；《心梗》对日常生活的描写，展示了一种对人性的思考。

在这些小说中，我们看到了作者进入文学创作状态下的那种激情与青涩，同时也看到了那种青春创作期的兴奋与亢进，以及在愉悦之中成长的烦恼。随着坚持不懈的努力，他们会在逐渐成熟的过程中完善自我，获得看取世界的生活经验，极大地丰富创作的能力和把握文学主题的信心。

作为一个历经沧桑的文学批评者，我更希望我们的年轻作家能够在广泛阅读的基础上获得认识世界、理解社会的经验。因为许许多多的创作经验并非在习焉不察的生活中获得的，恰恰相反，许多前人对世界和人性的认识，是确立我们世界观和价值观的坐标， 能够成为触发我们创作动力的源泉，也是让创作能力永不枯竭、永葆青春的驱动器。

青春不老，文学长青！

（作者系南京大学文学院教授、南京大学学术委员会委员、中国现代文学研究会会长、中国作家协会理论委员会副主任）

目　录

狂想一九九三 / 杨光 ……………………………001

木兰舟 / 焦典 ……………………………………043

心梗 / 程惠子 ……………………………………063

花朝鲁 / 杨湖 ……………………………………096

镜中人，镜中人 / 王苏 ………………………198

狂想一九九三

| 杨　光

三月的城南老街，杏花硕大的骨朵在枝头蠢蠢欲动，密密匝匝满枝都是。油菜的气味从遥远的农场传来，说不上好闻，甚至让人感到有些厌恶。油菜花似乎不懂得掩饰自己内心蒸腾的欲望。这欲望带着季节性，如同一场不可捉摸的夏季午后的暴雨，暴发在春天的土地。

一整个春天，李平都在疯狂地迷恋张丽君。据李平的朋友小斜眼说，张丽君长得非常漂亮，李平喜欢她是因为她和山口百惠长得很像。小斜眼家是收废品的，他的眼睛其实并不斜，但他父亲是斜眼，所以我们叫他小斜眼。

小斜眼对我们说这些的时候，我们都不知道山口百惠是谁。我去问父亲，父亲说山口百惠是全天下最美丽的女人。

这话我不信。因为曾经他对母亲也是这样说的。"你是这么美，我的爱，我的梦中缪斯。我多想快点见到你。"这是父亲情书上的句子。这封情书在搬家的时候被翻出来，夹在一本老相册里，相册的另一面，二十四岁的我父亲梳着中分，穿着白衬衫，蹲在不知哪处景点的石头上眺望远方，目光炯炯，意气风发。那时我的母亲也还很年轻，她给父亲回信，字迹幼稚但娟秀，正如二十岁的她自己。可母亲并没有那么美丽，男人们总是夸大其实。他们的信件也让我觉得老土又肉麻。

所以我们都不明白李平为什么会喜欢山口百惠。我们也不明白李平为什么会喜欢张丽君。

但张丽君父母在这个街上的确是个传奇。他们早早离开了日渐破败的老街，离开了这座青灰色的城市，去往外面的世界，并在那里大有作为。稳定之后，他们回来接走了这个宝贝女儿，张丽君。老街上没有人不羡慕张丽君父母的财富奇迹。一个鱼贩的儿子，能有这样的出息，真是不容易！很快，张丽君父母有了一大批追随者，他们走出老街，跨过红河，去寻找黄金铺地的地方，去创造自己的财富神话了。其中成功的大有人在，然而张丽君的父母毕竟是第一个，也因此让人印象深刻。年老的人对于自己看着张丽君父亲长大这件事感到自豪，而中年人都声称自己见过张丽君，那时她还是个天真的小孩。然而后来，大多数人印象中的张丽君就如所有注定不平凡的小孩一样，不合群。张丽君一直没有回来，也没人知道有关她的记忆是何时发生改变的。

张丽君在我看来应该并不好看，普普通通。不然她为什么总躲在她祖父的阁楼里，不知道在干什么。听说小学三年级的时候张丽君就转走了，然而如今已经三月了，假期已然结束，张丽君为何还没走？张丽君似乎不屑与我们这群孩子玩。每到饭后，不等大人放下筷子，我们就咋咋呼呼，呼朋引伴，在街上耍着。可张丽君不为所动，我们从未成功引起她的注意，她从来没有把头探出二楼的窗户。那个窗户局促，黢黑，边沿的绿漆快要掉光了，露出斑驳的木色，那木头又被雨水淋得久了，有一道道深深浅浅的褐色水痕从上而下蔓延。估计连窗边木头缝里的野草都没见过张丽君。

如果张丽君在老街居住过，那我应该也是见过的。可能是一个下午，或是一个傍晚，那时飞扬在街上的尘土稍稍落定了些，主妇们在收着衣服，张丽君和她的祖父一起走在矮小昏暗、头顶电线胡乱纠缠着的小巷中。她衣服鲜亮，裙角的蕾丝在风中抖动，神情高傲，像一个公主。不过也有可能，我每天都在和她擦肩而过，只是我不曾发觉，一个平平无奇的普通女孩。

即便这一切都是真的，我仍然不知道张丽君如今什么样。只有李平例外。张丽君仿佛一个谜，只有李平一眼看到了谜底。

据李平说，那一天，他饭还没吃完，就听见我和小斜眼在楼下喊他，于是叫我们先去城南的老公园。

对，就是那一次。

吃完饭的李平为了快些和我们会合，抄了近路，横穿了张家的菜园，他以为菜园里没人。张家的园子还有点萧条，几棵大白菜卧倒在地里，已经烂了。青菜长得还好，整整齐齐的，菜心是讨人喜欢的鹅黄，像花一样。不过，张家的园子出名并不是由于青菜，而是月季和蔷薇。西南角的那面墙，都是月季。四五月的时候，那个漂亮。李平习惯性地往西南角望去，没有月季花，只有一个杏黄的背影，那背影听到动静，转过身来，正瞧见李平往这望。于是那个杏黄的影子低下头，走了。

事后李平说，那天下午，黄昏的天色瑰丽如清晨的霞光，月季丰润裸露的枝条在夜风中摇啊摇，院子渐渐暗下去。他觉得自己在哪里见过这个美丽的女孩，对，一见如故。后来他想起，父亲的客厅墙上挂着的那幅山口百惠海报。那海报虽然有些褪色了，但是山口百惠的笑容和她会说话的眼睛，永远鲜活。那女孩是山口百惠。

于是这个夏天，张丽君有了一个新的外号，山口百惠。我和李平、小斜眼他们路过张丽君楼下的时候，总会幻想张丽君的样子，她美丽的眼睛、美丽的笑容。山口百惠啊，谁没见过，不就在李平家的客厅里挂着。她长什么样子啊，就和西街的张丽君一样。

晚饭过后，我们总是恶作剧地在她家楼下起哄，大声地喊山口百惠，声音一阵高过一阵。这个时候，张丽君的祖父就会从二楼窄小的窗户里探出他光滑的脑袋，冲我们大声吼叫，手里还做着激烈的手势，像是在驱逐一群狗或是其他。一个枯瘦的老头，头早已经秃了，脸盘灰黑且坑坑洼洼，因而我们不相信卖鱼老头的孙女张丽君会有多好看。我们的怀疑是有道理的，进化论就是这样说的，是科学老师讲的。总之，我们这群无所事事的孩子每个傍晚都聚集在张丽君的楼下，希望一睹山口百惠的容颜。其实我们中的大多数只是起哄，直到窗户里伸出那个光滑的脑袋。那个脑袋的主人越是愤怒，手势越激烈，我们就越兴奋，于是更不肯走了，双方你来我往，互不相让，直到彼此都有些厌倦了。孩子们也到了再不回去就要被母亲责骂的时候，就纷纷散了。这场持续整个春天的战争使得张丽君祖父的邻居们不堪其扰。在我们和老头激战正酣的时候，邻居总是会传来尖利的一声劝解："老张，一把年纪了，你和这群孩子较什么劲啊？他们正是狗都嫌的年纪。你不理他们，他们就没劲了。"偶尔也会有其他邻居附和几声。不得不说，邻居们说得在理。他们果然是做父母的，最懂我们。然而老张不为所动，他总是把那几句话重复又重复，但是他老了，又孤身一人，无论他手势多激烈，发声多用力，都没法把我们压倒。

实际上我们是喜欢老张的，老张是个文明人。他不像老街上的其他人，说话总喜欢带上和母亲、祖宗及其他一些与难以言表的事物有关的词汇。即使我们感到窗口里的老张已怒不可遏时，他也不曾骂过半句重话。他只是说你们这群小无赖小流氓，气死我了！这样的词句对我们这群被父母教训熟了的孩子来说，完全不能算骂人。老街西面是下坡处，也是市场所在地，老张就在那里卖鱼。老街东边就是红河，住在河边的人是不会买鱼的，事实上，东边的主妇们常常为处理丈夫钓来的小鱼而头疼。市场是整个老街最混乱肮脏的地方。雨季的时候，无数条小溪流顺着人家的台阶流到那里去，塑料袋、碎菜叶或是淤泥又从下水道里返出来。太阳出来后，淤泥上趴满了苍蝇，轰轰乱响。坑坑洼洼的地面上积满了明明暗暗的水坑，泥点甩到了主妇们时髦的丝袜上。等夕阳落到市场的最洼处，一天就结束了，晚霞很快散去。那里每天充斥着机器运作和讨价还价的声音，市场里的人老是说最难听的话。因而老张的品质可谓难能可贵。

尽管我们在这之后发现，我们在战斗的过程中忘记了初心，但这无关紧要。老街所有参与过这场游戏的孩子，都会毫不迟疑地承认，与老张的这场战争，是我们整个春天最为乐此不疲、最激动人心的事。

战争的最后阶段，几乎每个小孩都会模仿老张在二楼窗户里的手势了，伴随着他那奇怪的呼喊，甚至比老张本人更像。于是我们自然而然地厌倦了。出于义气，我们还是会去找李平，把捉弄老头的事情对他诉说一遍。李平家一面临街一面临河，他上午在临街的阳台上读书，下午在临河的一扇窗里读书。我们把事情讲与他听的时候，他总是正义的，他会笑着说你们不要欺负老人家。他说快走吧，你们待久了，我妈会不高兴的。李平的母亲对李平看管很严。也难怪，父亲是县作协成员，母亲是学校老师，他又是独子，对他的教育自然很上心。夕阳渐渐沉下去，窗前李平读书的身影被镀上金边。李平几乎是一个样板，南街每一个调皮的孩子，都会被母亲扯到李平的窗前，教育一番。李平端坐在远远的窗前，他好似照相馆里的照片，永远得体，永远鲜亮。他肯定能得到整个世界，只要他想。

也正因为有李平这个样板，我们才发现，从来没有孩子在上学路上遇见过张丽君。她住在祖父家，住了这样久，为什么不同我们一样，去我们的学校上学。她若是上学，也该和李平一样上高中。李平的母亲说，上高中才能上大学，所以高中很重要。张丽君为什么不去上学？她要是上学，我们怎么会遇不见她？这些疑问像一个巨大的秘密，在孩子们之间不断被提起。然而这并没有持续多久，因为彼时我们有更要紧的事情去关心：暑假到了。

关于张丽君为什么不去上学这件事，事后我们还是知道了答案。张丽君的父亲死了，母亲坐了牢，是祖父到城市里把她接回。金凤凰又回到了老街。这是母亲们告诉我们的。母亲们说张丽君大概是受了太多打击，病了。不然，她为什么不出门？我们跑去把这最新消息告诉窗前的李平的时候，他只是笑笑。是的，李平是普通母亲们口中的样本，他的一举一动我们都知道，老街上不会有哪个孩子比他更优秀，因而李平的榜样就只能是没回到老街的张丽君和她父母。如今张丽君回到老街，或许李平早就从母亲口中知晓一切。这并不稀奇，只是我讨厌他这种不动声色。

我们尚未接受张丽君的母亲在坐牢这件事，李平却总是气定神闲。

　　然而那个暑假又有太多新奇古怪的事，容不得我们做过多停留。不过，在这之前，还有一件要紧的事。

　　那个夏天，张丽君终于在流言中走下了楼，走到了西边的市场中去，在一个六月中旬的傍晚。天气很热，蚊子沉默地吸着大人小孩们腿颈处的血，大家都有些不耐烦。我们把张丽君一览无余之后，感到失望。李平口中的她黄玫瑰色的裙角，在我们的记忆中曾是如此明艳，如今一见本人，只是失望。记忆黯淡的速度如此之快，以至于我们都已忘了它如何鲜活，只是失望。她很白，但是给人不舒服的感觉，好像病了。脸尖瘦，嘴巴小小，嘴唇很厚，鼻子倒是蛮挺拔。眼睛很亮，像午后红河水粼粼的波光，只是眼皮有些肿，显老。身材也没什么好说的，腰倒是很细，胸部也发育得很好，走起路来也不像老街的女孩子那样习惯性地缩起肩膀低着头，而是昂首挺胸，尽管看着有些做作，但不得不承认，还挺好看。我承认张丽君好看，但没有李平说的那么漂亮。诗人的语言果然都是不可信的。

　　张丽君并不比老街上其他漂亮的女孩们更出众，那李平为什么会喜欢张丽君，喜欢一个罪犯的女儿？我们一定漏掉了什么。

　　五月，春天快要走到尽头，我们已经厌倦了呼喊张丽君的名字，然而无聊驱使我们又一次聚集在她家楼下。我们不再呼喊张丽君的名字，只是互相问着伙伴，这之后要去哪里。我们叽叽喳喳，隔壁的邻居拉开窗子，说你们不要再喊了，吵死人了。我们中一个大胆的孩子问：老张呢？邻居迟疑了一下，飞快地瞥了隔壁窗户一眼说，老张病了。于是大家都沉默了。邻居的窗户啪一声合上。我一下子想起了老张浮肿的死灰的脸色，想起他瘦弱的胳膊，想起他肿大的手指关节以及激烈的手势。沉默的现场和以往的记忆相纠缠，我一下子就想到了死。我们之前从未将老张看作老头子，现在他是老头子了，老头子病了就会死。邻居的话以及我们的沉默，他卧在昏暗的床上，应该都听到了。真是件残忍的事。于是大家怀着一种近乎负罪的心情，回到了家中。月亮跟了我一路，树的影子枯瘦得可怕，我又想起老张。老张若是死了，张丽君又会怎样？

张丽君到市场中去了，这我们已经知道了。张丽君守着祖父的摊子，对每一个过往的人笑脸相迎。这让我怀疑我之前对于张丽君的记忆有问题，那个神情如狐的小姑娘一定不是张丽君。我们这群孩子，因为老张和李平的缘故，对她充满了好奇。反正她守着摊子也是无聊，我们会问老张怎样。她的回答使我们惊讶地发现，张丽君不会说我们的话，她说的是普通话，铿锵的普通话，她甚至可以分得清平翘舌音！不过没多久，张丽君就学会了我们的方言，纯熟流畅，她已经和老街上的任何姑娘一样了。这件事带给我们的惊讶不亚于张丽君走下阁楼，张丽君对人们笑脸相迎，张丽君的普通话这样好。张丽君就是这样的存在，捉摸不透。

张丽君后来跟我说，她刚到市场的那几天，感觉自己要死了。每时每刻都有来看她的人，好像她是动物园里的白犀牛，多稀奇。摊位前很热闹，只是没有人会买东西，他们只是东摸摸西拣拣，做出一副要买的样子，与她讨价还价，实际上是为了不必偷眼看她。真正的主顾又因为太挤而去往别家。四面八方的目光从明处暗处射来，惊讶的，惋惜的，得意的，更多的是空洞的，即便这样，也还要看她。她说这使她要崩溃了，但是她必须保持得体，她知道饶是如此，她也不会得到赞美。张丽君说这话的时候，我们一起坐在下午的红河边，那时候我们已经很熟了。张丽君通常上午卖鱼，下午休息，放学后我们总是一起去河边玩。红河是平静的，大人们说十年前有一场大雨，下了很久，河水决堤，市场成了巨大的人工湖，到最后，老街所有的人家不得不放弃一楼。可是如今红河水如此平静，显出衰老的味道。水中央大片沙洲裸露，杂草居于其上。白鹭惊起，紧盯着河滩上吃草的羊群，不知道在打什么算盘。对岸的树林郁郁葱葱，城市的污水从那里排出。而红河只是沉默，并企图依靠这沉默保存最后的威严。不得不说，我害怕阳光下这无尽的沉默。一个人，面对空荡荡的河水，小伙伴们都到水中去了。如今不一样了，我身边有了张丽君。她还在说卖鱼的事，死鱼的眼睛不会再闪着智慧的光亮，死亡并不会给一条鱼带来什么价值，鱼的亲属们或是和鱼一起被打捞上来，或是在河流里不知所踪，它们顾不上给这些鱼收尸，于是鱼们只能进张丽君的肚子。张丽君说她原先很喜欢夏天，现在不喜欢了，夏天的时候鱼死得也快，臭得也快。张丽君说自己再也不想吃鱼了，一闻河水的腥味就觉得恶心。那她为什么还要和我一起坐在河边，就在此刻？

玩得熟了，张丽君逐渐向我们暴露她的诸多缺点。她脾气不好，很啰唆，以至于我无法理解她是如何忍受曾经那些沉默时刻的。我又回忆起那个时刻，春天的傍晚，空气中飘散着油菜花浓郁的气味，我们在窗下呼喊山口百惠，山口百惠又是怎么做到不为所动的？每当张丽君口若悬河的时候，我都忍不住思考这个问题。

她总是叮嘱我要小心。上学放学要小心，下河玩耍要小心，仿佛连吃饭睡觉都得留个心眼。她真是个胆小鬼，比妈妈还惹人烦。夏季的时候我时常坏肚子，所以妈妈不允许我下水。我只能在岸边看着伙伴们凫来凫去。张丽君也从不下河，于是我们大多数时刻都沉默着相伴。她说你为什么不到水里去。我会老实回答她。我问她为何不到水里去。我看见张丽君望着河流，定定地看着对岸一头埋头吃草的牛。夕阳下的河流沉静、美丽，泛着粼粼的银色，碎银子一样的光，让人以为水底有宝藏，水草在河面上轻轻飘荡，一只白色的水鸟落在上面。河水把人的眼晃花了，碎银子的光亮也在张丽君的眼睛里闪烁，她一见我在看她，眼里的波光就散了。张丽君说，她不熟悉水，所以水对她来说是危险的。能够拒绝河流诱惑的，不是有病，就是胆小。我有病，那胆小的就是张丽君。我看出来了，张丽君从来不是冒险的人，她选择对所有的危险绕道而行。

　　然而，这之后的一切都在向我证明，这个世界并不按照我的观察和揣测来行事。我继承自母亲的古老经验不适用于分析张丽君。

　　在一个雾气蒙蒙的早上，我同往常一样，沿着老街的小巷子向学校前进。穿过市场的时候，两个穿着时髦的青年拦住了我。他们要钱，我不给，于是他们掏出了刀。刀出来了，尖锐小巧，我回身便跑，呼喊着，巷子里的回音给我以回应。我没跑几步就被逮住了。他们拽起我，如同抓起一只小鸡，我想我一定很难看。丢人。我默不作声了，任凭他们搜刮我。然而此时张丽君从天而降，踏着达达的脚步声，她迎风挥舞着那把斩鱼的大刀，大声喊叫着什么。我感到自己被放开，背后也是一串达达的脚步声。张丽君赶到的时候，我闻到了一股腥气，鱼的。可我已经被洗劫一空了，那是我攒了好久，预备去买一整套《水浒传》小人书，里面甚至还有今天的早饭钱。我向张丽君叙述的时候，脸上应该还挂着泪痕，眼泪和灰一起落下，想必很狼狈。然而张丽君并没有像我期待的那样，为我擦拭泪水，她确定我没事，就把我抛下了。这之后我听见争吵的声音，我向张丽君离去的方向望去，然而泪水糊着我的眼睛，我只听见张丽君吼叫着这个城区最难听最不堪入耳的话，尖刻锐利，一如市场上那些斤斤计较的中年女人，一如一个凶神恶煞的讨债的人。我惊讶于张丽君居然没继承她祖父的品格。张丽君什么时候学会了说脏话？

　　从此以后，我死心塌地追随张丽君。张丽君太厉害了，全老街没有人比她更会骂人。那天她把要回来的钱给我，顺手掸了掸我身上的土，帮我把书包背上，又潇洒地踢了一下我的屁股，说：去上学吧。成熟得如同一个小小母亲。

　　此后，我时常去她卖鱼的地方找她。将近正午的阳光直照，张丽君站在那里，裙角鲜亮，好似一朵黄水仙。那时她还不能很熟练地掌握杀鱼的技巧，手上伤痕累累。她很忙，我就帮着收账，她端不动杀鱼的血水，于是我帮她抬。没有客人的时候，我们就坐在一堆死鱼残破的鳞甲和破裂的内脏之间，坐在一摊肮脏的血水中盯着对面的摊位或是天上的云，聊天。那段时间，张丽君总是跟我说，人生是虚无的，大家最后都是要走向死的，就这样平平淡淡走向死，好没意思。张丽君说她不觉得死恐怖，她只是不愿意死。张丽君说她想活着，然后做点有意义的事，做点疯狂的事。我不知道，张丽君有没有把救我当成一件有意义的事情来做。不然，我无法解释张丽君为何会救我，在一个没有尽头的巷子里，她完全可以装作不知道此事，然后和其他人一样，关上窗户或是走开。或许，张丽君救我是因为喜欢我？不会的，张丽君顾盼的该是李平，张丽君不该顾盼我，一个野蛮生长的孩子。

　　我曾多次想问张丽君，是什么让她在一个雾气蒙蒙的早上救我于危难之际，她明明如此单薄。但是我没敢问。一想起那件事，我便觉得自己怯懦且不堪，于是我选择闭口不提。我不敢。

　　不久我又病了，肝病，肚子胀得老大，医生说要养半个月。妈妈帮我请了假。我卧在床上。后来，李平来看我。他的到来，使得我觉察出我的确病太久了。

那年夏天，李平终于结束了高考，也拥有了四处游荡的自由，于是他来看我。平日里李平在我看来是很可怜的。下了课已是黄昏，伙伴们去河边玩，我和张丽君坐在河滩上，一回头就可以看见李平家的二楼，正对着李平房间的那扇窗，他有时端坐在桌前，读书写字，有时干脆坐在窗框上，把书举到眼前，把腿伸出窗外，不停地摆着。有时我会呼喊他，向他招手。就好像海员看见了灯塔，李平总是及时地给我回应，我们互相夸张地招着手，李平笑得很开心。

我瘦小、干瘪，所以他们都叫我萝卜。我并不觉得这个外号有多难听，相反，我觉得很可爱。张丽君也曾这样说。因为我的孱弱，因为我些许的不合群，所以我知晓李平和张丽君的事比这个街上的任何一个孩子都要详细。

然而我始终不明白，张丽君和李平究竟是什么时候走到一起的。我在回忆此事的时候始终没有理清头绪。他们见面也只是相视一笑，地点通常是街上或是小卖铺，太阳明明白白挂在天上，天地间没有风的影子，李平来买汽水或是其他，张丽君也是一样，他们彼此擦肩而过，白白地让我们这些呼喊过"山口百惠"的孩子们失望。

为了答谢李平来看我的好意，我知道他会感兴趣，将张丽君救我的事情告诉了他。我本来以为这会是我埋藏一生的秘密，但不知道为什么，见了李平我就想说。我比李平小五岁，比张丽君小三岁，但只有李平才是我的知音。我们一起回味那天他对张丽君的描述，觉得分外准确。李平真是个伟大的诗人，他的语言恰如其分。后来，张丽君也来看我。她似乎心情很好，脚步轻快如点水的燕子，她问我怎么样，有没有好一些。她那天穿着一身竹叶青的裙子，领口敞开，露出脖颈，锁骨处有一颗棕色的痣，微微发红，很美丽。她的脸被晒得发红，看上去比之前健康多了。张丽君用她那忽闪忽闪的大眼睛看着我，妈妈不在，她去倒水了，我感到自己的脸在发烫，我暗中祈祷不要让张丽君看到我脸红的样子。然而张丽君一直在笑，她说：是你把我救你的事告诉了李平对不对！于是一切的躁动都静止了，厨房里传来水烧开了的声音，焦灼的感觉离我而去，我突然意识到等我再次下床的时候，我就要失去。失去什么？我不知道。张丽君待了一会就走了，她叫我不要胡思乱想，她说她还会再来。她用手摸了我的额头，她离去时绿色的身影好美丽。此后，张丽君时常闯入我梦中，她轻轻掀起我的被子，然后像一条鱼一样钻了进来，梦里我无处躲藏。

这之后，李平又来看我一次，他同我谈论弗洛伊德与尼采，谈论世界经济形势，他似乎在向我宣告什么，然而我始终云里雾里。李平大概对我很失望，因为他并没有待多久，只是叫我好好休息。李平走后的很长一段时间我都感到寂寞。窗外的太阳升了又落，我始终在等待着。阳光的脚步又一次掠过我，晚霞渐渐暗下去，我不明白自己在等待什么。只是感到寂寞。我感觉自己要被忘却在这张床上了，好像一棵枯瘦的植物，被堆放在墙角，母亲以忧愁灌溉我，我见证着时间的流逝，可这一切与我无关。最终，还没等张丽君再来看我，我就下了床。

我走出家门，世界又在我的眼前了。街道四通八达，我感到自己胸中回荡着一股不可遏制的激情，只要我一直走下去，就可以去往任何地方。太阳下的香樟树叶子萎靡不振，只是在床上躺了一个多月，就已经是夏天了。我本可以早下床，我妈不让，于是我又在床上度过了许多寂寞时光。我离家时是下午一点。妈妈说我还不能跑。张丽君快要收摊了，我的病好了。我要去找她。

我一路向西。山口百惠不在那里，卖鱼的摊子空空如也。我立在那里，不知所措。当时的惊惶如今很难用语言形容，也难想起。只是一两件事冲进我的脑子：老张死了。张丽君走了。我快步奔跑。实话说，猛一跑，阑尾有点受惊似的疼痛，嗓子也因大口呼吸而感到干痒，很快，我就在久不锻炼的肌肉面前败下阵来。最终，我面色赤红地走进张家的园子，那时老张躺在园子的阴凉处看报，他见我进来，大笑起来，说：去洗把脸吧，小花脸猫！在当时的情形下，我分外顺从地接受了老张的建议，打了井水洗脸，顺便解了渴。我做这些事情的时候很从容，毕竟老张还活得好好的。但是我不好意思问老张他孙女在哪里，来了就走又有些说不过去。于是我走向老张。一个多月不见，老张胖了，面色红润，我问他怎么样。老张神气地把眉头一挑，说死不了。小院里静悄悄，月季花垂着头，花朵的边缘焦黄，不时有花瓣散落下来。老张叹了口气，说夏天的月季容易散，看花最好的时节就是春天，可是春天很快就过去了。我也不知道该如何安慰老张，两个人只能在蝉歇斯底里的叫声里，发呆。后来老张说，我给你背诗吧，你听不听。他说的那些诗句我当时就没记住，现在也忘得差不多了。我只记得其中的几句："你听见什么了，惠特曼？我听见了工人在歌唱，农民的妻子在歌唱。我听见了远处孩子们的声音和早晨牲畜的声音。我听见了澳大利亚人追赶野马时好胜的呼叫声。我听见了西班牙人敲着响板在栗树荫中跳舞……"后面还有什么法兰西意大利，有基督和尼罗河，我忘了。这首诗叫什么名字，我也忘了。老张念这首诗的时候很有激情，像血气方刚的年轻人。我听着老张的诗句，好像世界就在我的脚下，我能听见它的呼唤。天空一片蓝，只有小小一片云彩，本该很好看，然而我在家里的那张床上看了一个多月了，如今看了，只觉乏味。老张不知什么时候睡着了，他的呼吸声有些沉重，带着呼哧呼哧的声响，像一条时断时续的线，像一条时涝时旱的河，呼吸之间突然而漫长的停顿，让人有些害怕，不过习惯了也就好了。等我朦朦胧胧地醒转过来时，空气中满是月季香甜的味道，我脱口而出山口百惠在哪里？老张说，再提"山口百惠"这四个字，就要吃他的打了。我突然感到害羞，问张丽君去了哪里。老张摇了摇头，说他不知道，说女孩家自有女孩家的心思，他管不着。下午三四点的风在空空地吹，母亲好像在叫我，我该回家了。

　　然而之后我还是等到了张丽君，在路口，当时她的身边空无一物。令我没想到的是，她也比以前圆润多了。此时的张丽君舒展如一株丰润的植物，毫不犹豫地将自己打开，迎接过路的所有雨露与阳光。她的面孔崭新发亮，眼睛里泛着莹莹的水光。豫南贫瘠的夏天，连每日的蔬菜都单调，我不知是什么东西将她滋养，让她在老街顽强生长。她似乎很惊喜，跑过来拥抱我。她奔向我的那一刻，我几乎立刻就原谅了她的失约。

　　彼时大人们都在说，张丽君的妈妈在坐牢，她是罪犯的女儿。这事我知道，可是，为什么，我刚出来，就能听见如此多有关她的议论？而且如此明目张胆，毫不避讳。这些议论使我感觉张丽君无处不在。我隐约察觉到大家的议论里包含着什么昭然若揭的事情。

　　之后的事实证明我果然错过很多。

　　李平和张丽君的浪漫约会很快就暴露了，尽管他们分外谨慎。是李平的母亲最先察觉此事。李平的母亲比平常的母亲更厉害，她用精确的第六感侦察着李平的一举一动。我们这群城南长大的孩子，有一大半领教过这位温老师的严苛与敏锐。倘若我们这群毛小子毛丫头有什么值得怕的东西，那便是温老师。她若是在傍晚踏进了一户家人的门，又恰好那孩子在桌边写着作业或是玩着游戏，和这家主妇的攀谈中，她总是无意间抖落出那孩子在学校做的一些错事。于是客人走后，愤怒的母亲一把捉住这可怜的孩子，关起门来就是一顿打骂。李平母亲是遭人嫉妒的。嫉妒她作为主妇的威严，嫉妒她有一个优秀的儿子，记恨她傍晚时分的嘴巴。所以，我总以为，倘若有一天李平和张丽君的事情败露了，一定是哪个记恨的母亲做的。她在一个傍晚敲开李家的门，当时李平在窗前写作业，李平母亲示意她噤声，于是她把李平母亲拉到一边，用她神秘莫测的口吻悄然说出这个巨大的秘密……

可这是不可能的。没有人能够发现李平的秘密，除了他的母亲。

李平的母亲从何得知儿子的秘密，这一点我们不知道。但是李平本人看得很开，他说母子连心，他的母亲是夜行的猫，一个眼神一个动作，什么都逃不过她眼睛。李平说这话的时候，带着凄楚的笑容。这时事情已经过去很久了，他拿烟的手还在颤抖。李平说，你知道吗？她连我衬衫的味道都熟悉，我怀疑是树林里的青草香气出卖了我们的爱情。由此，李平和张丽君的秘密花园得以曝光，真相大白。

当日，李平和张丽君依偎在树林里，一起分享着鸟鸣、日光以及风吹过的声音。李平的母亲突然降临，如一尊铁面的古佛。李平说那一刻他觉得什么都完了。母亲突然变得如此温柔，以至于他感到什么不祥的东西要降临到他身上。他不去看张丽君的眼睛。

这之后，我又看到李平端坐在窗前，让人想起高塔里的长发公主。张丽君仍旧在菜市场抛头露面，一切好像又回到了从前，只是，李华的母亲再也不会敲响哪一户邻居家的门了。她囚禁李平，也囚禁了自己，门口的石狮子不动声色地望着远处树林升起的雾气。相比李平，我有大把的时间，大把的自由，可供抛洒，可供浪费，可是，我要把这自由和时间献给谁呢？我拿着时间和自由干什么呢？

李平的母亲是老街所有母亲的楷模。老街不会有哪个做母亲的比她更成功。我们的母亲虽然有时会说些阴阳怪气的话，但都打心眼里佩服她。事情处理得很干净，但不知是谁走漏了风声。

而我甚至都不知道，我躺在床上寂寞得要死的时候，他们两个人在用全部热情迎接夏天。我感觉自己被背叛了，不管是谁先引诱了谁。在我满怀期待开始自己漫长而快乐的暑假的时候，我步入了张丽君和李平设好的埋伏，他们可能很快就把这个埋伏忘记了，我也不曾是他们的目标，可最后是我受了伤害。

而张丽君又被钉在人们的目光中。倘若她漂亮，那一切都还可以原谅，毕竟追逐美丽是人的天性。问题就在于她不漂亮，她不像山口百惠，她得到这样大规模的注意，上一次还是因为母亲。不过张丽君似乎早有准备，她忙来忙去，甚至不再需要我。我也无暇顾及张丽君及其他，我比她更可怜，我以健康的身体拥抱世界的时候，世界和我开玩笑。我真是这世上最可怜的可怜虫。

在谣言与议论藤蔓般爬满了每户人家的窗子和门廊时，我只是坐在红河边，听风在河面上行路的声音。河水空空荡荡，天地间空空荡荡，只有我一个人在这广袤的荒僻的沙地上，空空荡荡地坐着。远处一只野狗在河岸徘徊，如果运气好的话，它可以找到一只鸡或病猪的尸体。河水的确很腥，李平坐在窗前，张丽君不在我身边，我不会再向李平挥手。回头看见李平，总是让我恍惚间觉得自己横亘在张丽君和李平之间，夸张地挥手，好似一个兴奋的小丑，而他们两个人的脸上挂着神秘莫测的微笑。这种记忆使我感到屈辱。我有时候回过神来，会发现自己在哭，就好像上课打瞌睡的人直到惊醒的那一刻才惊觉自己刚刚睡着了。不过红河边没有人，我的泪水落入沙里，很快就干了，甚至有时候，没到沙里就干了。流到嘴里的泪是咸的，我不明白泪水为什么会是咸的，或许我肚子里有盐矿或是其他，或许我的祖先们是女娲在海边甩出来的泥点子。我在红河边一遍又一遍同张丽君和李平讲话，我问他们为什么要将此事对我隐瞒，明明我会给你们祝福，明明我已下定决心追随你们。我质问他们为何要将我背叛，将我与老街上的其他人看作一样。我一遍遍回忆过往，回忆春天里的那些日子，李平和山口百惠。我不过是在床上待了一个月啊。可是我的泪水只有红河看到，我絮絮叨叨的话只有红河听到，我把自己全部的秘密与委屈托付给了红河里的鱼，它们最终出现在张丽君的鱼摊，出现在主妇的厨房。它们躺在砧板上，睁大眼睛大口呼吸，企图向每户人家的女主人言说我的柔情。可鱼们回到河中太久了，它们已经忘了人类的语言，落伍于岸上的世界，只能吐出一个个黏稠的美丽的泡泡。泡泡刚一出口，啪，破了，鱼们甚至没来得及呼喊。

在我如同苦行僧般日日面河修行时，关于李平和张丽君的讨论始终没有终止，反正夏天大家都无事可做。一部分人觉得李平喜欢罪犯的女儿是错的，哪怕她是山口百惠。另一部分人觉得郎才女貌，两人甚是般配，且现在时代变了，讲究自然恋爱。尽管后一种言论得到了大多数人的支持，但大家还是默认李平和张丽君的恋爱，到此为止了。

然而一个月后，人们又惊奇地看到张丽君和李平一起走上街头。这一次，他们毫不畏惧旁人的目光。老街上的所有妇女都把这件事看作一个儿子对母亲的宣战。大家都关心着李平母亲的举动。但是李平母亲仍然和往常一样，这使得大家有些失望。母亲和我说这件事的时候，我突然想起老张。李平的母亲不是老张，不屑于和我们这些人做无意义的争斗。

后来，有人说，是他看见李平于傍晚时分进了张丽君的家门，是从月季园子里溜进去的。人们对此议论纷纷：天黑以后，李平有没有走？不管怎样，一个年轻男子在闷热的夏日夜晚敲开一个女子的门，总是不妥。说的人还在洋洋得意地说着这件捕风捉影的事，我却好像实在地看到了张丽君迎接上去，而李平带着他一贯的漫不经心的笑容，他们的影子在灯下缠绕，晚风中月季的香气袭人，时间静得像红河水流动的声音。李平焦躁的嘴唇，张丽君湿润的眼睛、裸露的胳膊以及炽热的呼吸。

李平和张丽君分手时，张丽君不需要我，现在她更不需要我。此时，李平的眼里只有张丽君，张丽君的眼里只有李平，最难缠的推销人员也不能从他俩那里讨来时间。很长一段时间，我尽力躲闪但仍多次目击张丽君和李平走在一起，才子佳人，分外登对。整条街上最美好的两个人，李平和张丽君，他们的存在抹杀了街上所有姑娘和小伙的努力，她们的裙角不如张丽君摇摆得美丽，他们的举止言谈不如李平从容淡定。

小斜眼我倒是经常遇到，他邀请我到他家玩，说他家有好多以前的书，都是爸爸成捆收来的。李平和他的友谊就起源于一本珍本《三国演义》，当时他爽快地把书借给了李平，这使李平深为感动，而李平对《射雕英雄传》的熟悉也使得小斜眼大为折服。至此，李平没事时和小斜眼就在废品站成堆的旧纸中，发掘宝藏，尽管大多数时候一无所获。李平说这个废品站比他爸爸的书房有价值多了，垃圾与宝藏，在这里能够见面，而淘金者总有惊喜。小斜眼说这话的时候眼里闪着兴奋的光，像活鱼的眼睛，活泼鲜亮，但这光很快就黯淡了，最后熄灭在张丽君的砧板，僵死，发白，没有光彩。小斜眼的落寞神情使他看起来老了好几岁，他也同样的瘦小单薄没有朋友，我或许可以和他成为朋友，但我没有兴趣。

张丽君和李平，成了我无法放下的事。我整日与他俩缠斗，在红色的梦中。

我知道张丽君和李平并没有做错什么，他们不愿意伤害我。我的痛苦是自找的，我是自己在伤害自己，因为我知道我不如他们，我一旦想到自己不如他们我就要发疯。凭什么他们总是可以得到一切？凭什么他们总是那副高高在上的样子？凭什么人人都要崇拜他们？就在我为这些念头独自狂乱的时候，老张死了。

老张死在八月初。

老张的死为这个夏天的所有事情画上句号。

张丽君在处理完祖父的丧事之后，不知所踪。时至今日，我还能记起当时的场面。老街上的大部分人都挤进了张丽君家。小小的阁楼容不下那些前来吊唁的人，于是张丽君叫人在花园里搭起遮阳的棚子，请来的厨子在西南角搭起灶台，自愿来帮忙的妇女在教导张丽君丧事的礼仪，男人们坐在灵堂里，围着老张的棺材闲谈，送丧的乐队唱着哀切的歌。张丽君头上顶着雪白的丧帽，露出哀伤却不过分悲痛的神情，用苍白的脸蛋与没有血色的微笑，迎接每一位告别祖父的人。或许她在今天才知道自己的祖父有那么多亲戚朋友，她不认识，因而要有长辈给她介绍，这个人就是邻居张大妈。八月的老街，真的好热。厨子炒菜的声音，男人女人的笑声谈话声，苍蝇四处乱撞的声音以及小孩的哭声，音乐声碗碟声和嗑瓜子的脆响，使得这个八月末的葬礼热闹无比。然而这份热闹滞留在黏稠的空气里，让人有点喘不过气。聚会的高潮当然是李平和他母亲的现身，张丽君以笑脸相迎，李平的母亲替张丽君把丧帽扶正，李平的胸前别了朵白色绢花。按理说，他和老张非亲非故，白花是不必戴的。白花的出现，使得人们纷纷猜测，李家会"接手"张丽君。

下午三点的时候，突然下起了暴雨，无数暴涨的小溪流在花园的地面上乱窜，不知是谁叫了声棚塌了，避雨的人们又好一阵奔逃，有的在屋檐下寻得一处立身之地，有的涌进张家的里屋去，离得近的就直接顶着雨跑回家。好大的雨啊，人们看不清彼此的面孔，只是湿漉漉的，相互依偎，雨点打在人身上，生疼。我又想起那个明朗的下午，天蓝得乏味无比，我和老张在树下等着张丽君回来。我恍惚间又听到老张咳嗽的声音，浑浊，虚弱。时间再往前推，油菜花的气味再次充盈整个街道，老张在阁楼上与我们这群半大小孩打仗，我那时以为他可以一直这样下去，长命百岁。

可是他没有。

小时候，我在一个雨天打着伞从二楼跳下，我以为自己会飞起来，就好像乘着降落伞的飞行员，或是一颗蒲公英的种子，飞啊飞啊飞向远方，飞啊飞啊飞向天空。事实上在我纵身一跃之后，还没体味到飞翔是怎么一回事，便已跌落，我一瘸一拐地走进家门，祈祷自己不要死掉。晚上母亲叫我洗澡，发现我右胳膊不能活动，肿得老高，一碰我便杀猪似的叫起来，觉察出不对，连忙喊父亲把我拉去卫生院。是骨折。从此以后，我再也没干过下雨天撑着伞去跳楼的傻事。

我也不知道为什么在此刻想起这件事，想到死这个字眼。或许是因为老张。老张现在被封在那个不透风也不通气的棺材里，四周挤满了人，因为下雨，活人和死人，如此贴近，不过是一层木板的距离。屋里人们的呼吸潮热而拥挤，四面都好像充满水汽。人们的衣服都湿了，紧贴在身上，又与周围人的衣服黏在一起，彼此之间难有空隙，周转不得。平日里衣冠楚楚的邻居如今这样相处，多少都有些尴尬。在大家的沉默中，我觉察到一种味道浓烈的黏糊糊的难堪情绪。

有人在说话，一个说："这雨下得真大。"

另一个说："夏天，来得快去得也快。再等等就好了。"

后来人们纷纷谈论这场不合时宜的雨，空气又活泛起来。

雨停了。事实上，雨还没有完全停下来时，就有人急不可耐地要赶回家去，我们不能知晓离去之人是谁，但我们看清了他们后背和大小腿每一块肌肉的形状以及一个个清楚明确不容置疑的臀部线条。我目睹这一切，怀疑这是老张同我们开的玩笑。可他又是那样正经的一个人。

我忘了自己是如何与张丽君告别的了，或许我压根没告别，只是一声不吭地溜走了。这倒是我的作风。不过我记忆里分明有一幕，我在晴朗的日光下转身，放置棺材的灵堂此刻空空荡荡，老张的遗像笑呵呵地倚靠在香案上，鹅黄的阳光跌进台阶上的水坑里，透亮。我同老张告别，我说再见老张，再见山口百惠。转身的时候我分明听见了老张苍老的叹息，沉钝、无奈，从悠远的地方传来。我又想起在水洗一样澄澈的天空下，老张问我："你听见什么了，惠特曼？"

可我母亲说，那天雨停后，压根没有太阳，天空中全是厚重的云彩。母亲说她不会记错，那一天她洗了好多衣服，晾在外面，结果一直都是湿漉漉的。那场大雨，成为很多人对老张的唯一记忆，也是人们对那个夏天的最后记忆，每个人都知晓一九九三年有这样一场大雨，这是一九九三年老街人唯一认同的共同体验。

李平母亲在葬礼上的举动，在老街的其他家庭那里也得到了十分合情合理的解释：在撞破李平与张丽君的恋情之后，他母亲对她祖父说了很多难听的话，隐隐揭了她祖父的伤疤。因而老张死后，她觉得愧对于他。

八月的时候，人人都在等着李平录取通知书的到来。李平一定会是老街的第一个大学生，大好的前程在等着他。而今我已经知道答案，所以诸位不必费心猜测了，现将谜底公布：李平没有收到通知书。

正如大多数人那样，关于葬礼之后的李平和张丽君，我没什么印象了。李平和张丽君的恋爱，让我觉得自己一下子成长起来。我感觉自己触碰到了生活的面目，世界这条美女蛇，她带着不可捉摸的命运扑向我，而我根本没有准备，只能以赤裸的肉身相迎接，于是被刺到了。那一年，报纸上说国家的彩电市场实现了大规模从黑白到彩色电视的升级换代。也就是那一年，我家买了第一台电视，飞跃牌，黑白的，十四英寸。那段时间我整日沉迷电视，从一个台切到另外一个，每个台都值得流连。通过电视，世界又以崭新的面貌呈现在我面前，我惊讶地发现李平和张丽君跟电视机里面的人相比，也并没有什么出彩的地方。我像当初迷恋李平和张丽君那样，崇拜着电视机的另一面。那一年，我沉迷电视，吵得桌下孵蛋的母鸡不得安生，最后没有一个鸡蛋变成小鸡，母亲不得不扔掉鸡蛋，买小鸡仔来养。当然，这是夏天以后的事了。

我只听闻，在那个夏天即将结束的时候，李平没有收到录取通知书。李平的父母想必是很失望的。而我的母亲在那段时间倒是心情复杂，一方面她感到可惜，另一方面，她洋洋得意："也不过如此嘛。"不过这惋惜和得意都没有持续多久，老街的母亲们在一个暮色沉沉却没有一个孩子回来吃饭的傍晚突然纷纷发现再没有人可以做自家孩子的榜样，从此只能由着我们瞎闹。这个时候，母亲们痛心疾首、悔之莫及，她们纷纷指责张丽君，如果不是张丽君引诱了李平，李平不会落到这样的地步。然而不管怎样，母亲看我终于还是顺眼了很多，这让我感到愉快。

对了，张丽君也在这个夏天离开。她在一个清晨，把祖父的大门锁上，坐早十点的第一班车离开了。临行的时候，她拿着铁锹站在祖父的菜园里，成群的月季在风中摇荡，发出粼粼的声响。西南角的月季红得像火，葬礼时的锅炉灰还蒙在上面，星星点点，胎记一样。她犹豫了很久，最终没有铲掉那一片神采奕奕的花儿，她只是折了一束，带走。当然，以上只是我关于张丽君在老街的最后一天的合理想象，我也不知道她为何要离开。自从有了电视机，我便很少出门，很少去红河边了。下午，母亲告诉我张丽君走了。听到这个消息，我其实不难过，就是心里一下子空荡荡的，天地间仿佛又只有我一人，红河的风声在我胸中回响，眼前的电视节目突然面目可憎起来。电视里的人过着形形色色的生活，体验着无穷无尽新奇明亮的事物，可这一切都和我的生活无关，我只是在看着他们生活，以此为乐，甚至一度以为自己可以借由这小小窗口到达彼岸，但此刻我悲哀地发现此路不通。张丽君离开的那个下午，我又去到红河边，并下定决心要把电视这扇五光十色的窗拒之门外。红河两岸的树木，不知何时已经很绿了，茂盛地生长着，阳光进到林下也要害怕。河西面的七一大桥，横跨两岸，那是老街的地标性建筑，建于二十世纪六十年代末，坚固美观。那天的红河水也分外美丽，水面空阔，一眼可以望好远，沙洲上的柳树三三两两互相倚靠。那天我自言自语了好久，对象无非是李平和张丽君，我在向他们解释什么。但我在解释什么呢？我为什么要解释呢？我说不清。那天的最后，我看见一束花从河的西面飘下，红的粉的黄的花，被捆扎得很结实，顺流而下，平稳极了，就好像寂寥天空中一片小小的云。我认出了那花是月季，或许捆花的带子就是张丽君红色的头绳，或许这束花是张丽君送给我的最后一件礼物。这束花会一直向东方漂流，最后流入海洋，它见过的事物会比我多得多。我给了这花束祝福，正如我祝福张丽君，祝福李平，也祝福自己。

回到家中，母亲正在做饭，父亲在忙着画工厂的图纸，门外伙伴在喊着我的名字。我熟悉的生活又回来了。

我又开始在红河边流连，像白兔守着她的月亮一样，守着红河。对红河美的发现，是这个夏天唯一让我骄傲的东西。

有一天傍晚，我躺在河岸边，计算着什么时候回家吃饭，那时夏天已经快要结束了，沙子让太阳晒得暖烘烘的，晚风又透着凉意，大块的紫色云朵铺满天边。我这样无聊地躺着的时候，李平坐到我身边，说：我看见你老是躺在这。李平的话和李平的到来一样，使我吃惊，我以为不会有人注意到我迷恋着这片河滩地，毕竟我不是李平，我不值得人们注意。我起身回看李平，发觉在这个夏天将要结束的时候，我们都沾染上了一股忧郁气质。李平说：我从窗前经常可以看到你。我问他什么时候。他说夏天还没开始的时候，就看到我了。那个时刻我几乎要落下泪来，你看，李平还是看到了我的，李平眼里并不是只有张丽君。但很快，我又为自己的没出息而感到厌恶，只是一点小小的示好，如同彼时张丽君的笑容，就可以轻易将我收买。李平问我张丽君是不是真的走了。我说是的，我说我曾在红河水上看见花束从七一大桥飘来，在张丽君离去的那个下午，那必然是张家花园里的月季，硕大鲜艳。李平笑了，他看了看七一大桥，接着又看着红河水，躺下。李平躺下，我也就跟着躺下了。李平突然说，他在最绝望的时刻想到过寻死。我一听这话，不知如何是好，我向来不会处理沉重的情绪，尤其此事关于张丽君和李平，但显然此时抽身又太迟。

七一大桥，老街通往北方县城的唯一道路，也是爱情的圣地，无数男女从桥上走过，许多情人从桥上跃下。几乎每个老街的孩子，都听过这样的话：倘若你再不听话，水鬼会来抓你的头发。献身红河的情人们，是大人口中的冤魂，他们会捉小孩子入水，当他们的小孩。这个故事有理有据，值得相信。我曾不止一次做梦，梦见我在桥上，大桥突然断裂，我像陨石一样坠入水中，河流将我吞没，无数手于水深处伸出，它们抓着我，拖我到无尽的黑暗中去。于是我有很长一段时间，对门前流淌的红河怀着某种恐惧，看见河水就觉得眩晕，觉得它的沉默，它的平静，都仿佛一场巨大的阴谋。它会引诱人走向它，然后一去不返。与我一同长大的伙伴们似乎没有这种症状，他们嘲笑我胆小。那时只有张丽君理解我。张丽君跟我说她也常听到河流在呼唤她，叫她下去，说那才是她永恒的归宿。她说她害怕河里的粪便、动物腐败的尸体、塑料袋以及农药瓶的渣滓，她害怕河里的鱼。

然而我不曾想过李平也有脆弱时刻。他去找张丽君，一起策划死亡。他计划好了一切，然而最大的变数是张丽君，张丽君听闻李平的想法后，毫不犹豫地拒绝了他。故事讲到这里就结束了，李平没有讲下去，我也不打算问。但是显然，这个计划没有实行，不然李平不会还在这儿。

天空一片湛蓝，水洗过一样。李平和我一样把自己摊在河滩上。李平说，就这样晒着太阳，可真是一件奢侈的事情啊。

可是太阳已经落了小半了，很快，或许要不了十分钟，它就会隐到林子后面去，然后天黑下来。这个时候躺在这里，算哪门子晒太阳？河水暗下去，泛着冷白的光，身下的沙子慢慢凉下去。我看向李平，他闭着眼睛，神情安详得像是睡着了。我惊讶地发现，李平也是这样瘦，这样苍白。为什么我以前没有注意到这件事？

我说李平你加油，大好的前程在等着你。你明年一定可以考上的。

李平笑了，说你和大人们一样。

这下我又不知道该说什么了。我只知道最稳妥的方式就是按照大人们的风格来。

我问李平，是不是他以后也会离开。

他说是，他一定不会留在老街。

我问李平他离开后会干什么。李平说他要成为律师。

李平吐出了自己的决心，就像鱼吐出一个水泡，有些乏力。他说了太多的话，是该疲倦。身下的沙子终于冷了下来，有小虫子从脸上爬过，李平说我要回去了。我问李平：你和张丽君是怎么回事。李平回头看我，笑了，说：怎么一回事，不就是这么回事。你长大了就明白了。

李平随风而去。

李平对我说，你长大就明白了。李平其实也和大人们一样。

我还想跟李平说，下午三四点的红河岸最适合晒太阳，日头不至于太毒，阳光不至于刺眼，沙子也不会太烫，你要和我一起吗？然而我终于还是没有说出口，我总觉得李平现在和我不一样了。不知什么时候起，我失去了和他一起玩闹的资格。

时间过得快极了，一转眼又是夏天。那个夏天，人人都在猜测李平以后会做什么，他还能不能考上大学。只有我知道答案，谜底就是那句："我要当律师。"彼时的张丽君不知所踪。我常常从人们那里听到有关张丽君的去向，有人说她下海了，有人说她压根没走，还留在小县城里，又有人说她随着一个老板出国了。对张丽君的种种猜测伴随着李平的离开也渐渐消亡。那个夏天，复读一年的李平，成功地考上了一所南方的大学，学了法律。我妈跟我说这事的时候，我开心极了，一年前身下凉下去的沙子如今又重新热了起来。李平如愿以偿，而我也终于在一年后确认了李平是真把我当朋友的。我妈对此嗤之以鼻，她白了我一眼说：又不是你考上大学！可我是真为李平开心。李平的事迹仿佛一个光明的允诺，我总是忍不住想，李平考上大学了，那我呢？之后相当长的一段时间，我都沉浸在由设想我们三人的种种未来而带来的快乐之中。当然我要到很久之后才会知晓，那一年的老街和我一样，因为李平而对未来抱有种种狂想并从中获得确凿无疑的快乐的人，不在少数。总之，在张丽君走后一年，李平也走了。李平和张丽君走后，什么都变了，就连老街都开始发生变化。

　　那是一九九四年的夏天，我十五岁，在上初中。我整日无所事事，丝毫不知道我一生中最纯真的年代即将过去。那个夏天，工作不能再等着国家分配，我爸爸老是痛心疾首地数落我：我看你以后怎么办！我母亲也说我是要回去种地的。后来听闻工人下岗的潮水很快就要涌到我们这里，父母反而绝口不提去种地之类的话，家里时常一片沉默。当年他为着自己的工人身份而得意，虽然不比张丽君的父母那样显耀，但稳定，所以他很满足。现在他的骄傲没了。大家又重新回到同一条起跑线，那一年的大多数人都在焦虑地等着发令枪响。

李平也回来过几次，不知是出于我的自卑还是其他，我总觉得他带着精英的习气。他有时会提起张丽君，听他沉静地叙述过往，我突然产生了一种奇异的念头：李平与张丽君的见面并不是他口中的偶遇，这是李平的预谋。而后，他一步步地抓住了张丽君。那个夏天，老街上的传奇也就此展开。弗洛伊德与尼采的智慧光芒也是从张丽君的口中流出，李平抓住了归来的张丽君。但是我没说，母亲的经验告诉我要不动声色。李平说他始终没能再遇见张丽君，外面的世界太大了，不像老街，只要他回来，就可以轻而易举地找到我。我笑了，我说是啊，张丽君的爷爷死了，而你学了法律，你的父母亲迟早会随你而去，只有我不能让父母离开这里，所以我也会一直在这里。

李平说你想不想知道我为什么要成为律师。没等我回答，李平就自己说了起来。

张丽君，这个名字又回来了。

张丽君的爸爸死了。在建筑工地监工，不小心踏空了，从楼上坠下来，死了。张丽君的妈妈赶到的时候，什么都没有了。地面上只有一摊血，血渗到沙子里，沙子黏结在一起。看热闹的人从四面八方探出头来，远远地观望着。接下来的几天，张丽君的妈妈每日早出晚归，就像上班一样，去工地讨要赔偿。老板说，两万好不好？张丽君的妈妈哭着问一条人命就两万？！她不依。老板也哭，老板说大姐我熬了这么些年刚做上小包工头的，不是一条人命两万，是我东拼西凑只有两万。她不依。一到工地要开工时，她就躺在挖掘机前面，或是坐在顶楼的脚手架上，以一种迷惘的神情盯着天或地。后来，工地的人报了警。警察把她带上警车，这个情绪激动的女人不知怎么回事突然在车子启动的时候扑向了方向盘，把驾驶汽车的年轻警察吓了一大跳。在一阵惊呼中，车子胡乱地撞向左前方一个正低头搅拌水泥的工人。李平是这样告诉我的。是的，我可以想象那情景，年轻的张丽君和李平坐在一个什么地方，只有他们两个人，张丽君在向李平诉说。张丽君说，妈妈最后被判了很多年，以妨碍公务和故意伤害的罪名。张丽君说，那个工人虽然没死，但是重伤，工人的妻子率领家族里的壮年们闯进了张丽君的家。那个女人不像妈妈，只身去向一群男人讨要赔偿。可是家里只有张丽君一个人，她们只能失望而归。张丽君说，她去探望过母亲，那个时候妈妈的精神状态已经很不好了。她颠三倒四地说着撞上那个工人的一刻，她说她看见了将死之人的眼睛，恐惧、慌乱、不甘。死亡的沉重在那一刻真正压倒了母亲。张丽君说她父亲的赔偿最后是由工人的妻子及其族人讨要的，那也是给他们的赔偿。于是父亲的死近乎一文不值了。讲到这里，李平突然对我说，其实要是她妈懂法，她们一家也不至于这样。于是我突然明白了，李平是如何完成了自己最初的职业选择。在他和张丽君单独相处的时刻，或许是张丽君每次叙述完母亲的悲剧后，总要发出想当律师的感慨。我知道这是张丽君叙事的风格。

那是一九九九年，人人都有末日情绪，然而我在那一年谈了恋爱，并不是说，要做鬼也风流。只是时候到了，自然而然地我该恋爱了。同我恋爱的人在新世纪后，与我分了手。于是我又独身一人了。

我爱李平，也爱张丽君，但他们两人先后离我而去。他们离去之后，门口尘土飞扬的马路使我厌倦，红河水在寂寞流淌。我无数次路过老张家的菜园，草木在里面东倒西歪胡乱地长着，靠南的墙面已经坍塌，老张看到了怕是要痛心的。张丽君离去之后，老张的月季被陈家挖李家砍，走出园子，走到了老街大部分人家的门前或是庭院。老张死去多年以后，整条街道都长满月季，像一条热闹的河，它们从窗台流出，它们在门前招摇，所有的花儿都是老张家月季的子女，它们有一样鲜艳的色彩一样美丽的花型，它们让每一户人家的庭院闪亮、妩媚，除了老张自己的花园。再晚一点出生的孩子，大概都不会知道这月季从何而来。外地人来到老街，大概是要对着花的街道张大嘴巴的。

一想到外地人到来时的情形，一想到李平回来时的样子，我就想要出去。

我试着出走过几次，去追赶张丽君和李平。也正是这不多的几次出走，使我遇见了张丽君。出走后的我，发觉老街和外面的世界好像有时差，比如说除了老街，九十年代不会有谁再去疯狂迷恋山口百惠。我发觉黑白电视机里崭新明亮的世界是真实存在的，它瞬息万变，美丽无比。

但我最终还是回来了，回到了河流的这一边。太阳下破碎的水波闪啊闪，远处有城市的高楼在建，河中央的沙洲那里，有野鸭子的叫声，我听见了。

我回来是因为我要回来，我始终听见红河水在召唤我。

我也不知道为什么我会在开头说，李平疯狂迷恋张丽君。他并不曾和我们一样，在春天的夜晚，在大街上呼喊山口百惠。可能有些事情，即使主角不曾现身，我们也可以知晓。孩子们往往有不一样的视角，与此相比，大人们则显得笨拙和迟钝。李平提起张丽君时的神色与语调，带着毫不掩饰的轻松与快乐，带着夏季常有的甜蜜气息，那个时候的李平不再是妈妈羽翼下的儿子，这我们都深有体会。是张丽君解放了李平？

在最后一次出走中，我又遇见了张丽君，这是我始料未及的。她带着山口百惠的笑容，在某百货商场卖女装。那时的她面如满月，乍一看我还没有认出。她没有看到我，我也有朋友在身旁，只好匆匆避让。第二天我又寻到了那家商场，那个橱窗，张丽君果然在这里。我强装惊讶，然而张丽君的平静使得我的表演显得有些滑稽。"萝卜！"她仍唤着我的外号，可是很快，她意识到我已是中年人了，这样的称呼难免不妥，于是尴尬地吐了吐舌头，俏皮可爱一如当年。我回敬她以"山口百惠"，她笑了。我趁机说下班一起坐坐？她说好啊。实际上我很快就后悔了，时间的河流已然游荡过十六年的岁月，况且我俩之间并没有留下太多东西可供回味。于是我们只能聊起李平，聊起当年。张丽君说，当时李平他妈与她"谈话"的时候，她好似又回到了学校，班主任和警察的目光从教室的后排射将过来，叫她几乎无法抬起头来。在一种屈辱与怯懦的心境中，她答应了李平母亲和李平断绝联系。事实上，她也那么做了，从市场回来她就待在阁楼上或是呆坐在菜地里，看月季花纷纷落下。很多个时刻，她都忘记李平了，想起他时不再有多余的情感波动。渐渐地李平这个名字好似属于一个遥远的人，一段遥远的记忆。直到某天，李平还是来找她了，在一个晚风轻拂的时刻，在太阳将落未落之时。在看到李平的一瞬间，她立刻反悔了，她背弃了自己的许诺，她奔向李平，抱紧他，第一次吻了他。李平也以同样的热情回应。那一刻，她觉得自己什么都不怕了，窗口里的眼睛、李平母亲的目光、狱中的母亲和死去的父亲以及一日衰老过一日的祖父……她什么都不怕了。她怀抱李平，如同怀抱一个太阳，永远忠诚，永远有光和热。

张丽君说，他俩还没好的时候，一天下午，李平来到市场，突然塞给她一个本子。那是一个笔记本，上面密密麻麻的，只是她的名字。她的名字在公式旁隐现，她的名字被古诗行间的古木荒草掩盖，李平的字迹深深浅浅，她的名字浅浅深深。李平的表白与和解都是这么突兀与间接，张丽君总猜不透，但是受用。那时她满脑子都想做出格的事，疯狂的事，让人吃惊的事，于是她毫不犹豫地和李平走在了一起。张丽君觉得是她引诱了李平。

　　讲到这里的时候，张丽君的眼睛亮了起来。我问张丽君，李平怎么会喜欢你呢？按照张丽君往日一贯的风格，她一定是哈哈大笑，然后反问我："不喜欢我难道喜欢你吗？"可张丽君带着和解式的微笑叙述过去，她说你该问我我为什么喜欢李平。她说她在一些时刻觉得自己爱极了李平。她说在树林里，她和李平，当时是下午三四点，太阳正是温柔的时候，风吹着树叶，远处有清脆的鸟鸣，李平的母亲突然出现。看到母亲的那一刻，李平快速地看了她一眼，她从他眼中看到了黑色的恐惧，那眼神让她心慌。李平几乎是立即就起身了，她还愣在地上。李平立在她的前面，他的手在抖，而李平母亲和蔼地看着她，于是她后知后觉地慢吞吞地站起来，拍了拍屁股上的草屑。她听到李平母亲让她回家，可是她没动。李平母亲又叫李平回家，于是李平很顺从地走了，临走前他说："妈，一起走吧。"从站起来的那一刻到离开，自始至终，李平都没再看张丽君一眼。而此时我面前的张丽君说那个时候她觉得自己爱死李平了。张丽君始终认为，一个人应当尽力保有自己的体面。李平不愿意让张丽君知道自己保护不了她，一定是因为如此，他才自始至终没看她一眼。这就是她爱的男人啊！

　　而我只是惊讶于，她和李平在叙述那个下午的时候，提到的景物几乎是一样的。日光，风和鸟鸣。一件不多，一件不少。

　　当然，这之后的事情我们都看到了。李平和张丽君在短暂的别离后又走到了一起，并且昂首挺胸地走在街上。

　　在一个夜晚，李平的母亲敲响了张丽君家的门，是祖父去开的门。她是来求张丽君的，如此谦逊，如此卑微，祖父坐在一边，一言不发。张丽君说：甭天真了，我又不是什么救苦救难的圣母。可张丽君还是顺从了。她对我说，她厌倦一个母亲的泪水，更何况李平她妈还没掉眼泪，她只是用一种巨大的悲哀挤压你，因而她没办法拒绝。张丽君说他母亲就像一口蓄满苦水的深潭，没有出口，连光进去也是要变苦的，她不明白李平她妈为什么会这样，明明她是老街最令人羡慕的妻子和母亲。她本来想劝李平他妈开心一点，但这本该是李平和李平他爸的工作，她说她不能总是等着李平长大。她厌倦了，她要离开。她是个普通人，庸俗不堪，只是她误入老街，现在她厌倦了，她要回到河的那一边去，她要重新成为一个普通人。

　　张丽君最后说，李平曾经要她一同去寻死。他说他无法战胜母亲。张丽君不知道发生了什么，但她隐约预感到了李平这些天的不同寻常。李平的眼睛全是血丝，脸面浮肿，使张丽君一度迷恋的领袖气质不见了，只有几簇乱发倔强地立着，显示出勃勃生机。显然，张丽君拒绝了。不然，就不会有我们今日的对坐了。我不知道张丽君用何种方式说服了李平，张丽君也没有细讲，因为事到如今，没什么重要的了。都过去了。我们只知道在那个夏天即将来临的时候，李平又坐回了窗前。

至此，老街上有关李平的神话才真正落幕，他就像一颗流星，快速消失在那个夏天将要结束的时候。而后，老街的孩子们一个又一个离开，如同离巢的鸟儿，他们去缔造他们的神话了。之后我们会知道，他们中的大多数最后还是无处可去，只能回来，但彼时李平和我们都十几二十岁，以后会怎样？未来会发生什么？这不是我们要思考的问题。

我没有告诉张丽君，李平最后学了法律，我也没有告诉张丽君，毕业后李平又成了商人。他衣锦还乡。这之后，他把父母接走了。李平接走他父母那天，几乎半个老街的老人都去送他们，李平母亲哭了。大多数妇女也跟着哭，我妈也哭了。哭或许是因为她们知道自己儿子不如李平，是为自己一眼望得到头的后半生而哭，当时我是这样想的。我妈哭完之后，回来跟我爸说：李平他妈总算是熬出头了。我这才知晓李平他妈也是大城市的人，二十世纪七十年代初的时候来到老街的农场，此后再也没走出去。那是二十世纪的最后一年，那是我最后一次见到李平，那时我们还在谈论她。

我在告别时莫名其妙地告诉张丽君，当初打劫我的小流氓，一个在严打期间被判了无期，另一个不知所踪。张丽君愣了一下，说"哦"，她定定地看向我却又不看我，我回头望去，身后空空如也，人的影子也无。她又在神游了，眼神还像当年一样，目光越过红河，看向红河的那一岸，也不知在看什么。我说这些话，明明是想告诉张丽君那一天她英勇无比，在我的心中留下了一个异常美丽的影子，然而最终说出来的只是这段没头没尾的话，空惹得张丽君想起伤心事。我总是不敌张丽君勇敢，即使二十多年过去，我还是老街最胆小的那个孩子。

日头又该沉到老街的最洼处了，我和张丽君做了最后的告别。

杨光，2000 年生于河南信阳，华中师范大学文学院本科在读。

本文为第六届『青春文学奖』中短篇小说奖第一名。

木兰舟

|焦 典

    王叫星坐在五菱宏光上，歪歪扭扭地往外开。路越走越敞亮，林子越伸越疏了。不像来时那个下午，雨说来就来，也不跟人打招呼，劈头盖脸，浇一身湿。泥水四溢，还以为就要翻在河谷里了。滑几次轮子，头上磕了个包，最后什么也没发生。

    忽然又想起玉恩奶奶来了。

    玉恩奶奶爱喝酒，王叫星是知道的。

    玉恩奶奶有条小木船，四尺多宽，一丈多长，像个巨大的皂荚，从中剖开，这王叫星也是知道的。

    但玉恩奶奶坐着船去哪里了呢？穿着白色筒裙，银腰带垂到脚踝。手指一叉，闭着眼，半瓶米酒下肚。桨也不备，就这么红着一张脸，赶着雨大，顺河往远漂。

    也不知道以后是否还能再见了。

　　王叫星回寨子的时候，玉恩奶奶已是七十多岁的老咪涛（傣族四十岁以上的女性称为"老咪涛"，男性叫"老波涛"；年轻的女性叫"少多丽"，男性叫"猫多力"）了，在她心里恐怕还觉得自己是一天能做两三件衣服的少多丽呢。喝酒，每天喝三次，每次二两，跟别人吃饭似的，规律又认真。别人喝酒，东倒西歪，玉恩奶奶不，越喝越有精神。雨季来了，寨子的路淹起来，酒瓶空空，没处买去。玉恩奶奶就趴在缝纫机上，脚一踏一踏，踩出七扭八歪的线。有人在竹楼下喊："玉恩，那裙子你做好了没？"也不理人，依旧踩她那不规整的线。被喊得烦了，伸出身子，骂一句："催命呐！再催我也在你后头呢！"

　　要在别个，一定免不了被回两句嘴。然而玉恩奶奶，谁也不敢这样。倒不是敬重地位或者年纪，只是玉恩奶奶年轻时，还是寨子里唯一的巫医哩。当然，也不是敬重她的修为。寨子里的人早已信了南来的佛教，所有猫多力一到岁数就进庙里了。念几年经再出来，才有了成家立业的资格。若论救死扶伤一类，有每月按例来寨子里的汉医。然而还是得敬重，毕竟听说巫医会"放罗"一类的奇异巫术，喜欢的人若有家室，一"放罗"，两人也就散了。谁也不愿意得罪，这敬重里带着怕。

　　来人被训了一顿，也不多说，在心里骂骂咧咧地走了。玉恩奶奶哑着嗓子唱起来：

伞下金银色光亮，赞你又怕得罪人。金银光彩照伞下，真想成你恋中人。

不会唱歌白出门，胸无半句空喜欢。没有山歌伴白云，如何引来妹欢心。

这样唱着，王叫星就进门来了。火塘里添把火，衣服裤子脱下来烤，烧一壶开水，洗了脸，把背包里的东西卸出来——鸡仔饼、珠江啤酒、烧鸭……全滴滴答答，落着水珠，从露台到前廊，从前廊到厨房，听得玉恩奶奶脑壳疼，声音焦闷着："莫弄了。"

"这破天气，车子路上打滑，我都差点没回来！"

"当了几年老广，都认不得云南的天了？"

"是深圳，深圳！"

"是啦，寨子里就属你走得最远，你小时候我就告诉你了。"

王叫星没应声，自顾自地收拾，心里起一层毛毛的忧虑。小时候生病，嗓子和眼睛都冒火，玉恩奶奶煮一碗蒲公英水让喝下去，苦得眼睛一下子闭上了。"你会远走他乡的，"那时玉恩奶奶似乎这么说，"像蒲公英一样，飞到很多地方去。"声音慢慢地度来，预言似的，让人担心，担心自己的一切早已经被人看了去。上大学，寨里都高兴，吃一整天的流水席。去深圳，喜欢个人，被人家母亲打出门来。心里怕着，全是蒲公英的样子，飘飘忽忽，扎不了根。

转个身的工夫，听见清脆的一声响。果然，刚带回来的珠江啤酒已经见了底了。伸手夺过来，"别喝了，多大岁数自己心里没谱吗？"一面说，一面把剩下的几口倒进肚子。玉恩奶奶咂咂嘴，叹一口气。

"我也不知道还能活多久了，让我能喝就多喝点吧！"

说完很困似的，侧身靠在垫子上，呼呼地睡着了。

果然还是老了，王叫星心里叹气。玉恩奶奶一生没结婚结子，听寨子里叫自己回来的干部说，近来常犯迷糊，睁着眼睛看人，叫不出名字。还得了什么病，连汉医也说治不了，疼起来就抓心敲骨，摘着摘着木瓜就疼晕过去扎土里，吓得旁边人也跌在地上。费力背回床上，心想这次一定要问出她那个弟弟住哪里。万一真有个好歹……再往下，就不敢想了，虽然自己是八丈远外的亲戚，但心里总还连着点温情。

晚上月亮好大，低低地坠着，跟云南的云似的。月光穿云透叶，直挺挺地洒在脸上。

玉恩奶奶突然说："闻到了吗？有野象来了。"

抬起鼻子使劲闻，哪有味道？

"你喝了太多酒，脑子糊涂了。"

玉恩奶奶却笑："喝了酒才清醒呢，我哪有骗人？你不喝酒才净说骗人的鬼话。"

王叫星想辩解，话到了舌头上又卷回去了，算了，有啥好争的，一个酗酒的老太太！

王叫星不相信人能闻着野象味儿，如果真能闻到，现在野象早就被消灭得一干二净了。那象牙，又白又亮，轻轻一顶，菠萝蜜金黄色的果肉就露出来。小时候曾经看人驯过野象，坐背上，手拿一把长长的钩子。要行要住，或左或右，想快想慢，都用钩子示意；偶然遇到象发了倔脾气，不肯听指挥，就用钩子在象耳朵上一钩，据说象的耳朵最娇嫩，被钩着吃痛，只得老实听话。那挺差劲的，王叫星不是象也知道，那象眼里汪着一大颗泪呢。后来野象渐渐少了，几十个山谷看不见一个象脚印。

"我知道你回寨里是干吗的。我那弟弟，他老爱去河里电鱼，骑一辆凤凰自行车，挂个上海牌，铃儿都哑了，直往河里冲。就是年头久了，不知人现在飘哪里去了。"

王叫星睡不着了。

"明个儿你跟我去找。"

五月中，正是雨季，林子里潮湿闷热，好似全云南的虫子都躲这里来。多足虫、四脚蛇、蝎子、兰花、鹿蛾……走几步路就从头上掉一个。蝉声吵得震耳朵，支吾的，密得和树叶子一样，把人都要埋起来。

王叫星好多年没穿过雨林子了，手里捏一根粗树枝，边走边挥，怕有东西落身上，得吓得叫出来，到时候再把老虎招来。玉恩奶奶走前头，穿一双胶皮雨鞋，裤腿扎得紧紧的，一步一探地走，仿佛不停地看着什么。不，没有看，是闻，是在用鼻子闻着走。

太阳斜到树叶子尖尖上，玉恩奶奶催一声快，一股强烈的味道刺进了鼻子。不像老虎的味道那么骚，是带着点青草味，还甜丝丝地杂着点血腥。扒开树枝，眼前出现一个灰褐色的巨大身形。那不就是野象吗？皮肤褶皱里全是红泥巴，苍蝇不停地往上落。张着嘴，躺在地上，鼻子呼哧呼哧地喷厚厚的气。肚子鼓鼓囊囊的，好像吃了十几个大木瓜。

腿蹬两下，没爬起来，压出个泥坑，一滴滴的血渗到里头。玉恩奶奶摸出个酒壶："来喽，喝一口就生出来啦！"野象听得懂似的，抬起点头，一壶酒全奔象嘴里去。两只袖子一卷，玉恩奶奶的胳膊就伸进大象阴道里去了。

王叫星不敢看，坐在地上，闭着眼睛，脑壳弯到膝头。仿佛又听见姐姐生产那天的哭叫，一声大过一声，充满了整个寨子，把寺庙里的佛爷都给惊动了。父亲拿出酒杯，请大驾光临的佛爷喝酒，佛爷问，还没生出来吗？父亲很恼怒似的说，还没有呢，都怪我平时太娇惯她了，打开腿一用力的事儿，还惊扰了您。佛爷走后，姐姐的气息也渐渐走不见了，跟佛爷鞋子上的泥巴似的，轻轻一甩就落了。

一顿忙活，王叫星扶起小象仔，赶忙把嘴巴里糊着的膜掏出来——要再迟些，小象就得憋死。用两下劲，母象从血泥巴里站起来，柱子似的腿，抬起来就要往小象身上踹，吓得王叫星拖着小象要跑，脚一滑，摔一脸泥。

"莫气，莫气。"玉恩奶奶伸手摸母象，"都好着呢。"

后足一弯，前足再跪，母象温顺地跪在玉恩奶奶面前，鼻子高高地往天上扬，这就是欢迎的意思了。

"扶我上去吧，我老了，没力气了。"

该拉袖子拉袖子，该抬腿抬腿，玉恩奶奶是骑到母象背上了。王叫星想上，鼻子一挥，又把王叫星给打到泥里。想起以前野象把人卷起来摔死的事，再不敢放肆了，乖乖站在野象屁股下面。

跑起来，雨林子地面嘭咚嘭咚地响。幸亏王叫星没跟上，不然心里的嫉妒得多久缓过去。说找人，结果是找野象，给自己摔一身脏。遇着木瓜树，那象鼻一探，一个个木瓜就滚到玉恩奶奶怀里。一棵树卷一个，全是最肥最熟的。

真痛快哩。玉恩奶奶的嘴笑得跟木瓜一样圆了。

到了晚上却是吃不消，腰背酸疼，玉恩奶奶躺在床上，闭着眼睛翻来翻去，咿咿呀呀地叫起来。伸手摸身上，"肿起好高！"脱下裤来，两条腿并在一起比，"右腿足足要高两厘米！"王叫星一面揉，一面撕一块"云南白药膏"贴上，"喝酒！还骑野象！七十岁的老咪涛，白白的贴膏药！"

疼得紧，丝丝直吸气，玉恩奶奶巴巴地望着道："给我拿瓶酒吧。"

"身上难受不能喝。"王叫星歇下手，准备放蚊帐。"不想着好好保养，多活几年。"

"人老了叫活吗？一天天挨过去！不光骨头，肉都在跳，灌点酒下去我才能闭会儿眼睛呐！"

"今天不能，人说吃了木瓜喝酒会中毒。"

"谁说的？"

"城里汉人医生都这么说。"

"哦。"

话这样说，王叫星心里小小的一点酸涩了。打眼看看，玉恩奶奶消瘦得多了，整日一个人，疼起来就喝酒挨过去！

"不过今天也真是值当，野象，有神性的东西，佛爷能不能骑上还一说呢。还救出个小的，抵庙里念几年经。我看您肯定会长命百岁。"

"谁稀罕长命百岁，我就是奔着骑象去的，多痛快，月亮里有人唱歌呢，我就奔着那儿去……"

这便是又糊涂了，叹一口气给被子四角掖上，找家里人的事就明儿再说吧。野象鼻子卷下来的木瓜，都一个一个的堆叠在竹廊，跟菩萨桌前的贡果似的。

午后，有人来找，刺耳的宝岛电三轮，扎扎地响近竹楼。没刹住，硬是蹭到楼前的秃木瓜树上。跳下个黝黑的寸头男人，一身沾满泥巴的迷彩工作服。王叫星有些警惕地盯着，问是谁，声音刺刺的。

提下一白色塑料桶，递到跟前，没打开盖儿，酒味儿已经溢出来。是自家谷米酿的糯米酒，闻这味道，起码超过50度。那人说，堆花酒，特别好，十二版纳（"十二版纳"即为"西双版纳"，在傣语中"西双"为"十二"的意思，"版纳"是"一千亩"之意，一个版纳为一个征收赋役的单位）佳酿。玉恩奶奶哑哑问一声，来干吗的。

"求您帮忙找找，老婆丢了。"咧嘴一笑，露出两排黄牙。

真有意思，老婆丢了，不找警察，来这里扯闲话，想回绝赶他走，玉恩奶奶已经招呼人进去了。起身四处翻找，不知从哪里摸出一颗生鸡蛋。点火起灶，丢进两团干牛粪，让火烧旺些。灶上一口锅，盛浅浅的水，鸡蛋丢进去咕噜咕噜滚动着。

"老婆哪里人？"

"就本地人，"摸摸脑袋又说，"远一点，勐海的。"

忽然又想起什么，玉恩奶奶在裤子上把手一擦，打开箧箱，拿出一本赞词，用与年纪不相称的清亮的声音慢慢往下唱。鸡蛋浮起来，玉恩奶奶缓缓捞出来，也不嫌烫手？

"你在心里想着你老婆的样子吧，仔细想。"

鸡蛋放在地上，用手压着轻轻滚动一圈，鸡蛋壳发出细碎的噼啪声。拿起来一看，上头布满了细细的裂缝，密密麻麻如同蜘蛛网。

玉恩奶奶轻轻叹口气，告诉来人：雨林已经作出了回应，一条裂缝又直又深，一直延伸到两端，说明离开的人心意已决，已经去到了难以追回的地方。中间又有一条横纹插过，表示本不是两相情愿的结合，强力干扰反而会损害自身。

那人待了一会儿，没听懂似的，随后又恼怒着扯开自己的迷彩服，用头咚咚地撞地，我搬木头搬两年攒的钱啊！这回又得去哪儿再买一个呢？

电三轮又去了，比来时气势小些，不扎扎地响了，闷闷地吐着黑烟。王叫星摸摸那棵被蹭掉一块皮的木瓜树，有些心疼。是棵不结果的公木瓜树，开丛丛白花，细长的花柄里蜜蜂叫着钻进钻出。身上疤痕累累，应该是被阄过好多次：竹片或者骨片削尖，狠狠往中心一钉，被这样一阄，往往就能变为有用的母树。寨子里很少见到公木瓜树，开大朵大朵的花，却不结果，人哪能容忍这个？往往两斧子就砍倒了事。整个寨子就这么一棵，孤零零地立在玉恩奶奶竹楼前。

玉恩奶奶咽一口酒，咂摸咂摸嘴，又念起赞词来。听一会儿，听不懂，王叫星起身拿起那枚鸡蛋，不转眼地对着蛋壳看，慢慢说一句："真厉害。"

接着又没有念赞词的声音了。玉恩奶奶的迷糊劲上来，直往脑袋里冒，闭眼前还念一句："酒是好酒，人不是好人。"

到再睁眼，太阳已经落了，敢大大地睁着眼睛看，红红的日头，比熟透的红毛丹还艳。

王叫星左手拿一颗鸡蛋，右手提一壶酒，伸在玉恩奶奶面前。

"奶奶，您真有神通，不如您今个儿再算算，您那弟弟是在哪个寨子落脚，我好把您托给他。——这酒，完事儿您随便喝。"

玉恩奶奶的迷糊劲已过了，然而眯着眼，依然不能免："路太远了，走不动了。"

"没让您腿儿着去，您看看他住在哪里，到时我开车载您去嘞。"

手指了指裂了壳的鸡蛋说："那上面的路也是路。"

“那鸡蛋壳还没巴掌大咧，您走一步就到头了。”

王叫星接二连三地说了许多话，玉恩奶奶听得烦了，盛着气打开篾箱，翻一块大骨头出来，灰白色，看不出是什么动物。

寺庙晚戒的钟声响了。

“去找头羊吧，要黑头的。”

准备齐整，煮肉，切下块精瘦的。羊头也割下，血收了，放在当间。拿出捆草香点上，烟子浓，屋子里云蒸雾绕的。玉恩奶奶扯开嗓子，颂歌一唱，味（味佳）、视（黑首）、嗅（焚香）、听（赞词歌颂），献祭之礼这一套就齐全了。

还是点火起灶，把骨头丢进去，噼啪声一响，又用火钳子夹着翻个面。到时候了，夹着放进装满清水的盆里，水珠嗞嗞啦啦乱溅。

“我没力气走那么远，要找什么你就自己去找吧。”

递给王叫星半个木瓜，里面肉掏空，盛一半米酒，来回喝三次，王叫星就迷迷瞪瞪地倒下了。

身体渐渐下降，落到地上，瞧见一个沾满泥巴的头，大着胆子走近些，原来是在挖洞。洞里立起四根木桩，刷黑油，架木板，一间房子的雏形就出现了。里面钻进钻出三四个人，其中一人肤白无髯，戴个黑腿眼镜，衬衫的材料也滑滑的反着光。

电锯、斧头、发电机一起抬出来，嘎嘎的机器声响彻雨林，白烟到处弥漫，分不清是灰尘还是什么。仿佛割水稻似的，老树一茬一茬地被切掉，散发出悲惨的木头汁液香。那些人仿佛很高兴，大口大口喝汽水、吸烟，讨论国有林古树茶叶的价钱。年轻模样的玉恩奶奶坐树下缝补着衣服，双手交叉这么几下，一颗纽扣就牢牢地钉在了布料上。脸白白的黑腿眼镜接过衣服，扶玉恩坐在自行车后座上，拼命摁着铃往前冲。下车来红着脸，额头上细密的汗珠挂着。正想过去说话，玉恩奶奶和那个脸白白的黑腿眼镜一起钻进新盖的小木屋里去了。

屋前、屋后，哭声、争吵声，一齐响起来。刺耳的一声警笛，之后一切都沉寂下来了。再出来却只有玉恩一人，手里捏一颗扣子，望着地上皮卡车压出的车辙印发呆。房子也渐渐消失了，留下一个黑黝黝的大洞。只有光秃秃的雨林地依旧敞着，没有种上什么古树茶叶，荒得连蛇都懒得爬过。

从河滩上拖一条小木船回来，破一大洞，淤泥洗掉，露出漂亮的白漆。用木兰木，坚硬耐腐蚀，切刨到厚度相宜，铆钉嵌合刚好补上。一连几日，趁着太阳大，一遍遍上新漆。推进河里，玉恩跳上去解开麻绳，随着河水一起推好远，让人看着眼睛发酸。

之后却像做梦似的，画面飘飘忽忽，又回到了深圳，还是平日生活的稀松样子，但好像一切又有些不一样。如同一台修了又修的电脑，外壳还是那个熟悉的样子，但里面的主板、硬盘又都换了一遍。对象在桌子前坐着，涂涂抹抹，在纸上写着什么。王叫星蹑蹑窣窣地挨到跟前，可不正是那个人吗？王叫星简直不相信是真的，伸手想去摸，又想起对象父亲红通通的眼睛来了，心里顿时好像跌下了深坑，咕咕噜噜地滚个不停。

一滴滴的水点打在脸上，冲得王叫星的脑袋嚓嚓作响，玉恩奶奶把人喊醒："回来喽，莫走太远了。"

打眼看看，还是那个竹楼，还是那个爬满皱纹的老咪涛。

"要找的人都找到了？"

揉揉头，脑袋里还嗡嗡作响，"不知道，好像走反了，走到过去似的。但又好像不是真的，也可能只是做了个梦。"

玉恩奶奶把烧裂的骨头收起来，从缝纫机里绕出几根杂色线，一圈一圈地绕在王叫星手上："你看见了就是走对了，时间不是只会往前流，还会后退，还会重叠，该发生的会没发生，不该发生的事却会提前发生。这地世，谁知道哪里是向前？想往哪迈步就往哪迈步就得了。"

这话让王叫星听了爽快，抬起屁股想直冲回深圳把人夺回来，是找你孩子又不是找你！两条腿却不听使唤，只好重重地落回床板，紧紧地把眼闭住："真的累人，好像没日没夜连走了好几天的路。"再想问点什么，那个白脸男人是谁？究竟有没有骑自行车的弟弟？是不是胡乱编的谎？还是不想拖累家里人？有好多话想同玉恩奶奶讲呢，但最后又全都咽回去了。管他许多，想怎么就怎么，这就行了。

栗鸮鸟，一直叫，立刻就会钻进竹楼里来似的。故意赛着喊，朱鹮、蓝翡翠、黑喉咙的夜莺……一簇刚低下去，一簇又响起来，初来雨林的人会被吵得闭不上眼，然而对于听惯了的人只是更增添些寂静罢了。

待到后半夜，玉恩奶奶的哀痛声响起，痛得从床上嘭咚一声翻下地，一个手扯胸口，一个手掐大腿，这却喜得王叫星累透透的睡得死，不然看见恐怕得落泪。指甲缝里都刮着肉，鲜血点点的。身上青青紫紫，难见一块好皮。然而玉恩奶奶总还有个法子，一斤酒汤似乎已经渐渐奏了效，又静静躺回床板上去了。

王叫星还在被窝里伸腿，玉恩奶奶已趁着天光起床了。好像难得的精神，坐在缝纫机前忙活，一脚踩一道黑线，一脚踩一圈红线，缝纫机踏板噗噜噗噜地起伏，跟划船似的。做完衣服又洒水把大房敞间里里外外擦个清爽，楼中央的火塘添上炭，让一直烧着除除湿气。端一杯米酒，坐在前廊，懒洋洋晒太阳。

坐一会儿，酒还没见底，有人来了。站在公木瓜树下，背个背篓。

"家里老人趁着魂了，请您去看看吧。"

似乎早知道有人要来似的，玉恩奶奶让王叫星拿蔑箱，跟着一起去。提起蔑箱，还挺沉，打开看看，里面钢刀、筷子、瓷碗、香线书笔，一样不少，整整齐齐地码着。王叫星跟在后面走出门，这才看见来人脚上穿着双草鞋，许是自己编的，路没有走两步，草线头飞起来了。这年头还有人这么穿，王叫星觉得有些新鲜。

等走到天已经快黑了，天边的云阴沉沉地压着，那户人家的竹楼也如同乌云一般黑，竹栏青苔阴阴地绿，应当从上个雨季结束后房子就没有修护过。

家里人出来接，小孩打一个手电筒，照在玉恩奶奶脸上："你们怎么才来啊？爷爷都快不行了。"

大人往他脑袋上用力一巴掌："敢这么说话？"

穿草鞋的人呼哧呼哧喘气："已经死命走了，肺都要走炸了。河里乌龟尽往外爬，路上还踩着一个壳都踩碎了。"

那户人家就说，"真晦气。"

这时，天上的乌云又隐隐约约响了起来，玉恩奶奶说："这就是要下大暴雨了。"

进屋，一个老头躺在临时架起的行军床上，散着一股子怪味，就像用完的雨衣没擦干就捂起来。咳嗽，止不住地咳，咳完就捂着胸口，发出像动物临死前的哀号。那声音听着人憋得慌，吱吱呜呜的，卡在嗓子里，像一口浓痰。

"你家老人怎么了？"

"就是咳，喊心里疼，快一年了。"

王叫星抢话，"寨子里每月来汉医，咋不喊人来看。"

说来看了，开点汉药，死贵死贵的，吃一次管不了好多天，又犯病，渐渐就不管用了。

老人扶起坐着，一股死鱼臭味又泛上来。解开衣服一看，后背长满了褥疮。王叫星埋怨一句，咋不好好照顾自家亲爹。说咋不照顾，洗脸梳头、擦背按摩，一天供三次饭。每天擦背咋还长褥疮？愤愤一句，谁能天天干？不是你家老人得病，不是你来伺候，你懂得什么？

　　王叫星还想说什么，玉恩奶奶拦住了，这样说下去絮絮叨叨没个头，反而叫床上的老人听着难受。这个好，那个不好，到了这时候有什么区别？给王叫星一个眼色，转头对家里人说："你们尽心了。"

　　先是放血，数出五根筷子，沾着水在胳肢窝拍打，很多乌黑的小黑点就渐渐地浮出来。玉恩奶奶拿一根针，毫不犹豫地扎进去，乌黑的血顺着针口一滴滴流出来，滴滴答答十几滴还不变红，依旧是黑血。玉恩奶奶又给包上，从箱子里拿出钢刀，蘸水，继续在身上拍打，"赶快跑吧，杀人刀子来了，再不跑就跑不脱了。"

　　做完，让王叫星帮忙，依旧是点香煮肉，这回却没有羊头，玉恩奶奶唱的颂歌声音也变得凶恶起来。

　　那户人家问，"是趟着什么魂了？"

　　玉恩奶奶说："连成一片中间红，是父母；圆圆一块像粑粑，是平辈；周边一片比中间淡，这是娃娃魂。你家老人就是趟着娃娃魂了。"

　　娃娃魂？自家就一个孩子，在门口好好地逗青蛙，怎么会趟着呢？再问，玉恩奶奶就不回答了，慢慢说一句，"好好送走吧，别让他遭罪了。"

　　那户人家说，"就知道城里汉医是骗人的，还说要动刀子，得收万把块！治不好的病，还要骗人治。那钱得留着娃上学的，有那么好挣？"

　　于是又哀号起来，咳得更猛，要把心肝脏肺都咳出来。

王叫星看那老人的脸，却平静得很，脸上干巴巴的肉，只是因为咳嗽太剧烈，才忍不住颤动。但眼睛却亮，不是因为眼白清澈眼珠明亮，而是积满泪水了。暂时平静点，就扯起嘴角，想笑，笑着眼睛一闭，眼泪就往下掉。王叫星又记起小时候在寨子里也见过一老太太，临终前得了笑病，心里着急也笑，伤心也笑，唯独真高兴的时候笑不出来。笑着被儿子赶下了饭桌，笑着住进了猪圈，又笑着躺地上板板地死了。王叫星才明白，其实哭和笑都是反过来的。也难怪人出生的时候都嗷嗷大哭，到走的时候又往往露着笑了。老人安静下来，只呼气不吸气，若有若无。

喂一碗汤下去，草香袅袅，玉恩奶奶口唇翕动，叩头作揖，老头长长地呼一口浊气，去了。说也奇怪，刚才眼里还汪汪的泪，现在也都收拢了，眼睛眯着笑，好像不曾遭过这一世的罪。那户人家落下泪来，如释重负的样子。

悲凉，实在是免不了的。想起自家的老人，也想起自己未来的景象。

恹恹地回到自家竹楼，公木瓜树在风中立着，花落得差不多了。

王叫星说，"人真是没意思的东西，老了更没意思。"

玉恩奶奶不接茬，自顾自地说，"走了好。"

随便捡一个干净凳子坐下，对着镜子梳头。

王叫星说："你不怕？"

有什么好怕的？世间固然是一个好地方，有山有水，竹楼背面还有菠萝蜜、芭蕉、榴莲、山竹一众果子，饿了渴了，都不会使你活不下去。只是和云一样，流过也就过了。想赖着不走，努力地发怒、降雨，不过也白白消磨了自身的气力。还有一片新林子，隔在对岸等着，也未可知呢。

"奶奶，我会管你的。"

虽常戏弄，听了王叫星这一句话，玉恩奶奶倒笑了："你莫以为我真是一普通老奶哟，我告诉你，啥子都困不住、管不了我的。"

半夜里大暴雨果然来了，厚厚的云对着大地把雨水灌下来。仿佛住在了瀑布底下，整个世界全是哗哗的水声。雨猛烈地浇了一整天不见小，虽然正值雨季，但也有些让人心惊。林子把水吸饱，再也吸不下了，地上水越积越高，那棵公木瓜树仿佛浮在一个大池子里，篱墙以下都淹没了。黄水不断地从竹楼架空的下面涌过，还好竹篾墙空隙留的大，否则必定被冲垮了漂在水里，人得和壁虎、蛇一样，在水里拼命地游着，碰到个浮木或者树干就缠上去。

王叫星趴在窗边看，一只手撑着窗板，木瓜树大而肥的树叶在雨中哗啦哗啦地翻动，弹起来又被雨水摁下去，弹起来又被摁下去。雨林子外不像再有天，天就是这些浓绿的叶子。这棵不结果的公木瓜树，到明年依旧是这么结实吧。从被劈头砍下的刀口处，继续伸展它的身子，开大朵大朵的花，多好啊。只是不知道如果玉恩奶奶走了，它还能不能继续躲过斧子和钢锯。

"真可怜啊。"看着公木瓜树忍不住地叹气了。

玉恩奶奶眼也不抬，"真好啊，这世上谁也没有爱一棵公树的义务。"

"等天放晴我也该回深圳了，在这里天天衣服都没干过。"

"该走了。"

……

雨停了以后，树干上留下一层泥巴，漂流过来的断木和碎石头都还在地上，在林子中布满大大小小的水坑，汪着水，有命不好的鱼在里面扑腾。

玉恩奶奶烧一壶水，全身上下擦洗一遍，套一条白色的长筒裙，筒裙是自己用丝绸做的，在阳光下微微地反着光，走线不太规整，惹得王叫星笑。

玉恩奶奶一面穿，一面说，"你知道为啥人都要找我这个老咪涛做衣服？不是因为我比机器做得整齐，机器走线死板得很，我想往哪缝就往哪缝。"接着又说，"你们城里那些厂的衣服，看着五花八门，其实都一个样。不是我说你年轻没见识，你看看我这裙。"前摆拖到脚踝，后摆不及腰部，腰身细小，下摆宽大，袖管又长又细，紧紧套着胳膊，还衬得有几分俏丽哩。

下竹楼解开麻绳，拖出用木兰木补的小舟，让王叫星搭把手，一直拽到河边上。黄水退回河道里，然而还是和岸一样高，凶暴地响着往前流。

坐进小舟，把银腰带系在腰间，说，"走哩，今天这水正好。"

王叫星站岸边喊，"桨还挂在墙上呢！"

没有应答，划开河水，倏地几下就漂远了，白筒裙时映时现的，逐渐消失在河中。

焦典，1996 年 4 月生，现于北京师范大学文学院国际写作中心攻读文学创作与批评专业研究生。小说、诗歌等文学作品发表于《人民文学》《星星》《汉诗》《飞天》《中华文学选刊》《诗歌风尚》《青年诗歌年鉴》《国际汉语诗歌》等，文学评论等发表于《芒种》《文艺报》《北方文学》《媒介批评》等。获"第三十七届全国大学生樱花诗歌邀请赛""首都大学生诗歌比赛"等奖项。入选"第十二届星星·大学生夏令营""第三届中国青年诗人"等。

本文为第六届『青春文学奖』中短篇小说奖获奖作品。

心　梗

| 程惠子

01　世泽

窗外大概是从凌晨四点开始下雨，心脏上的钝痛让他准时醒来，然后就听到了清晰无误的雨声。

他最近总是做同一个梦，梦到自己在小区楼下散步，看见坏掉的喷泉汩汩地往外冒水，周围堆满了腐烂的叶子。他想尽各种办法都没修好，最后只好用脚踩上去，堵住，寒意就从脚底慢慢涌上来。他无能为力，只能看着自己的裤脚一点点变湿。

这个冬天暖气烧得不好，后半夜的温度跟不上，总是冷，也可能是他身体又变坏了，才感觉暖气一年比一年差。他是在雾霾最严重的那个冬天查出心梗的，多年的冠心病必然导致这样的结果，所以这个结果对他来说并不意外。其间他装了两次起搏器，做了一次搭桥，病危通知书下了四次，硝酸甘油从紧急救命变成日常必需，就这样又过去了七年。

老伴睡在隔壁房间，睡得很死，他知道不可能叫醒她，他现在连提着嗓子说话都做不到，肺部使一点劲儿，心都会牵着疼，而她的耳朵又越来越背，他现在每天跟她说话超不过十句。

不记得什么时候开始和她分床睡了，应该是在小儿子结婚搬出去不久之后。她嫌他打呼噜太吵，让他搬去了隔壁卧室，一住很多年，而等他生病之后，女儿和儿子又劝他们还是睡在一张床上好，她现在耳背严重，对呼噜也免疫了，万一有什么事好有个照应。但他却说不必了，一个人睡了这么多年，习惯了。

他们是长辈介绍认识的，在那个年代属于寻常。他听从母亲的话和她结了婚，生了一个女儿，又生了一个儿子。她比他小十一岁，没吃过什么苦，有些娇纵任性，他开始也觉得应该包容，没想到一包容就是四十多年。她几乎没进过厨房，分不清老抽和生抽，黑胡椒和白胡椒，帮忙蒸米饭也总是添太多水，于是几十年来都是他下厨，她理所当然地在客厅看电视。刚确诊的那几年他还能勉强做饭，这两年实在不行了，两个孩子每日轮流带饭过来，遵医嘱做得清淡，她总是抱怨他们做的饭没滋味。

她会问他，你不要紧吧，不要紧的话帮我扶一下凳子，我要擦一擦家里的灯罩。他说，你不要擦了，那么高，再摔着，我蹲下去再站起来也难受，等孩子们回来再说吧。她不同意，你看看都脏成什么样了，还等他们回来？你们眼里都没活，我不能看着这么脏下去，你蹲不下来，那你去一边坐着吧。她向来是想到什么就要立刻实践，且如年轻时一样，关心的是灯罩、书架、暖瓶里的水垢和积霜的冰箱，而他的生命力已不足维持这些地方的体面，他只想能睡个安稳觉，吃到一日三餐。但她显然不能放弃。唉，他叹一口气，两手扶住凳子，慢慢地蹲了下去，有铁皮从凳子腿上剥落，窸窸窣窣地掉下来，像一片片腐烂的叶子。

　　他平躺着，外面渐渐有了鸟叫的声音。他想要小便，于是伸手去摸枕头旁边的硝酸甘油。不出意外的话，明天是女儿带饭过来，醋熘土豆丝，木耳鸡蛋，可能还会有一个冬瓜汤，她翻来覆去只会带这么几样菜。他想说其实土豆丝可以用肉炒，冬瓜汤里也可以放点海米，但他知道这么说一定会被有理有据地反对。心脏主动脉堵死，两条冠状动脉中一条堵死，一条堵了百分之九十多，仿佛因车祸瘫痪的高速公路，只留下细细一股供人行走的应急通道。医生嘱咐了少油少盐，肉也要少吃。为贪那一口嘴再进医院划不来！女儿说得对，他无从反驳。虽然他觉得即使真的因为贪一口嘴死了也没什么，没多少日子了，这样没油没盐地过下去，就划得来吗？

　　他知道女儿其实是带着怨的，对他，对这个家，都是。女儿中年丧夫，四十五岁就内退回家，每个月拿不到三千块的退休工资，没有再婚，一个人供儿子上大学。做饭时黄瓜把儿都舍不得切掉，说是能排毒养颜，然而年复一年，她脸上的斑却越来越厚。他有心贴补女儿一点，还要背着老伴，老伴总是警告他说，少把钱往那个白眼狼身上贴，到底是从小养在她奶奶家，心都不跟咱们在一块，没良心。他想告诉老伴她的担心其实是多余的，因为每次他递出的钱，女儿从来都不要。女儿长到七岁才回来跟着他们过，老伴只偏疼小儿子，女儿腿上的裤子都吊到脚踝了也没裁条新的，她的眼神永远带着畏缩，向盘子里的香肠伸一下筷子都要看她妈妈的脸色。他想要补偿她，但能做的，也不过是吃饭时给她碗里多夹两块肉，悄悄给他的铅笔盒里放上新买的圆珠笔，出差的时候多买两条裙子带回来。他私心希望她不要觉得他和她妈妈是一样的。

女儿很早就嫁了出去，他知道她并没有那么喜欢那个男人，但她望向他时，目光至少不会畏缩。结婚那天女儿向他敬酒时，眼睛很亮很坚定，像是镀上一层冰，她问他说，如果我是一个男孩，你们是不是就不会把我送出去养了。他不记得自己是怎么回答的，只记得那天喝了不少酒，被人扶着，一直锁在眼眶里冰化成了水，狼藉地铺满了整张脸。

他终于坐了起来，打开床头灯，塑料尿壶就放在脚边，他弯腰去够，像是从深井中打水。他从两个月前开始尿血，但却不能用止血的药，不然连最后那条人行道都会被封锁。他继续吃着波立维，眼看身下的颜色从浅红变成正红，医生说那也没有办法，两害相权取其轻，波立维保住心脏，那些血只好先随他去了。

儿子让人从美国带了一些药，据说是特效药，让他每天吃，吃了三年，看不出什么效果。但老伴非说正是这些药才让他撑到今天，每次当着两个孩子的面，都要装作不经意地提起这个，当然更多是为了说给女儿听。你弟弟买的这个药就是好，你爸吃了以后犯病都少了。女儿装作听不见，儿子在一旁听着也无所适从，于是更不好停止代购。儿子还算有出息，大学毕业后在一家国企上班，一心扑在工作上，很快就晋升成部门的主管，唯一的缺憾就是成家太晚，直到快四十岁才和一个本地姑娘结了婚，他们悬着的心也才随之落下来。他们两年前有了孙女，老伴还一直催着他们再生一个，他知道她是想要一个孙子。

平心而论，他更愿意吃儿子带来的饭，即使没有猪肉，也有白灼虾和清蒸龙利鱼，有时还有儿媳包的韭菜鸡蛋饺子。老伴每次都会发话，给你们的菜钱都是一样的，端来的饭天差地别，你爸病了，有没有心都在这饭里呢。他赶紧扯她的袖子让她别说了，他知道私下里她一定没少给儿子偷着塞钱。

他跟儿子讲，你姐不容易，你多担待一点。儿子很懂事，说，爸，我都知道，你放心。上一次下病危通知书的时候，他趁着CCU仅允许一位家属探视的机会，把儿子叫到床前，算是下了遗嘱，照顾好你妈，她一辈子没吃过什么苦，什么都不会做，以后跟你们住在一起，恐怕要让你媳妇多包容了；你姐那边，能多帮衬就多帮衬，小南在南京脚跟都没站稳，她一个人在这边也没个依靠，有没有合适的人，你多留留心，总得让她再走一步……我最放心你了，你跟你媳妇都是靠谱的，你们要照顾好北北，现在孩子都辛苦，别给她太多压力……另外，有件事我要跟你交代一下，你得答应我，不要买双穴墓——现在买单穴的人也很多，不是什么难事，那些亲戚们如果问起来，你就说是我的意思，你妈那边，你多宽慰，她也未必想和我躺在一块，我就这么一个心愿，你一定要记住我说的话。

CCU病房里有着浓重的消毒水味道，吃喝拉撒都在一张床上。年轻的女护士进来，面无表情地把他脱光，擦洗生殖器的手毫不迟疑，完事之后又换上新的床单。管子插满全身，打进静脉的液体让他浑身的血都凉了下来，每一寸皮肤仿佛都起了鳞，他变成了一只被捆得结实的蜥蜴。不论睡着还是醒来，眼前都是那块白得刺眼的天花板，这样的日子不知道过了多久，他感觉很长，甚至比他之前的生命加在一起还要长。之前的日子过得太快，他有时候也不能相信自己已经稀里糊涂地活到了该进棺材的年纪。

眼眶里的冰压得很牢靠，硬硬地结在表面，他努力想让自己看清一点，但发现已经无法让它们融化了。

二十岁那年他本来要去当兵，填好了所有的报名表，通过了体检，通过了政审，只差最后一步。就在印章落下之前，母亲蓬着头发跑来办事处大哭，我早早死了男人，就这么一个成年的儿子！家里还有四个小的和两个老的，你们还要拉他去当兵！这不是要我的命吗！她坐在地上拍得四周起尘，眼泪鼻涕糊在脸上，周围人三三两两的咳嗽声中，那个章终究没有落下来。

当初那一批去津城的人早已在异乡娶妻生子，如果他没有留下，现在也应该在那边定居了——命运的章印如无那次勘误，此时此刻身边的人就应该不是老伴，而是她了吧。彼时她家举家北上迁往津城，他与她说好，她去那里工作，他去那里当兵，他们都没有说破，只是在北风卷地的夜晚，在自行车的后座上留下了这个约定。他后来写信给她道歉，希望她如有归宿可来信告知，祝她永远幸福。他早早参加了工作，帮母亲拉扯四个弟妹长大，没有再收到回信。

前两天儿子说，明年就是他和老伴的金婚，打算订一对婚戒给他们庆祝，他连连摆手，不要折腾了，心脏受不了。窗外有了曙色，他低头去看已经变成深红色的液体，忽然感到一阵释然，甚至盖过了初始的恐惧，金婚不会到来，他只希望儿子能按他的嘱咐去做，不要再替他做主。

02　青裙

阴天实在糟糕。室内的光线昏暗，整个房间都显得污浊起来。头顶的吊灯落满了灰，冷白色的光也变成了烟灰，她从凳子上下来的时候眼前一黑，忍不住趔趄了一下，哎哟，她叫，回头一看他还蹲在那里扶着凳子，依然沉默着，连头都没有往她这边看一眼。

她耳朵不好，年轻的时候得过中耳炎，那个时候也没有多好的药，留下了病根，他一直嫌跟她说话费劲。她没听清的时候想让他再重复两次，声音一大他就不耐烦起来。他是没说什么，可是他的眼角眉梢，他的表情，都毫不掩饰地把嫌恶写进每一条皱纹里。他总能精准地挑动到她最暴躁的那根神经，又一次成功地嘲笑了她的羞耻和无能，你吼什么吼，多问你两遍怎么了！我耳朵听不见你又不是不知道！她被逼到发飙，隐隐地，她看到他的皱纹里终于释放出了一丝快意。

她当然知道怎么报复。他以为他放弃了生活的部分体面就可以换取一份保守的自尊，殊不知他残余的自尊早就已经不足以支撑他最基本的生活。他抖抖索索的手伸向盘子里的虾，袖口毫不意外地扫到了盘子里的油汤，而他根本不自知，依旧卖力地向前伸啊伸的。筷头颤颤巍巍，虾身体通红，那颗黑色小眼睛简直和他的一样呆滞。她不看他，假装投入地吃自己的饭，慢条斯理地剥掉虾壳，等到他因吞咽急切而呛到的时候，才作势伸手拍他的背，急什么啊你，注意吃相，没人和你抢。

她知道他的床头一直放着那本书，《青春之歌》，不知道被他翻了多少遍，封皮破了，被他用牛皮纸小心地包好。就这样过了许多年，分床之后，等牛皮纸又破了，她收拾床铺时看到那张书皮里掉出来一张照片，一张拥有细长眉眼的面孔，带着南方特有的水汽，留着那个年代很常见的齐耳短发，翻过来，照片背面是如眉眼般纤细的四个字：世泽留念。

　　她难得没有气急败坏，这恐怕是一生中仅有的几次学乖。想到儿女都已成家，他们已然分床，气急败坏又有什么用。她把那张照片扔进马桶，把书原封不动地放回去，若无其事地吃饭睡觉，然后看他努力掩饰自己的心不在焉。她嚼醉了冬瓜的每一根经脉，连微酸的边缘也咽了下去，趁着他又一次呛到的时候，轻轻拍打他的背，以后你的床自己叠一下，放那儿也行，你的被子厚，我叠不动。

　　她嫁给他的时候只有二十岁，他是长子，她是幼女。父母老来得女，只想在还有力气的时候赶紧给她找一户可靠的人家，但求安稳，不求富贵。看中他踏实肯干，有责任心，底下的弟妹也大了，自己又已经独立门户，于是亲自上门找到他同样年迈的母亲，两家一拍即合。

　　他确实也包容了她很多，她不会做饭，他下班一回家就进厨房；她喜欢吃点心，他用省下的粮票给她买；逢年过节，他去她家从来都是尽力慷慨，父母兄姐无一不说他好。她只觉得自己的生活平稳过渡，也算顺遂，直到过了天命之年才意识到，原来一直以来都少了一点什么。

　　生下女儿之后，她涨奶引发了乳腺炎，婆婆忙不迭地让她把女儿送过来，她知道婆婆嘴上不说，心里也盼望她能再生一个儿子。其实何止婆婆，连父母那边也在催，男人是长房，怎么能没儿子呢。把刚出生的女儿送到婆家，她也有点不舍得，但没有办法，她自己病着，也实在无力照顾孩子，只好任由他们。在终于不负众望生下儿子之后，她把女儿接回来，看到的却是她闪躲和怀疑的眼神。她也曾用那些精细的点心哄她，裁好看的布料给她做裙子。刚刚七岁的女孩，拿着裙子，却直直对着她说，你买布的时候想到给奶奶买了吗，爸爸做什么总是想到外婆家，你有这个心吗？

女儿说完话一脸平静，不符合年龄的老练。她不可置信地看着那双和她酷似的眼睛，声带忍不住发抖，谁教你说这些话的？是不是你奶奶他们？是不是！

深深的绝望从她心底涌上来，结婚后因为他工作调动，他们搬到了城市的另一端。平时工作都忙，她又晕车得厉害，回家的次数确实不多。但家中大小事情都是他处理的，照顾她家的同时，想必他也不曾亏待自己家，何来她没有心一说。当初父母给她安排这门婚事，她嫌他年龄太大，但他们都说他可靠，照片看上去也端正，婚后也不用和婆婆住在一起，于是才同意了。隔着半座城，婆家的人自然不能对她指手画脚，没想到居然在女儿身上下了功夫。七岁的孩子已经懂事，平时对她躲躲闪闪，一放假就撒欢似的住进奶奶家，不怪她心思都在儿子身上，是她根本暖不回来女儿的心。

她还记得女儿生小南那一天，下着大雪，她和女婿一起在产房外面等着。她拎着保温饭盒，里面是用党参炖好的鸡汤，他们等了一个通宵，等到鸡汤里的油都浮了上来，凝固成一层脆弱的淡黄色，孩子还没能生下来。女儿太瘦，临盆的时候才刚过一百斤。她结婚后吃不惯婆家的饭菜，瘦了十几斤。其实女儿结婚前也不算胖，在家里吃饭也是吃两口就返回自己房间。她想起来自己怀女儿的时候胖到一百四十多斤，那个年代寻常孕妇吃到细粮都是奢侈，而她连难见的芙蓉切都吃到不耐烦。女儿怀孕的时候她也曾拎着水果去看她，但女儿总是淡淡的，当着亲家的面也只是与她敷衍两句，她面子上挂不住，次数多了也就丧失了耐心，回去把气撒在他身上，看你养的白眼狼！亲妈去了还要端个架子，给谁看啊！

她似乎能听到女儿在产房里的挣扎声，就像她生女儿时一样。女儿出生时整整六斤，在襁褓中哼了两声就不哭了，医生担心肺里的东西没清干净，又照着屁股上狠狠打了两下，于是产房里充满了女婴细弱不断的哭声。虽没有遂他们的心愿生个儿子，但她的心还是在这个通体粉红的小肉团面前化成了水，温柔地湿成一片。转眼女儿也要生孩子了，是如何走到今天这个地步的呢，不知道哪一个细节，如蘸水的柳条般在心上湿漉漉地抽了一下，她抱着冷却的鸡汤默默哭了。

儿子是她一手带大的，有出息，对他们也算孝顺，只是忙得过头，每次回家都说不上话，眼睛永远在手机上。快三岁的北北被她外婆照顾着，说的一口扬州话，她听不懂。他们说她耳背不适合带孩子。北北见到她只是问她要手机，然后打开那个游戏软件点来点去，各种颜色的方块在屏幕上堆积又消失。她虽然心有不满，但也暗自庆幸北北聪明，不像她爸爸，两岁多了还不会搭积木，只不停央求妈妈搭给他看。她只好教他识别各种形状，看那些五颜六色越垒越高，堆成一个缤纷的宝塔，漂不漂亮？她摸着儿子稀疏的头发，小人却不回答，摇晃着走上前去，哗啦一声推倒。她一惊，你这个小坏蛋！妈妈好不容易才堆好，你怎么上来就搞破坏！儿子笑得咯咯的，见她生气了，依侬着缠上来抱住她的脖子，她无可奈何地把他抱起来，小冤家，真是上辈子欠你的。

这么多事堆在一起，像一块拧不干的抹布，绞出断续的脏水，再擦再有，再拧再擦。她快五十岁的时候更年期，下面经血淋漓不止，像是在做最后的冲刺，在某天醒来的时候发现卫生巾上一片洁白，她终于陷入了一场精疲力竭的空虚。十多年过去，她已经习惯于这种空落落的感觉，耳背给她的世界搭了一个方舱，她住进去后就再没出来。她知道他已经接近油尽灯枯，她想其实我早就流干了最后一滴血，比你早很多。

03　来燕

外面的雨似乎停了，她打开冰箱，暖黄色的光默默迎上来。鸡蛋还剩六个，胡萝卜两根，小葱香菜放在塑料袋里，即使隔绝了空气还是有点蔫了；土豆表面开始泛青，需要赶快吃掉，门上有一袋还没开封的涪陵榨菜和吃了小半瓶的玫瑰腐乳，底下又零零碎碎地堆了一些风干的木耳和腐竹。这些干货本没必要放进来，但冰箱空着也是空着，索性还是都放进来吧。

她刚刚出门去交有线电视费，之前她报停了十个月，包年要三百块，按月付是三十八块。平时她自己在家的时候不看电视，但小南说下个月会回来一趟，她犹豫了一下，觉得还是把有线电视装上，她不想让儿子知道她在家把有线电视停掉了。

回来的时候她买了一小把水芹，又买了两个带疤的番茄，打算明天给父母做番茄炒蛋和西芹木耳。冰箱里土豆放不到明天，今晚就得吃掉。她把土豆上面的土冲干净，又拿刀口把发芽的地方挖干净。刀实在是钝了，切土豆时明显使不上劲儿，该拿去磨一磨了。以前走街串巷全是喊"磨剪子戗菜刀"的人，现在一声也听不到了，这把刀上次还是小南的爸拿去找人磨的。他喝多了酒又要出门胡闹，扬言要把钱都赢回来，她拦不住，又怕吵醒那屋已经睡觉的儿子，伸手去捂他的嘴，他推开，她又上前，慌乱中那把刀落在她的小臂上，顿时血流不止。男人看着她，手里的刀沾着血，不知道该往哪里放，他靠着门摇摇晃晃坐下来，醉意似乎淡了一点，声音慢慢小了下去……

自从单位把他从技术岗调离，烟、酒和赌全都找上门来，填补了他门可罗雀的空虚。彼时小南正在高考，她不想跟他吵架，只好任由他在麻将馆把钱流水一样花出去。他永远寄希望于下一次好运，但好运始终没有降临。打完十六圈麻将之后再去买醉，跟几个惯常的输家一起。开始还会买超市的瓶装酒，后来只能去副食铺买散装勾兑的二锅头，用一个脉动饮料瓶装着，随便买一包五块钱的花生就能在街边坐到半夜。他把得过的荣誉和嘉奖一次又一次重温，在酒精的作用下吹嘘到变形，像一瓶热水贴在心口，保温时长却越来越短，刚走到家门口就散了干净。进门后就只会摇她的肩膀，你爸在技术处那么多年有什么用啊，退了之后半句话也说不上了……说调岗就调岗，现在一个月有半个月都熄工，这跟下岗有什么区别……不过他们也够有先见之明的哈？早早把你弟弟送出去了，人家现在衣食无忧啊……你说是不是？你说是不是？

　　他半哭半笑地抚她的脊背，她感觉有蟒蛇一般冰凉滑腻的东西贴上了自己，想甩却甩不掉。就像小时候在奶奶家，邻居家那些使坏的小男孩往她的鞋里放蚯蚓一样。你爸你妈不要你啦，扔了你生弟弟去了。他们喜欢看她惊惶地把鞋甩开，然后边笑边跑远了。从有印象开始，她就住在奶奶家，每天早上和奶奶一起喝加了壮骨粉的豆浆，她的碗里还会多加一小勺白糖。奶奶跟她说，壮骨粉是你姑姑买的，白糖是你爸爸买的，你妈妈呢？她早就不管你啦。她看奶奶笑着跟她说这些，那个笑容让她有些不知所措，奶奶算是对她不错，会把凤仙花捣碎了，兑上明矾给她染红指甲。挑一勺殷红的花瓣放在指甲上，用叶子紧紧包起来，再拿小绳子扎紧。奶奶手劲很大，常常勒得她指节发麻。不紧一点怎么行？得敷上一夜，扎不紧指甲根本就记不住这颜色呐。指甲记住了殷红色，她记住了姑姑买的壮骨粉，爸爸买的白糖，端起碗咕嘟咕嘟把豆浆喝下去，问奶奶，那我妈去哪啦。对面的咕嘟声停了下来，碗底干干净净，你妈？你妈没有心，你妈不要你，生你弟弟去了。

　　她再回到这个家的时候，家中已经是一家三口在等着她了。一家三口，看起来其乐融融的一家三口，父亲母亲和四岁的弟弟。她一回来就看见弟弟坐在妈妈怀里吃饭，而她只能坐在一边；她从来没见弟弟挨过打，但鸡毛掸子却结结实实从她身上抡过；弟弟碗里的肉永远比她多，弟弟的衣服永远比她新，就连早晨的豆浆，弟弟碗里的似乎都要比她的甜……母亲看向弟弟的时候永远眉眼弯弯，看向她的时候仿佛瞬间戴上了面具，没有表情，让她猜不出喜怒，她甚至开始怀念奶奶那个让她不知所措的笑容。那年冬天她在学校不小心感冒，回到家又传染给了弟弟，两个人同时开始发烧的时候，母亲絮絮不停地埋怨，自己生病回来还要传染别人，眼看就要过年了，真是丧气。她那年十岁，还不懂丧气是什么意思，但她牢牢记住了这个词，等她明白过来的时候，恨意已经生根许多年。

　　她明白父亲是有意照顾她一点的，但也就只是一点而已。吃饭的时候多夹一筷子肉，出差的时候多带一件衣服，挨打的时候多拉一点架……她记得有年清明节，母亲带着弟弟回了外婆家，父亲加班没法回去，就在下班后带着她去郊外踏青。她穿了软软的绸裙子，戴上草帽，坐在父亲的自行车后座上。路上遇见一个卖糖稀的老奶奶，父亲给她买了一块，两根小棍搅着一块介于液体和固体之间的糖，被她拿在手里玩了一路。车子停在一处水库旁边，她跳下自行车的时候把糖放进了嘴里，风鼓起她的裙子，麦芽糖的味道瞬间吹满整个世界。她穿着浅口的帆布鞋，脚下的草地松软，看见远处飘起了形形色色的风筝，那真是一个再好不过的春天。

其实她没有想那么早结婚，尽管他的条件还算好。彼时他是一个前途无量的技术员，大学毕业，年纪轻轻就已经手握发明专利。但恋爱时的一次争吵中，他随手砸碎了手边的暖水瓶，一声巨响，房间里宛如炸了一颗核弹。开水冒着热气在脚下蒸腾，硝烟弥漫，一地晶莹。父母也曾争吵，但从未有过摔盆打碗的事，多是母亲抱怨，父亲沉默。她看着他心想，吵架而已，至于么。于是她跟他说，我们还是好聚好散吧。他不甘心，频繁地赔礼、道歉，解释说那天是一时气急，并保证以后再也不会如此。回到家她知会了父母，母亲那天似乎心情很差，听她说完后对她连看也不看，也不知道你什么时候才能嫁出去，二十好几了天天在家吃闲饭，就挣那么点工资……得了，先去把你弟弟的衣服洗了，我腰疼得半死也没见你搭把手……

搓衣板上泛起星星点点的泡沫，她机械地揉着手里的白衬衫。几年前她高考落榜，想复读没有被同意，最后托了父亲的关系进工厂里上班。母亲对此的解释是，你是女孩，成绩又不好，离本科线差那么多，不如早点工作给家里减轻负担。父亲对此的反应依然是沉默，只是在她去上班的第一天对她说，先去参加工作吧，等稳定下来了，再去读夜校也行，家里条件确实……供不起你们两个人，你是姐姐，只好先委屈你了。几年后弟弟成功考上大学，全家举杯庆祝的时候她的手一直在发抖，根本说不出来祝福二字……她握着像带鱼一样滑腻的肥皂，不知什么时候就蓄满了泪，砸进蓬松的泡沫里，悄然无声。

心里难受就别在这洗衣服了，父亲站在身边，他的手搭在她的肩膀上。你还年轻，总能遇上更好的，只要你自己不后悔就行。她下意识地躲开了那只手，这种安慰对她来说，除了唤起厌恶并无他用。她默默地估量自己，长得一般，个子还可以，没考上大学，但有份工作——她明白自己就是一个退而求其次的选择，像穿久的白衬衫，干净但始终泛着黄色。

母亲的声音就在这时破门而入，洗衣服的时候也不看着点啊！衣服里的纸怎么不掏出来！怪不得人家不愿意跟你谈了，这么大个人了连个衣服都不会洗，这万一你弟弟要用……她看着被水泡烂的纸浆，辨识出那是一张看过的电影票，再一抬头，是母亲气急败坏的脸，她无数次见过这样的神色。母亲抽搐的嘴角就像细细的鞭子，刚刚停摆的眼泪一瞬间夺眶而出。她找到他说，我原谅你，但我们必须马上结婚，你答不答应。

他们结婚时她刚满二十一岁，婚后第一次旅行一起去了北京。在八达岭长城上，他说，如果以后我死了，就把我洒在这长城底下，不要立什么墓碑，你要是愿意，我们也可以洒在一起。秋风多厉，吹得她手脚冰凉，不记得在上面站了多久。风在长城的空旷中带着哨声，穿过很多年的坎坷，一直吹到他出殡那一天。她小臂上的伤缝了四针，他半夜送她去医院，等她处理好伤口出来，看见他躺在地上呕出一摊血，没有悬念的肝癌晚期。他撑了三个月，最后瘦成一把骨头，好在看着儿子考上了大学，他说他也没有什么遗憾了。她陪他度过了临终的晚上，彼时她手上的伤口已经愈合，留下一道不深不浅的疤。他最后跟她说，对不起。

燃气灶上火灭了，她把土豆盛出来，拌进前一天的稀饭里，冷饭热菜，一起放进嘴里也尝不出温度。儿子去外地上大学之后，父亲来陪她住过一段时间，后来好几次想给她一些钱，她没有收。在她看来他递出的每一笔钱都是出于对过往的愧怍。她没能在父母身边长大，没能上大学，匆忙结了婚，又遭中年不幸，她早早就扣错了人生的第一颗扣子，一开始就无可挽回。

但是——真的是很奇异的，不得不承认——丧夫这件事在某种程度上给予了她私密的底气，让她居然有了一种近乎兴奋的快感——因为她已经没有扣子去遮蔽以后的生活，也就再无怯懦。她拒绝父亲私下给她的补贴，因为每一笔钱反而都让她的恨意更深了一寸，尽管她心里清楚父亲已经时日无多，但正是时日无多让那份快感愈加强烈——终于要到结束这一切的时候了。扣眼已经用完，只有一颗扣子零余在那里，他们每一个人都是帮凶。她知道自己已经没有了可以逃回奶奶家的暑假，也不会再有那样的春天。

04　旭开

不知什么时候开始冬天就有了霾，雪天再也不是干干净净的雪天。今天白天时阴时雨，到了晚上忽然变成了雪。下雪之后的街道像是被按下了静音键，傍晚的灯刚一亮起就陷入沉默。这个天气出门的人不多，不少小吃摊主已经将折叠桌椅收好放上电动三轮车，只有一两个摊位还在固执地坚持。他走到一个馄饨摊前，木板上是粗糙的黑墨，写到最后一笔的时候干枯到力竭，那一勾显然没力气再提上去，混沌，十元一份。他看到了扎眼的错别字，但下一秒就决定视而不见。他跟摊主说，老板，一份馄饨。

今天早上没来得及吃早饭。北北在托管班门口哭闹了好一会儿，妻子哄了半天，并且承诺下午一定让她成为第一个被接走的小朋友，她才一步三回头地走了进去。这个时间段，幼儿园门口总是堆满了车，他开了五年多的二手帕萨特在一众车中显得并不出色。之前他跟妻子提议说要不要换一辆欧蓝德，空间大，座位多，出门的时候可以把爸妈都带上。但他的那点心思很快被妻子戳破，算了吧，你爸现在根本不出门，就算出门，也不会和你妈一块，连北北都知道爷爷和奶奶不说话，他们怎么会愿意一块出门……这车贷还完还没两年，北北明年就要上幼儿园了，就为了你面子上好看？省省吧。

妻子每句话都像流水线上的钉子，精准地敲在他心脏上。他默不作声地发动了车，早高峰一路红灯，路遇一辆怒按喇叭的奥迪，一辆干脆熄了火抽烟的宝来，还有一辆强行插队的丰田。紧赶慢赶，还好赶在最后一分钟打了卡，保住了这个月的全勤奖。他在工位上坐下来，从浑身燥热到微微发冷，后背上的汗一点点褪去。

他何尝不知道父母的关系已经是强弩之末。其实不只父母，好像他们家谁跟谁都是这样，父亲与母亲，母亲与姐姐，父亲与姐姐，他与他们。

每天的工作都细碎烦琐，忙了半天也不知道做了什么，但却总也做不完。他在工位上坐了一天，终于熬到下班。天尚未擦黑，他汇入晚高峰的洪流，某一秒钟，他握着方向盘几乎睡着，猛然惊醒后看见周围一片红灯。

今天轮到他给父母送饭。父亲依靠他，每次看向饭盒的眼神都让他想到北北。母亲每次都要说，别光顾着我们，每次都做这么多菜，你给北北她妈说，下次别做这么多了，两个就够，我们吃不了。然后转头看向父亲，用筷子敲着碗边说，给两个人一样的钱，也不知道那个都花到哪去了，我看是想让她爸妈吃糠咽菜……他每次都及时地打断母亲，吃饭，吃饭，再不吃饭就凉了。

这些饭菜并非出自妻子之手。他猜或许他们已经知道，也或许他们味蕾退化，并无意识，总之无人说起。明眼人都看得出来，你姐就是在糊弄，她做女儿的都是敷衍，我还认什么真。妻子的话总是让他哑口无言，几次争执之后，他终于妥协，决定下了班之后去餐馆买现成的，再装进保温盒里，跟他们就说是家里做的。父亲现在连吃饭的样子都和北北一样，嘴上挂着饭粒，袖子在盘子边缘扫来扫去，夹住一棵花菜又掉下来，不得已伸着脖子去够。他帮他把袖子挽好，把饭粒擦净，看他埋头吃饭，呛到，咳嗽，咳到饭粒呛出来，拍了背继续吃。而母亲在一旁放下筷子就要起身去厨房，给你拿个碗吧，咱们一块吃，我和你爸吃不完。他赶紧摁着母亲坐下，我在单位吃过了，别管我，你们吃，你们吃。他看着他们差不多吃完，于是起身要走，父亲坐在那里没有动，又吃下一片硝酸甘油；母亲拉着他还想再说两句，他胡乱应付了过去，几乎是逃一般地出了门。

北方的冬天在供暖之后，总是在严寒与燥热之中毫不委婉地切换。天越黑越早，刚过七点已经彻底暗了下去。室外如雾般污秽，灌进肺里的冷空气却如常凛冽，令五脏六腑都打了一个寒战。他感觉自己像是一个被揉成团的塑料袋，在冷空气的作用下缓缓松开。饥饿感迟疑了一会儿，终于扑了上来，他这才想起来今天只吃了一顿中饭。

北北已经被她外婆接走了，这会儿应该在看电视。妻子不知道有没有从单位出来，可能刚加完班，也像他一样，正在路边随便吃一碗馄饨。馄饨皮太厚，煮的时间又短，吃起来有点夹生，盐放得有点多，他尝了一口就不得不向汤里加了醋。外面的馄饨当然是舍不得填馅的，一层皮下面仿佛包着空气。但他依然大口大口在吃，饥饿感一旦复苏就宛如洪水猛兽，必须赶在血糖降低之前制服它。他囫囵吞咽，几乎没有咀嚼，直到额头上沁出一层细密的汗，他才终于把碗放下。停了三秒钟，他对着空碗打了一个嗝，反应过来后舔了一下上颚，才发现被烫掉了一层皮。

他总是这样后知后觉，长到二十岁时才意识到自己其实被眷顾很多。他在大学里和女孩看电影谈恋爱的时候，姐姐在工厂里做着螺丝钉一样的工作，接着莫名其妙就和一个男人结了婚。小的时候他一度希望能有一位哥哥，可以陪他闯祸，帮他在别人面前示威，他也曾在打架后告诉过姐姐，可姐姐只会跟他说，碘伏在柜子里，自己涂。印象中姐姐一直是一个沉默的人，常年有胃病，每次只盛半碗米饭，夹两筷子素菜，泡进汤里吃下去。上中学后他开始住校，只在周末回家，他的童年与少年，姐姐都是安静坐在一边，谢谢，好，吃饭吧，先走了。他们的对话几十年如一日，因为没有幼时的共处，像是两个没有交集的圆圈，等边缘碰到边缘，也只是轻轻弹开。姐姐出嫁那天穿着一件红色裹身旗袍，他第一次看到她直板一样的身材，没有胸，小腿不如他的胳膊粗，踩在一双镶满水钻的高跟鞋上，局促得像个偷穿大人衣服的小学生。她身边站着一个他根本不认识的男人，他们走过去一桌一桌地给大家敬酒，等走到他面前时，姐姐对他说，旭开，祝你学业有成。然后一仰头，对他亮出杯底，他慌乱地把酒灌下去，刚好对上她亮晶晶的眼睛，然后就看着她挽着男人的胳膊走向下一桌，没有多余的一句话。那天的姐姐像是一个战士，他这才发现原来他一直都不曾认识他的姐姐。

父亲生病后，妻子一直让他去找姐姐说，让姐姐来负责父母的饮食。不是咱们不愿意尽心，你看看咱们家，你和我动不动就要加班，北北那么小，我妈带她就够累了，真的没有时间再单独给你爸妈做饭，你把咱们家那份菜钱也给你姐，再额外多添一点，让她每天做好饭送过去，反正她退休了也没事干，咱们就当补贴她了……他去和姐姐说了这个意思，姐姐没有同意，其实这个结果他也猜到了，她的本意是一天都不想管的，还是从小看着姐姐长大的姑姑出面劝了两句，还是和你弟弟轮流去吧，毕竟是你爸妈，不管怎么说也养了你这么多年，咱家不能出一个不孝子，让别人看笑话。看在父亲临终的份上，为了维持所谓的体面，姐姐才勉强答应。他知道，自从出嫁后，她自认已经不属于这个家。

姐夫去世时，他曾私下给姐姐塞钱，担心她一个人养着孩子，生活拮据。姐姐推开他递来的信封，眼睛像婚礼那天一样亮。旭开，这钱你拿回去吧，你们以后养孩子还要用钱，我真的用不到，你不欠我什么。

时值秋凉，她的话有如一场霜降打在他的后脊上。姐，你说什么呢，你是我姐，小南是我外甥，一家人，什么欠不欠。姐姐戴着孝，她这几天几乎没有合眼，嘴唇干裂地渗出血来，但她依然咬住了它。我心里明白，你不欠我的，你的心意我领了，但钱我真的不要。除了丧礼金之外，姐姐一分钱也没多收。他临走的时候对她说，姐，如果有什么事就告诉我，别分什么你的我的，我们都是爸妈的孩子，我们血管里的血是一样的。他看她犹疑了一下，把嘴唇上的血抿掉，我知道了，谢谢你……但是旭开，以后还是别说这话了——她轻轻笑了出来，我们不一样。

他付了钱，把用过的卫生纸扔进碗里，看它们吸饱了残汁，在碗里舒展开来。路灯下的雪色让他心里温柔了一下，但想到明天路面会打滑，立刻感到发愁。刚吃完的馄饨不太消化，顶得他有些胃胀。他和姐姐是一人一天，隔天他就要来爸妈这边一次，下班后匆匆奔向餐馆，买好饭之后开车汇入晚高峰。姐姐可以把饭放下就走，但是他不能，他是父母一手养大的儿子，从不曾假手他人，他被给予了所有资源和期望，因此他绝不能临阵脱逃。他必须看父亲像北北一样吃饭，看母亲在一旁无动于衷，看父亲饭后吃下一片硝酸甘油，然后听母亲抱怨姐姐种种不是。他又想起姐姐结婚时的一身红裙，和那天的一身孝服，她是铁了心要做和他们对垒的人。他看着这一切，没法和他们一起吃饭，跟他们说自己已经在单位吃过了。不是为了省钱，也不是想推卸责任，他只是觉得太难了，就像雪天行路一样艰辛。

不知道什么时候起，雾霾就开始光临每一个冬天，每一季都比上一季更沉重，再也没有退散的意思。但他没有办法，他的生活就在这里，他们是至亲，他与他们每一个都血脉相连。

馄饨摊的凳子和桌子都太低了，坐了一会儿，腰就开始隐隐作痛。他缓慢地站起来，手机屏幕上显示八点五十五分，他想北北这会儿应该已经睡了，不知她今天有没有闹，或许妻子已经回家，也给她讲过了故事，他想明天一定要让北北成为第一个被接走的人。

05　经南

南京又在下雨。公司的人走光了，他下班后没有回家，就在工位上看BBC的野外纪录片。声画不太对得上，网也时断时续，在一种无穷无尽的消耗中看了四个多小时，像是一场精疲力竭的梦。画面上各种高山深谷，冰川江流，越来越饱满的梦境仿佛要代替他的生活，但他没有力气再去摸手边的遥控器，就任由面前的屏幕放映着，感觉这样也没什么关系。

这是他来到南京的第五个年头，已经习惯了冬雨带来的湿冷。当时所有人都劝他留在家乡上学，理由是父亲病重，母亲一人在家，他是唯一的孩子，唯一的指望。你妈多不容易，就你一个儿子，离她近点也省得她为你操心。

父亲会死，这是事实，每个人都默认。后来父亲果然死了，他刚开学一个月就又赶回来奔丧。葬礼上被很多人用手，或者用目光拉着，他感觉自己像一件被抻来拉去的布，那些人说起话来，劲头简直像是一群食尸鬼。你看你这孩子，跑那么远去上学，你妈现在一个人在家，连个说话的人都没有……南方有啥好？你妈多不容易，毕业就赶紧回来吧……丧席上他们点了剁椒鱼头，鱼头吃干净了再下面片进去，拌着残余的汤汁和剁椒，所有人都发出稀里呼噜的咀嚼声。他穿过大火爆炒猪下水的味道，借上洗手间之际透了口气，他想还有两天，还有两天就可以回学校了。

他在师范大学读中文，最平常也最平庸的专业。母亲要求每天晚上打一个电话，说到最后无话可说，他就开始汇报每天的菜价，中午吃了麻婆豆腐，两块多……两块几记不清了，下次再看一下……熏鱼是甜的，南方的熏鱼都这样，五块钱一块，可以加在面里……我没委屈自己，妈你也不要舍不得吃……母亲最后总是追问，还有什么？还有什么跟妈妈说说？他说，没有了，就这些，其他的没了。

母亲在电话那头叹一口气，我知道你现在不愿意跟妈妈说话了，嫌妈妈烦了，真是小坏蛋……最后那个昵称让他无所适从，脑中某一根神经很明显地抽动了一下，他抬头看了看周围，走廊上空无一人，妈要不我先挂了，我还有书没看完，你早点睡。

唉你去吧去吧，就知道你嫌妈妈烦了，都不要我了……那明天再打电话？明天是周五，可以多跟妈妈说一会儿……

明天再说吧，晚安。他迫不及待地挂断了电话，走廊上有些冷，他借着穿堂风长舒一口气。每每通话，她总是愿意把话题引回到他小时候，而他无法适应母亲依然使用停留在他童年时的语气。你记不记得你小时候最爱吃糖醋里脊，你们学校的糖醋里脊肯定不如妈妈做得好吃，那时候隔三岔五就要给你做一回，妈妈有次因为做这个还被油烫了你记得吗？你当时还在上小学呢，还帮妈妈涂药膏……你看你小时候多乖多知道心疼妈妈，现在真是大了，都嫌弃我了……

他承认，这样的语气会让他的耐心迅速瓦解，他需要沉默好几秒才能抚平自己的心悸。有次期末季他实在不想给母亲电话，在经历三个晚上三十七个未接来电后，再接起来时听到的是母亲的哭声，你能不能体谅一下妈妈，妈妈现在就你一个指望……我知道你现在大了，嫌弃我了，嫌弃我是你的累赘了，可是我只想跟你打一个电话……母亲声音凄惨，卑微又可怜。哭声持续了很久，他几欲开口，却无法插上一句话，她童年不幸，中年丧夫，含辛茹苦，省吃俭用。她无可指摘，他不能不耐烦，他是最无权不耐烦的人。

他知道母亲在家里没有能说话的人。记事起母亲和外婆就如敌国般对峙，他自然是被告诉要站在母亲这边的。逢年过节跟着母亲去外婆家，看着她们心照不宣地冷战，外婆夹进他碗里的鸡腿似乎都泛着复杂的光泽。谁知道你外婆是哪里买的，在冰箱里冻了那么久，也不知道坏了没……你吃一个鸡腿，她后面一车话等着，又说是你舅舅买的，又说花了多少钱，还不是为了说给我听……他年纪小，瞬间觉得刚才吃下的鸡腿砒霜般充满恶意，于是下一次也学会违心地说，我不要，我不爱吃。

违心像是一条捷径，走着走着就成了习惯。明明看到父亲出入麻将馆，他会装作没看见；父母在房间里压低了声音争执，也装作没听到；半夜里听到重重的敲门声，接着就是一阵散乱的脚步，他在黑暗中睁着眼睛，知道是父亲又喝醉了回来，第二天早餐时母亲试探地问他睡得怎么样，他埋头喝稀饭，把碗端起来含糊说，挺好的。这条捷径给他省了很多的事，令他不用再应对母亲絮絮的解释。从小到大，相同的故事母亲向他讲述过无数次。我当初根本没看上你爸，如果不是实在受不了你外婆，我也不会嫁给他，要是没嫁给他，也不用过今天这样的日子……他清楚母亲和外婆之间的桩桩件件：裤子吊到脚踝也没有给做新的，袜子打了好几个补丁却还是不得不穿，出嫁时外婆给的首饰被母亲认为成色不纯，生产时端来的鸡汤也根本没熬到火候……每一个故事听起来都痛心疾首，每一个对他来说都已经烂熟于心，有些故事其实根本不属于他的记忆，有些因为太糟心，他曾有意无意地想从脑海中忘却，但母亲一遍遍重复，迫使这些原本不该存在的记忆点长在了他的心里，变成一摊生着烂疮的藓。

　　无数人给他说他母亲很不容易，他应该体谅她。他也觉得她很不容易，所以下一次再听到母亲问他某件事还记不记得时，他就沉默，然后看着母亲默认他不记得，听着她又一次开始。而母亲对外婆的抱怨与对他的好总是相辅相生，看妈妈对你多好，你外婆可没这么待我，当初她……小的时候他还真的认为自己确实是幸运的，有一个对他好的妈妈，比别人都幸运很多。他自己也好奇，究竟是哪个时刻开始，他才意识到自己并不拥有脱颖而出的幸福——原来身边人的妈妈都是一样的。爱是正常，不爱才是不正常——所以当母亲再度在他面前强调他的幸运时，他感到无法接受的羞耻。母亲一直活在梦中，他又不忍心打碎母亲的梦，于是选择走上违心这条捷径，让顺从和盲目成了他无法改掉的恶习。

他坐回丧席的位子上，面片煮得有点硬，拌着剁椒吃下了两碗，鼻尖冒出一层热汗。肥肠果然很快端了上来，在盘子转过一圈之后就所剩无几，母亲还在门口迎来送往，等一切结束后，她肯定会再来向他诉说她的不易。他夹起一块肥肠，油放得太多，尖椒也无味，像是在嚼一块艰涩的橡皮。他咀嚼到太阳穴酸疼，脑海里渐渐泛起奇异的念头。他想起来很小的时候，父亲教他骑脚踏车，他在前面骑，父亲弯着腰在后面扶着，他曲曲折折地骑了很久，一回头父亲还在后面弯着腰，汗聚在他的下巴上，见他停了下来，叠着抬头纹冲他笑。父亲最后累到好几天都直不起腰来，而他也学会了骑脚踏车，并且没有摔一跤。他满怀愧疚地给父亲擦汗，对不起爸爸，累着你了。父亲骂他傻，傻孩子，什么对不起，我是你爸，你是我儿子，我教你帮你，都是应该的。

那么如果父亲没有死呢，他应该就不用来面对这样的场景了吧。母亲成了寡母，从此她就永远正确，父亲的死为母亲镀上了金身，成了母亲终生的挡箭牌。又像是一副镣铐，不论天涯海角，把他的道德之心永远拴在这里，永远隐隐作痛。他感觉泪水倒灌进了胸腔里，眼眶是干涸的，肺却被压得酸痛。周围人来人往，快要溺水的感觉汹涌地泛上来，他把那块肥肠咽下去，又赶紧吞下两大口米饭。

　　南京夏日苦热而冬天漫长，仿佛一旦陷入炎热或寒冷就很难再出来。他毕业后进入一家小公司做文案，工作并不很忙，但他只在春节回家。每次放假回家，前几个晚上总是比较难熬。每天晚上母亲都要揽着他，和他说给外公送饭的日子里，又和外婆有了哪些不愉快的争执，接着又把前尘往事拎出来，像是晒被子一样，一件件拍打过去，在他面前呛出一阵阵的灰尘。母亲揽着他，倚着他的手臂，他心里排斥这样亲密的接触，于是轻轻把自己的手抽出来。母亲露出与年龄不符的嗔怪语气，你小时候不知道有多粘妈妈，怎么长大了就不要妈妈了呢。母亲自顾自地细碎念叨，时不时抽一下鼻子，他坐在那里一动不动，专心地撕长在手上的倒刺。撕裂皮肤的疼痛提示着他现实的存在，看着指尖上冒出一小颗一小颗的血珠，快要溺水的压迫感越来越强。他有次终于忍不住委婉地跟母亲解释，能不能不要再说了，我真的困了，让我回去睡吧。母亲愣了一会儿，转过身对着墙壁哭了，你爸走了，我就你这么一个儿子，平时又不在我身边，趁着你放假回家，就这几天，想跟你说说心里话，妈妈不和你说还能和谁说呢。

　　电脑一点点暗下去，终于变成了蓝屏，他扶着桌子站起来，弯下腰去揉发酸的膝盖。因为起来得太猛，陡然的眩晕让他一下子跌倒在地上。不知过了多久，眼前的漆黑一点点散去，透过百叶窗，他看到窗外昏黄的夜色。手边摸到了一个软软的东西，那是隔壁工位的姑娘送给他的加热玩偶，一直被他放在桌子下面。一只张着大嘴的青蛙，把脚伸进去就能加热。

她知道他一到冬天就手脚冰凉，他知道她的好意。那姑娘个子不高，总是编着一条毛毛刺刺的辫子，笑起来有一对梨涡。遇上对他有好感的姑娘，他也不知道怎么回应，他一直没有爱上过什么人，面对女孩们善意的目光，也只是害怕地躲避。

地板慢慢传来凉意，他忽然丧失力气再站起来。想起来曾听人唱过，往北走五百米就是南京火车西站。每天都有外地人在直线和曲线之间迷路，气喘吁吁，眼泪模糊，奔跑，跌倒，奔跑。他也曾去过那个车站，明天又要去那里，后天就是春节，他还要回家，他知道母亲准备好了一切，她已经望眼欲穿。

06 北北

北北今年三岁，今天早上去托管所的时候又哭了。托管所的老师告诉大家说，每个小朋友可以带一个玩具，北北就想带她那只黄色的小兔子。但妈妈今天只给她带了白色的，北北说，我不要白色小兔子，我要黄色的，我要回去拿我的黄色小兔子。周围停了很多车，妈妈见北北不停地闹，生气地说北北不懂事，北北就哭了，爸爸下来安慰北北，说小兔子都是白色的呀，白色小兔子很可爱，北北不要哭，爸爸回头再给你买新的玩具。北北哭得更大声，北北只想要她的黄色小兔子。

两只毛绒的小兔子都是外婆给北北买的，北北想跟外婆在家，不想来托管所。可是妈妈说，不来托管所，就不能上幼儿园，不能上幼儿园就不能上学，妈妈说每个小朋友都要上学，所以每个小朋友都要来托管所。但北北只想跟外婆在家，外婆会给北北讲小兔子的故事。

爸爸有时会问北北愿不愿意去奶奶家，北北不愿意，爷爷的脸是黄色的，但爷爷没有黄色的小兔子好看，爷爷总是不说话，奶奶说话声音很大，北北告诉奶奶她听不懂，奶奶就更大声地又说一遍，北北很害怕。

小兔子和很多大兔子生活在一起，大兔子们每天都要外出去采蘑菇，或者去找萝卜，它们晚上回来，就会把找来的蘑菇和萝卜做成饭，分给每一个小兔子。外婆说爸爸妈妈白天去上班，就是找蘑菇和萝卜去了，所以北北要听话，要乖乖等他们回来。今天早上妈妈说会第一个来接北北的，但是北北等了很久，他们也没有来，别的小朋友都走了，只剩下北北和小兔子。过了很长时间，北北才看见外婆远远走过来，外婆把自己的围巾摘下来给北北戴上，她说外面下雪了，很难走，她在路上还摔了一跤，所以来晚了。

外婆抱着北北在路上走得很慢，路上有小草变成白色的了，北北特别高兴，有东西落在北北的脸上，凉凉的，外婆说这就是雪。雪是白色的，落在小兔子的脸上就看不见了，因为小兔子也是白色的。

外婆说今天下雪了，蘑菇和萝卜都很难找，所以爸爸妈妈要很晚很晚才能回来。北北问外婆，等他们回来了还会有雪吗，外婆说她不知道，但是如果北北乖乖睡觉，明天早上就还能看到雪。

北北虽然不困，但还是和她的黄色小兔子一起躺在了床上，她愿意听外婆的话。外婆说，等北北睡醒了，爸爸妈妈就回来了，然后北北就可以带着黄色小兔子，我们一块去看雪。

程惠子，曾用笔名惠子、花炎。1996 年生于西安，现为北京大学中文系现代文学专业在读研究生，北京大学五四文学社成员。学习与研究之余从事小说及诗歌创作，2019 年入选第二期"青春文学人才计划"，作品散见于《上海文学》、《青春》、《中国校园文学》青年号、《两岸诗》、《未名湖》。

本文为第六届『青春文学奖』中短篇小说奖获奖作品。

花朝鲁

| 杨　湖

前　言

　　今天是我32岁的生日，两天之后，我就要一个人离开生活30多年的家乡，前往另一座城市工作定居。离别在即，父母准备借着我的生日为我办一场欢送会，两位老人已经为此费心张罗了好几天。在临走的这几天里，母亲天天变着花样做她的拿手菜，父亲骑着车子，到十几公里外的乡下，为我钓野生的鱼。我一直以为这是父亲向我表达情感的仪式。自己从小就喜欢吃鱼，自记事起，每当我需要他的祝福、鼓励或者安慰的时候，没怎么念过书的父亲总是会为我做这件事。

　　我还记得多年前，刚入职的时候，有次父亲骑着摩托车去乡下，许久未归，一直待到雨夜将至。我刚下班，母亲就给我打电话，说父亲还没有回来。犹记当时，乌云浓密，我赶忙拜托同事帮我去寻找父亲。雨滴越来越大，时辰也越来越晚，却始终没有父亲的消息，母亲急得差点哭了出来。后来，我收到临县三桥镇镇警的电话，说父亲在那里。原来，那次钓鱼，父亲跑得太远了，由于道路不熟悉，加之雨意紧迫，父亲一着急便走错了方向，最后迷路了。待我去接父亲的时候，一无所获的父亲看到我后，面带苦笑，欣喜又愧疚，吞吞吐吐说着一些不着边际的话。

转眼间，多少年过去了。少有鱼塘能钓到野生鱼了，但每逢佳事，父亲还是尽力为我做这件事。我从一名警员实习生成了一名出色的干警，即将前往另一座城市担任警队队长。此时，父母都已出门，我一个人在家，躺在床上，思绪空空，看着斑驳的天花板，有一缕轻烟般的伤感，无声地飘进我的房间，透过我的鼻息，溜进大脑。我起身打开存放旧物的橱柜，漫无目的地翻找，从上往下，越往下，似乎越能发现曾经的自己。曾经的记事本，学生时代的书籍，儿时的玩具。我拿起一本日记——《二阶小城记》，是我初中时代的。我会为每一本日记命名，以便为人生这本书填写目录。我的日记断断续续，有时候一个月也没几篇，但少有的几笔便足以帮我勾勒出一段时光的画卷，让旧事浮现。我从橱柜深处的角落里发现了一个绛红色木盒，轻轻地把它取出来，然后自己依着橱柜，盘腿坐在地上。我静静地看着它，许久，许久，一时间有些呼吸困难。当我终于打开它时，里面安放着一本《花鲁村的秘密》（"花鲁村"为"花朝鲁村"简称）和一条淡黄色的碎花丝巾。默视着这一切，我的视线渐渐模糊起来，一段锥心之痛的往事也不由地从记忆深处喷涌而出。

每个人都有秘密，每个人都有难以言说的苦痛，我深知如此，因此，它时常告诫我对人要懂得同情与宽容。

第一章

第一节

"什么？"

"前面就是花鲁村吗？"我问开着车的王哥。

"不是，还早着呢。"一看到前方道路旁边矗立的巨大的广告宣传牌，他便立刻明白了我刚才的问题，"昨天连夜搞突击，今天又起个大早，这阵子的事儿可真多呀。"

"嗯，年纪大了，我折腾不起了。"躺在后面的老周坐了起来。

"你也加入了昨晚的突击检查，周伯？"我问道。

"你放心，昨个儿要是我在，今天的报案肯定跟我没关系。"

"今天这天气，颜队配合市局的同事设障排查1073国道怕是又要遭罪了，嘿，这帮毒崽子贩毒保密工作都做不好，活该被抓。"王哥的话惹得我和老周都笑了起来。"哎,小胡,你咋主动往这边跑呢?颜队他们那边现在追的可是大案子,能立功的。"我低头笑了笑,之后回头看了一眼老周,看到他扭头看向窗外,我随即问道,"周伯,你还有多久退休?""这应该是我最后一件案子,我不会再插手别的案子啦,想早点退休回家。""这么急着回家抱孙子呀?!"王哥笑道。

老周摇头笑笑,没立即说话,忽然来了句,"噢,我那可爱的阳阳呀。"我和王哥都哈哈大笑起来。我看着车窗外的天气,阴沉沉的,那团团乌云之中好像随时要有猛兽蹦出来一样。"最近的天气可是吓人呀,前几天,那雨的阵势,还有那雷打得,连我听着都哆嗦。"一回想起当时的雨景,我不禁后背发凉。"是呀,我觉得肯定是有人遭报应了,莫不是这次死的人是被雷劈死的吧,那咱们这案子就轻松啦!"王哥说笑道。

老周又躺下了,王哥专注地开车。我透过车窗,凝视这雨后的萧索。在灰蒙蒙天色的映衬下,远处光秃秃的树木如剪影般单薄,像是被插进地面,村落间霭气缥缈,一切显得朦胧模糊,连醒目的红瓦白墙都黯淡失色。成片的玉米林却好似匍匐的巨兽,身姿低沉,呼吸又缓又重,隔着车窗,在视线的尽头荡起一阵阵青烟,翻腾在缓缓踱步的大地之上,让人不敢靠近。

我们行驶在颖治县的花枝大道上,双向五车道的宽柏油马路是颖治县的门面,从西城的工业区到东城的种植园,贯穿整个县城，延伸几百公里。被它分割的北城和南城差异鲜明，南城是老城区，破败落后，翻新工程难度很大，北城是新开发区，座座高楼正拔地而起，一步步地迈入现代都市。这条大道仿佛命运之路，泾渭分明，有意无意之中决定着这片土地所哺育的人民的命运，也指引着整个颖治县的命运与前途。

京广高速上车流湍急，轰轰的引擎声抗议着这笼罩一切的阴郁。警车从京广高速的高架桥下穿梭而过，接着一面面巨大的广告牌迎面而来，首先在烟草种植园的背景上写着一行"花朝鲁烟草基地欢迎您"几个大字，然后在其左下又写着一行稍小字样的"江河省第一烟草基地"。

沿着花枝大道，我们穿过一座村庄，在这座村庄的尽头不远处，警车左转驶离花枝大道，我看到立在这个路口的公交站牌上写着"花鲁村站"，而这条水泥板路叫"花庄路"。

驶进花庄路，除了看到两排高耸林立，搭出一条拱顶长廊的柏杨树，迎面而来的是一座四门的石砌牌楼，牌楼顶上是复古风格的红木花雕，花雕下面刻着"花朝鲁村"。我透过车前窗依稀看到花鲁村，但我发现这条小路并不是径直地通向花鲁村，还无法正面看到村庄。警车直行一段路程后，稍转一个大弯，迎来一座石拱桥，我知道过桥之后就是花鲁村了。

但是，警车在桥头停了下来，尸体就是在桥头附近的一口井里被发现的。

第二节

现场由两名三水井镇镇警维持秩序，法医已经在我们之前到达了现场。此时有许多村民在围观，加上连日的雨天，井边地面泥泞。我还没有起身，只见老周已经下车快步上前了。一名老镇警见到老周赶忙招呼，"哟，老颜怎么还敢折腾你这大人物呀。"说着递上了一支烟，"少贫嘴，啥情况，老李？""呵，村里有人死了，现场周围也看不出来啥，估计是雨天失足掉进去的吧。"我见一旁的王哥听到后，不以为意地轻笑了一声。老周瞧了一眼王哥，便走向法医。

这口井靠近农田地头，离花庄路有七八米远，附近农田种的都是玉米。我不禁疑惑起来，大名鼎鼎的烟草基地周围怎么会种玉米而不是烟草。举目望了一眼，我发现这片玉米地并没有延伸多远，不远处就是大片大片被雨水打得愁眉苦脸的烟草。

人群中一位身体瘦弱的老汉满脸惊慌，像是受了什么可怖的惊吓，后来我从中年镇警那了解到，正是他发现了尸体。他是这块土地的主人，今早，他来到地头取前几天忘在地里的锄头。连续几天的大雨，让他只得今天来取锄头，因为没有在地头找到，他就往井里看了一眼，便发现了被浸泡得发胀的尸体。

我走到尸体旁，听到法医对老周说："老周呀，死者头上有伤呀，背上也有，泡得太久了，目前不好下定论。""被人害了？"老周疑问道，"能看出来大概死了多久吗？"法医摇摇头说，"还是拉回县里检查吧。"老李插嘴，"谁会和他过不去呢，害他干吗？"此时人群中有人说道，"这尸体会不会是村西头的阿七呀，有几天没见他了。""会不会是你呀，我也好几天没见你啦。"有人打诨。顿时，人群中传来一阵嬉笑。只见两人斗起了嘴，他们越闹人群越欢。

此时，一位看起来已上年纪但还算硬朗的老汉从人群中走了出来，说，"警官呀，可能就是阿七，苏婆婆好几天都没见到他了。"老周见到他，自己还没来得及开口，老李就告诉老周这是花鲁村的鲁村长。老周点点头，对他说："鲁村长，待会我们进村了解一下情况，就麻烦你啦。"王哥帮着两名法医助手已经将尸体抬到车上，我看到白布下露出的尸体又白又胀，不禁头皮一紧，直发怵，暗自庆幸尸体的脸部已经被法医盖住了。忽然，老周的手机响了，此时法医对老周示意他们要离开了。法医的车一走，围观的人群也开始散了。

老周转头对正在做记录的我和王哥说："颜波打电话说他那边缺人手，问咱们能不能过去。""咱们要过去吗？"王哥问道。"我打算等明天结果出来再决定。""你们回去吧，老周，这里有我们呢，大致就是这么个情况，你们回去递个报告就行了。"老李听到我们的谈话，继续说，"这里，我和小蔡没问题。""老李，这可是我最后一件案子，你可别给我抢了，麻烦你今晚给我们安排住的地方吧。"老李嘿嘿笑道："行！镇警院有铺子。"

"老周，咱们今晚不回去了？"王哥喃喃地说，"老周，那个，我媳妇今个儿不在家，我还得回去接孩子呢。"老周问我，"你有事么，小胡，要不你俩回去吧。""我没事儿，周伯。""小王，那你自己回去吧，我和小胡明天回，你把警车开走吧。"王哥道了声再见，便开车走了。我看得出王哥面带一丝歉意。

老李为我和老周留了一辆摩托，让我们晚上去镇警院住宿，告诉我们有需要及时联系，两人便骑着一辆摩托离开了。我和老周跟着鲁村长进了花鲁村。那口井周围扎了几根木棍，用警戒线连在一起，其他便与原来没什么不同了。

花鲁村村内是柏油马路，平坦宽阔，整个村子的房子别有情调，大多是带院的二层洋楼，顶着朱红色的瓦砾飞檐。村子入口处立着一尊挺拔的古人雕像，周边是半径5米多的三层圆台，最上层的圆台上立了一圈护栏。每一辆从这里进入或离开花鲁村的车辆都要围着它转半圈。在农村普遍还都是泥土墙灰瓦顶的当时，花鲁村显得格外别致现代。

已经到了午饭时间，村民各自回家。我坐在村长开着的摩托三轮上，老周骑着摩托走在前面。在临近村头的时候，飘来一阵琴声，绵长悠扬，像是在倾诉往事。我凝神细听，整个人却按捺不住欣喜。琴声由远及近，我们也进入了花鲁村。我朝着琴声望去，那是从村落外缘的一排房子之中传来的，感觉近在耳边。驶过雕像路口时，我见到一位坐着的老太太，她看着我，主动对我微笑问候，我很诧异，但也礼貌地报以微笑。看到婆婆脸上的皱纹挤做一团，自己不由笑得更真切了。

鲁村长带我们来到他的家中。我没有做过多打量，跟着老周进入客厅。客厅宽敞明亮，一张大理石桌摆放在中央，最醒目的是，墙面上贴着一幅巨大的田园山水画，一眼看去只觉得远处山色空蒙，树木葱郁，接天的碧水由远及近，从画的右上角一直流淌至左下角，而那里只有三点茅舍，一野樵翁，几只羔羊，一方印章，两列题字。

第三节

浓重的乌云慢慢散去，南方的天空已露出浅浅的红晕，看着不再让人压抑，鲁村长家的院子也渐渐明亮起来。除了他，还有他的女儿在家，听村长说他的妻子进城为女儿拿药去了。"柿芳啊，去给两位警官倒杯水。"老周询问，"这个阿七是怎么回事，失踪多久了？"此时，村长女儿端了两杯水过来，待她来到我面前，我注意到她脸部苍白，缺少正常人的红润，身体轻薄，看起来惹人怜惜。我对她微微一笑，说了声谢谢。她脸部迅速绯红起来，因为苍白脸色映衬着，绯红格外明显。我见到此状，顿时也拘束起来，耳边发烫。还好她很快就离开了。老周一直在询问鲁村长，他们并没有注意到我的窘境。

"阿七呀，年纪轻轻，可怜有些傻气，平时也没见过他招惹人，我们也不招惹他，他也只会搭理苏婆婆。""苏婆婆？"老周问道。"就是养他的苏婆婆，刚才坐在路口的那个婆婆，和阿七非亲非故，她一个人养着阿七，我们见她七老八十的也不容易，村里人家也有些余粮，时不时地接济着阿七和苏婆婆。""阿七呢，本名鲁尹琦，小的时候父母就不在了，后来被远方的亲戚给接走了，但是，没过几年不知怎么的，他自己回来了，回来后就一直傻里傻气的，哎，是个可怜的孩子。"

"他们住哪呀？"

"在村西头，有两间土房子，就在那里。"

"小胡，村长说苏婆婆刚才在路口，你出去看能不能把苏婆婆找来。"

"好的。"

我离开客厅，听到村长女儿在厨房，就不由得往里面看了一眼，她也正在朝我这边看。

来到路口，婆婆已经走了，我没有立马回去，我想寻找刚才的琴声。但是，琴声已经消失了，我绕过雕像，朝那排房子走去。突然，我看到了她。

没想到，我这次竟能这么顺利地见到她。快四年了，我一直想念的那位姑娘，就站在离我不远处。这阴晴参半的天气，映衬着她纤瘦的身躯，犹如初春时被寒霜包裹的花枝，令人身感清冷，但是处处点缀着即将绽放的花蕾，孕育着希望。

为了这一刻，我等了多年。我在心里不停地告诉自己，我要找到她，我要见到她，我和她还没有结束。我始终心怀希望，期望与她重逢。这便是我主动要来花鲁村的初衷，这便是我埋藏心底的秘密。我激动得说不出话来，眼角噙泪，我俩就这样远远地站着，彼此相顾无言，不知过了多久，我才对她喊了一声，"你好！"她笑了，不，她好像哭了。我忍不住要走过去，但是，我听到老周在背后叫我。我先回应了老周，然后对她喊道，"田桥溪，等我！"

第四节

我和老周离开村长家。村长本要留我们吃午饭，被老周拒绝了。老周骑着摩托，带我去了村西，桥溪站在原处，不停地向我挥手。我们直奔村子的西头，在即将出村的一个路口向北转去，路过一排排气派院落，来到一处破旧的土房子面前，停了下来。眼前是两户人家，两间瓦房前的院子被低矮的土墙给分开，但是毫无用处，连七八岁的孩子都能轻易地翻墙而过。两处院落一处没有大门，院落内杂草丛生，只有一条被踩出来的小路，表示有人居住。另一处院落有几块木板拼凑而成的大门，木门已经被岁月腐蚀得糟透，经不住人猛推。但是院内还算整洁，没有过多的杂草。这里的两户与花鲁村显得极不协调，犹似靓丽少女脸蛋上的一颗不该存在的黑痣。

我们站在大门前，老周喊道，"有人吗？"

苏婆婆身形伛偻，迈着小碎步从屋子里面走了出来。看到我们，依旧面带微笑，她张口第一句话，再次让我诧异："你们来啦！"语气让人觉得是盼到了早有预约的客人。我和老周不禁对视了一眼。

在进屋的一刹那，一阵异样的气味扑面而来，我似乎能十分具体地感觉到，这股气体如何从我的鼻腔进入，穿过咽喉，擦过气管，淤积在肺部。屋子被一面墙分成了两间，墙上开了一扇半米多宽的小门，里间被一张残破的门帘挡着。那应该是卧室，透过门帘上的破洞，我看到了一张棕黑色的木床。外间便是苏婆婆的厨房和客厅，堆放着各种杂物，真正让人落脚的地方也只有靠近门口的一小块地方。婆婆热情地为我们找来两个小木凳。

天空还没有完全放晴，树枝头上微微泛黄的枝叶反射着一种衰败的枯绿色，微弱的光线穿过一张狭小的窗户，照进屋子里，愈加显得屋内的昏暗。看着坐在对面的苏婆婆，仿佛来自另一个世界，深陷的眼窝令人感到有些可怕，但目光慈爱祥和，使人心安。

"婆婆，我听说，是您在照顾着阿七？"老周问道。

"啊，那是鲁琦呀，那里躺着的是鲁琦呀。"婆婆的神情凝重起来，双手发颤。我们知道鲁琦就是阿七，而阿七的本名是叫鲁尹琦。

"婆婆，您有多长时间没有见到阿七了？"我问道。

"这孩子命苦呀，"婆婆伤感地说道，"他不傻，那孩子很安分的，为啥有人要害他呢。"婆婆总是不理会我们的问题，我因此以为婆婆的听力已经很差了，她只是凭着感觉回答着我们。

　　"他爹娘本来是村里面烧砖的，有好几个大砖窑呢，那年砖窑塌了，把他爹娘给埋了。"婆婆眼角泛起了泪光，"这孩子呀，天天待在村头的路口，望着那块埋着他爹妈的破砖窑，跟谁都不答话，他会去惹谁呀。"

　　"婆婆，您注意点。"老周伸手握住苏婆婆的手，"那为啥村子里都说阿七有些傻乎乎的呢？"

　　"他爹娘走后，嫁到外省的姑姑就把他接走了，但是，过了两三年，他自己跑回来了。"婆婆缓了口气，接着说，"他姑父对他不好，本来家里好几个孩子，哪还有能力再养鲁琦呢，就经常对他撒气，他姑也没法管呐。"婆婆掏出手绢抹了抹眼角，"谁知道他在路上受了多少罪，那么远的路，他一个人是咋走回来的，谁也不知道，回来后头脑就有点不太正常，但还是明白事儿的，不会去招惹人的。"

　　我停下做记录的笔，向院子里望去，看着满院的杂草，也许在某个时刻，阿七也像我一样注视着这院子。突然我想问苏婆婆一个问题，可转眼间又忘了要问什么，于是欲言又止，此时却听到老周说，"婆婆，您别太难过了，好好休息吧，我们改天再来看您。"说着向我使了个眼色，我立马明白了，从衣服里掏出身上所有的钱，不多，给了婆婆。婆婆推脱不过我们的好意就收下了。

　　当我们要离开院子的时候，送我们的婆婆又对我们说："鲁琦呀，这一阵子，总是说胡话，一直念叨着脏东西，脏东西。这孩子是被啥脏东西给害了吧？"转念又说，"是被他爹妈带走了？"

"我们知道了，婆婆，您回吧。"我说道，心里突然觉得有时候神鬼竟能给人以安慰。

第五节

离开苏婆婆家，我们发现来时的那个村头西路口就是阿七经常待的地方，朝远处望去，一片玉米林地之中凸起一块稍高的土包。"咱们再问下去，我怕婆婆心情受不了，改天再问吧。"我一时间觉得老周心思细腻，一股暖流涌上心头，能和这样的老警官合作，真是一种幸运。

"咱们要到那里看看吗？"我问。

"改天吧，看这天气，要晴不晴的，再说现在地里的泥路肯定也不好走呀。"老周就带着我，直接去了三水井镇。在出村的时候，我没有见到她，却又听到了琴声，满心欢喜。

离开花庄路，再一次驶上花枝大道，沿着大路一直往东，我看到大路两旁绵延无尽的烟草地。走了有四五公里，我们来到三水井镇。它坐落在花枝大道旁，如同花瓣依附着花枝。

到了镇警院，我首先看到院子围墙上漆着"法治是稳定的前提，平安是社会的根基。三水井镇派出所宣"，大门的门牌上写着"三水井镇派出所"。进了院子，在擦车的老李看到我们，迎了上来，"咋样，有头绪没？""是凶杀。"老周直爽地说。"哦？"老李吃惊地看着老周。"被小鬼杀了。""哈哈哈，还没吃饭吧？走，吃饭去。"

　　镇警院主体是一栋二层小楼，此外，院中还有几间并排的小房子，用来存放杂物以及停放小型车辆。我和老周被安排到二楼。我向老周借用手机，给家里打电话报平安，老周说回去之前让我一直拿着手机，随时用吧。对此，我非常感谢老周，愈加庆幸能和这样一位老前辈做搭档。

　　我给父母打电话，说明情况，并告诉他们最近会一直用这个号码。"好，注意安全。"父亲刚说完就被母亲插嘴了，"儿子，照顾好自己呀，你爸下午又出去啦，啥也没钓着。"我听到电话另一端父亲对母亲说，"你给胡杨说这干吗，明天我就钓一条大鱼。""哈哈，妈，天气不好，你管着我爸别让他去了。"

　　简单收拾了一下老李为我和老周安置的房间，我躺在床上，想着桥溪，心里按捺不住兴奋，我好想去花鲁村找她。但是，不知不觉就睡着了。睡了一觉起来，发现天色已暗。老周从外边带了晚饭，"你醒了，明天镇上有集市，就在大院门口附近，咱们逛一逛。"我看老周满脸开心。

　　饭后，我和老周站在二楼走廊，看夜晚的天空，繁星密布，"明天是个好天气呀。""啊，好多星星。""走，咱们去楼顶，吹吹夜风。""好。"

　　"小胡，你先上去，我去整两瓶酒来。"

　　"周伯，咱们明天还要查案呢。"

　　"嘿，没事儿，少喝点，你先上去吧。"说着，老周便下楼去买酒。

夜风微拂，我站在楼顶上，向花鲁村望去，视线越过茫茫的烟草地，穿过无边的黑夜，落在那片灯火寥落的村庄。她就在那里啊，这千万盏灯之中就有一盏灯在为她而明。几年的离别，我曾多次以为无望了，没想到这次见面竟如此顺利。明天，明天，我就能真正地抓住我多年的追寻了。

第六节

高中时代，我从未有过什么担忧，不在意成绩，不与人闹事，也从不参与什么对抗性强烈的比赛，感觉自己过早地失去了青少年该有的激情与活力。我性格温和，与人为善，似乎和所有人的关系都很好，几乎从未和人闹过矛盾，时常有陌生的同学主动来亲近我，我很享受这种状况。但是，当从人群中退出来，我自觉自己是个无趣的家伙，生活毫无目的，个人毫无所长，好在有点小乐趣，课堂上看小说或者画画。都说高中时期是一个学生最苦的时期，如果果真如此，那么与其说我度过了高中，不如说我看过了高中。我坐在教室的后边，看着前面的同学们埋头奋笔疾书，总觉得自己置身其外。后来，田桥溪转校来到我班，坐到了我的后面。

无所事事的我开始观察她，猜想自己会和她以怎样的方式成为新朋友。但是，我发现她总是不说话，一个人默默地坐在我后面。许多时候，我走进教室，看到她总是静静地看向窗外，与喧闹的教室格格不入。她的成绩比我还要差，几乎一直稳定在最后几名。起初，我会扭头主动找她搭话，讲些玩笑。但是，她总是冷面相对，少言寡语，让我感觉自己很傻。我也慢慢地不再理会她了。

直到有一次，我意外发现她趴在桌子上闷声流泪。我坐在前面，惴惴不安。最后扭头问她，你怎么了。她没有理会我。我只好闷闷地回过头。不一会儿，她主动用手指点点我的后背，我回头看着她的泪眼听到她说，我想把学习弄好，你能帮帮我么。

当时，我着实吓了一跳，不敢相信自己的耳朵。姑娘你找错人了吧，每次班级拉出成绩单，我向来是从下往上看。虽然你是新来的，但是教室的后墙上可贴着近一年的模考成绩呢，况且，这段时间你也应该见识我的上课风格了吧，对我来说，前面同学的后脑勺可比黑板更具吸引力。我本想假借托词回绝她，但是看到她的泪眼，竟一时语塞，点了点头。

想到竟然有姑娘为成绩落泪，又想到这姑娘找我来帮她，感到可笑之余，也开始花时间应对学习。许多次，我解答不出她的问题时，就让她等我想一想，然后熬夜钻研，遇到实在解决不了的问题，就去求问同学。而渐渐地，我对求问同学的做法感到排斥，那种转述他人智慧的行为让我感到不安与虚伪，面对她道谢时带的浅浅笑容，尤其如此。于是，为了从帮助她这件事中获得真正的心满意足，我开始下苦功夫学习了。

随着交流的增多，我也渐渐地了解到她背后的痛苦。她小时候，母亲得了重病，家里为此花光了所有积蓄。父亲铤而走险，抢劫了一家首饰店，在逃跑中挟持了一名人质，但后来还是当场被捕，母亲也并没有战胜病魔。此后，她被小姨照顾，几个月前从县三中转学过来。

我明白了她为何总是闷闷不乐，也意识到她的落泪并不是因为担忧成绩。此后，不知不觉间，我觉得和她又亲近了许多，我开始在意她，甚至是依附她，因为只有每天见到她，我才会有心情学习，只有和她说话，我才会真正快乐。而我发现，她的笑容也渐渐多了起来，至少对我来说。

但是，半年后，我意外受伤，不得不在家中休养两周。而当我回校的时候，发现我后面的座位已经空了。我听说，是因为她父亲的缘故，小姨带着她去了别的城市。她在我的书桌里留下一张字条，"希望还能见到你"。

第七节

她离开之后，我又回家躺了两周。我清楚地记得，那段时间自己如垂死之人一般，终日苦熬，但求解脱。她的字条激励着我，我怀揣着终会相逢的希望，压抑着内心的痛苦，极力地维持着已养成的学习习惯。后来，我听从叔父的建议报考了警校，也去了别的地方。我只知道她的家乡是一个叫"花鲁村"的地方，我有无数次想要来这里寻找她，但是，我也知道她可能早已不在家乡了。而如今，她近在咫尺。我望着花鲁村，抬手向着那个方向伸去，就好像她站在我面前一样。

我听到老周走了上来。

"怎么样，冷吗？"

"还好，这里景色挺好的。看，镇子附近的村子，灯光，星光，都好像在随风飘动。"

老周递给我一瓶酒，"那咱就多待几天。"

我不解地看着他。

"哈哈，乡下多好呀，我退休之后就待在乡下。"老周笑道。

"周伯，你打算退休之后种地呀？"

"不，我打算养牛，明天集市有牛行，我带你见识见识。"

"养牛？"我喝了一口酒。

"我老早就想回乡下了，老家都不知道荒成什么样子了。"

"周伯，你要是回乡了，孙子让谁带呀，让伯母一人留在县里边吗？"我打趣着问道。

我听见周伯闷了口酒，看着远处的灯火，没有吱声。随后，周伯从衣袋里拿出一盒烟，递给我一支。我对周伯说，我不抽烟。

四周虫鸣时断时续，几点遥远的星星，似乎在应和着这种旋律跳动。近处的树木在微风的轻抚下沙沙作响，一切安详静谧。此时，北边的一条小道上，一辆摩托三轮车驶来，明亮的车灯照射前方，在幽暗的夜幕中撕开一处裂缝。由于道路崎岖，加之雨后的泥泞，车身忽上忽下，左摆右晃，灯光活了起来，摇头晃脑，和大地默契地击打节拍，为这雨后的夜晚增加乐趣。三轮车渐渐远去，明亮的光束也越来越单薄，最后化作坠入大地的一颗星。

"快十年了，她走了快十年了。"周伯说道。此时，已经完全看不到那束光了，就好像它从没来过一样。

第二章

第一节

我被嘈杂声吵醒。"早饭买好了，这是刚在集市上买的一身衣服，把警服换掉吧。"只听老周推门而进，"这点钱，你拿着，待会儿看着自己想买点啥，估计你昨天把钱都给苏婆婆了吧。"老周指着桌子说。

一出镇警院，各种声音如浪潮般扑面而来。我见到一位大娘一手牵着孩子，一手对商贩指手画脚，似吵似闹地讨价还价，显得干练、老道，却苦了那孩子，晒得满脸通红。主街被车辆堵得水泄不通，那些被挡住了去路，却又没法后退，被夹在中间寸步难行的车辆，气急败坏，一个劲儿地鸣笛。镇主街两旁摆满了各色各样的摊位。多数是卖衣服和食物的，还有的卖儿童玩具和各种农具。也有一些老汉支个简易的摊位，做起剃头、修鞋之类的生意。

我在一个游戏摊位处逗留了一会儿。这里，玩家需要付费买几个塑料圈，隔着栏杆，朝不远处摆好的各种礼品抛去，倘若塑料圈能够把礼品完整地套住，玩家就可以拿走礼品。我发现这游戏的塑料圈太小，但是趣味十足。我看热闹的心情并没有持续太久，老周带着我挤出熙熙攘攘的人群，离开主街，来到一条远离主街的小路。这里就是集市的牛行，或者说是镇上的牲口交易处。不仅有牛，也有羊、鸭、鸡、狗，还有一些卖小鸟的。不过，他们没有掺杂在一起，而是分区划片，各自为营。老周领着我闲逛，但是，我们最终来到了买卖牛的地方。

"呦，周老大来啦！"一位看似是这里负责买卖事宜的主事说。

"老山羊，有我的牛犊吗？"老周称这人为老山羊。

"看嘛，这头牛崽子，骨架大，胃口好，长大肯定能卖好价钱。周哥，你再看那头，腿肚多粗，才两个月，你瞅那头骨，虎实不？还有……"

"得，打住，你这里的牛犊没有不好的。"老周说道。众人都笑了起来。

老山羊领着我们走进了一间临时搭建的木屋，屋内摆设极其简单，只有一张桌子，还有许多把椅子，是供买家和卖家用的。

我们找到三个空位坐了下来，老山羊就接着说，"老周，你要是真想养牛，你到辉子那儿，前几天他那母牛刚下的崽儿，我看着不错，用不了多少钱就能到手。"

"养牛的事儿先缓缓，老山羊，你应该听说花鲁村那边死人了吧？"老周说道。

"嗯，听说了，听说死的是花鲁村的阿七。"

"嗯，还有其他消息吗？"

"其他消息？这我就不清楚了，这最近不是一直在下雨么，我一直忙着准备牛行的事，要不我给周哥打听打听？"

没等老周回话，只听屋内有个人说，"周哥，你在查案子吗？花鲁村死的是不是那个阿七呀？"

"对，是阿七。"我回答。老周说，"毛秃，你知道啥情况吗？"

"我前几天路过花鲁村，在村西的路口看到徐辰六几个人在那里打阿七呢，我还劝他别和阿七一般见识。"

"是安塘庄的徐辰六吗？"老周站了起来。

"对，和驴娃他们几个。"

此时，老周的手机响了，我掏了出来，是验尸部小闫。老周示意让我直接接电话，只听小闫说："老周呀，死者年龄25岁，确定是他杀，死前遭到殴打，头部和背部有锤击的痕迹，凶器不好下定论，死亡时间约在62个小时前。"

第二节

我们离开牛行。老周打电话询问老李，能否了解到徐辰六最近是否在家。"我们现在要去安塘庄吗？"我问。"不用着急，等老李消息，如果徐辰六几天都没在家了，我们去了也找不到人。"老周说，"他最好在家。走，我带你去吃镇上最好的面馆。"

"小胡，我们来理一下思路。"

我们走进一家面馆，门牌上写着"花间面馆"，门面不是很大。由于集市，店里几乎坐满了人，我们在这个窄长店的中间位置找到一桌空位子。

"小闫说，死亡时间约62小时之前，从现在算起来，应该是三天前夜里10点到11点。"老周看着我，继续说道，"刚才那人说四五天前，也就是在下雨之前，徐辰六遇到阿七，所以，如果是他干的，应该是隔了一天之后趁着雨夜杀掉阿七的。"我认为确实如此。"也就是说，我们必须要查出徐辰六4天前，也就是19号那一天在哪里，干了什么。"

"好，是不是也要查驴娃那几个人那个时间点在做什么，有可能是他们一起把阿七杀了。"我说，"还有，遭受过锤击，那凶器会是什么？"

老周正要开口，这时，有两个人进了面馆。我立马注意到，其中一个人身材高大，穿着打扮十分讲究。另一个人就有些普通了，个子稍矮，但也比一般的乡下人看起来体面。我发现，他俩也立刻注意到了老周和我。矮个子男提前和我们搭话，"哟，真巧，周大哥也在这儿呀。"老周看了他们一眼，没有回话。"周大哥好久不见，公务繁忙吧？""嗯，还好。"高个子那位似乎在极力避免和老周对视，目光朝着地面说了一句，"周警官好。"老周瞟了一眼，没有回他。

"周大哥，你们慢慢吃，我们有事先走了。"两人刚进门，说了两句话就又离开了。我看出来那两个人比较畏惧老周，老周似乎也不太乐意看到他们。"他们是谁？"我问老周。"花鲁村的前任村长和一个暴发户，两个祸害精。"我看出老周有些不太高兴，就没有继续问下去。

忽然，手机响了，颜队的来电，老周接了过去。"喂，老周，我听说你们那个是凶杀案，但是我这边急缺人手，我就不让王智过去帮你们了。""嗯，行，小胡我俩应付得来。"老周说，"你们那边什么情况？"面馆声音嘈杂，我并没有听到颜队的原话。老周告诉我说，昨天他们在1073国道上拦截了一辆可疑车辆，但车内三名人员逃走，躲到附近的村庄里了，颜队已经开始带人进行地毯式搜查。

后来，老李又来电话说，安塘庄一村民报消息称徐辰六早上去了县城，下午应该会回家。

第三节

在1073国道及进入颖治县的其他支路，岗山市警局第二支队和颖治县刑警大队设置了很多路障，仔细地检查着来往的每一辆车。颖治县高速站和火车站也安插了大量警力。

雨后的微风夹杂着土腥味，又湿又冷地穿梭在人群之中，随着对讲机里的语音传入他们的耳朵里，消弭了连日大雨所积郁的烦闷，却为身处其中的人们增添了几分紧张。"各小组注意，由于不知道贩毒分子会以什么形式混入颖治县，一定要认真坚守岗位，仔细排查一切车辆，包括非机动车辆，包括非机动车辆！必要时，可以无条件扣押！"颜队主要负责1073国道路段的排查，"据可靠消息，贩毒分子会在下午经过颖治县，12点至18点为重点排查时间段，必须高度警惕。"

连日大雨，一些小路段几乎不可能通过车辆，走起来也比较费劲。蹲守在樱台村附近小路段的两名警员无所事事。这里与花鲁村相隔甚远，农田中并没有种烟草。

"消息可靠么，哪来的消息呀？"说罢，他便仰头朝着阴冷的天空吐了一个烟圈。

"据说是追这件案子很久的外地同事提供的，这可是跨省犯罪呀，大案子。"另一名警员说，"哎，给我一支。"

"怪不得这么大阵势呢，但是，搞这么大，我怀疑匪徒们事先能不知道？"他从口袋里掏出一盒花朝满。

"应该不知道，毕竟在行动之前是绝对保密的，咱们也是今天早上才接到通知。"那名警官深深地抽了一口，然后冲着路边的玉米地，长出一口气，似乎他那纠缠在一起的脑神经，一下子解开了，整个人都轻松了起来。

"怎么？和老婆吵架了？"他敏锐地觉察到。

"哎，还不是为了孩子嘛，吵了两句就回娘家了。"说着，那名警员摇了摇头，低着头无奈地笑了。

"女人嘛，要哄。过几天，你打个电话，说几句好话，铁定没事。"那名警官笑了起来，"我倒觉得不是她心眼小，是我给的不够，我欠她的。"

他愣住了。因为他忽然觉察到，他似乎从来都没有想过要给妻子什么，更没有想过亏欠妻子什么，也很少因为妻子的高兴而高兴过。他和妻子经媒人介绍，相处了两个月之后，就在乡下老家摆了婚宴。他就像是通过了一场考试一样，得到了一个不错的成绩后，便把那张试卷抛之脑后。此后，他的婚姻对他来说也只是意味着他已经结婚了，再没有其他意义。看着身边的这个人，他对自己感到失望至极。

即便到了下午，这条路上也只有几个庄稼老汉路过。警车内，时不时发出声音的对讲机似乎已经将他俩遗忘。车外，烟头堆了一地。

一阵风吹得周围的植物哗哗作响，对讲机突然响起，"樱台村附近的同志，请注意！樱台村附近的同志，请注意！有三名嫌犯逃往了樱台村方向，注意！注意！嫌犯持有枪械！嫌犯持有枪械！请注意拦截！请注意拦截！……"

第四节

　　我和老周相约下午4点左右一起前往安塘庄。老周骑着摩托离开了镇警院，并没有说要去哪里。我刚好有几个小时的空闲，就骑着另一辆摩托去了花鲁村。一路上阳光洒照肩头，温暖舒适，让人心神愉悦。

　　快到花鲁村的时候，我又听到了那美妙的琴声。我把摩托停靠在雕像路口的道路旁，来到昨天她出现的那户人家前。这排房子临着一条小路，与花庄路垂直。她的家，漆红色的大门，一对大理石对联装点两侧。二楼并没有阳台，但是向阳的窗户有着落地窗的风格，几乎占满了整个墙面。

　　我走过去，敲了几下大门，琴声停止了。在敲门之后，我才发现，开门等待的时间越长，我的心脏跳得越剧烈。终于，我听到有人朝大门处走来，自己忽然想拔腿就跑，但是，我意识到自己的两条腿已经沉得犹如灌铅。

　　是她走了出来。我俩相视一笑，我正要开口，"好久不见。"她先说道，"好久不见。"我俩沿着村内的另一条小路，信步漫走。

　　"你知道吗，你不辞而别之后，我有多伤心吗？"

　　"我给你留字条了呀？"她委屈地说。

　　"你还不如不留呢，我看到你的字条后更难受。"我一手握拳击打着自己的胸口。

　　她抓住我的手，看着我说，"对不起，当时，我过得真的很不好，我也难受。"

我看着她的脸庞，如同几年前在教室里一样。时过境迁，很多事情已发生了变化，但是，我们却始终挂念着彼此。我握着她的手说，"你知道吗，我真不敢相信还能遇到你，这几年来，我一直在想你过得怎么样，你的成绩还是那么差吗？没有我，你是不是会去找别人教你呢？我好害怕，好害怕再也遇不到你。"

我和她走到那个阿七常待的路口，附近有个亭子。之前我竟然没有注意到它的存在。我们坐了下来，桥溪依着我。"那年，爸爸为救我妈妈，在地下商人的唆使下，去抢了首饰店。爸爸刚出首饰店的门，就被另一个不认识的同伙抛弃了。爸爸一心想逃走，无奈劫持了一名过路的妇人。看热闹的人越聚越多，爸爸根本走不了，其中有几个人试图在警察到来之前抓住爸爸。爸爸慌了，想吓唬人群，拽着那个妇女走，那女的也吓坏了，一直在反抗，爸爸无意间划了她的脖子。见到血后，爸爸就瘫坐到了地上，众人才抓住了爸爸。"

我意识到这是桥溪第一次对我提起令她一直伤感的往事。桥溪这般坦然，我也明白了桥溪或者桥溪的父亲早已走出来了，"后来呢，那女的怎么样了，死了吗？"我问道。

"她没事，没有伤到要害，加上及时送到医院，无碍的。就因为这样，我爸才被少判了几年。那段时间真的好苦，就我和小姨在照顾妈妈，无依无靠，我们想尽了办法筹钱，但还是没有救回妈妈。"说着，桥溪抓紧了我的胳膊，"真的好幸运，在我最难过的时候，遇到了你。"我搂着她，轻轻地拍拍她的肩膀。"爸爸出狱后，和他的朋友合伙做起了生意，赚了不少钱。花鲁村的烟草就是我爸爸一手做大的。而我呢，成绩不好，转学之后就去学舞蹈了。"

我好想就这样一直陪着她，坐到满天繁星，夜静虫鸣。可是，老周打来电话，通知我准备去安塘庄。

第五节

我和桥溪往回走。突然，一个光着屁股的小男孩从一户人家飞快地跑出来，刚好冲到我俩面前，猛然碰见我俩，他想要回跑，却又来不及止步，一下子摔倒在了我俩面前。可爱的样子一下把我俩惹笑了，我赶忙要把他扶起来，谁知他自己立马爬了起来，急忙躲进正出门的母亲的怀抱里。

走到雕像路口，我见一辆轿车停在了桥溪的家门口，只见一名高个男子从车上下来，我惊讶地发现，正是中午我在面馆遇到的两个人中穿着考究的那个。却听桥溪喊道，"爸爸，你回来啦！"那男子向这边望来，招了招手。我俩走了过去，我向他微笑，他礼貌地向我点点头，"爸爸，这是我同学。""你好呀，抱歉，我现在有点事，不方便招待你，让桥溪带你到家里坐坐吧。""不用了，叔叔，我也有事要走了。"他似乎并没有认出我来。

我将老周的手机号留给桥溪后，自己骑车径直驶向安塘庄。

　　我到达安塘庄后看到，老周从另一个方向过来。"周伯，我们在哪儿等徐辰六？""跟我来。"老周带着我把摩托车停在一户人家的门口。我俩步行向安塘庄村内走去，来到一家商店。"吃点什么？"我没反应过来。"看，对面那个路口，往北数三户就是徐辰六的家。我们先在这儿等一会儿。"

　　大概一个小时，我看到有人从我盯着的门口正准备出来，还没来得及告诉老周，只见老周迅速走了过去，"就是他。"快接近的时候，老周喊道，"徐辰六！"对方见是老周，撒腿就跑。我和老周立马追了过去。老周和我分头追了两条街，跑出村庄。徐辰六跳到烟草地中，由于大雨初歇，农田泥泞，每一步都像是深深扎进泥土里然后再拔出来，费很大的力气。老周在农田边上追，我一直跟在徐辰六的身后，对方终于顶不住了，趴在了地上。"周爷爷，我没犯什么事呀？""没犯事，你跑什么？"

　　我们三人回到徐辰六的家中，满身是泥。

　　"不用说，你也知道我找你是为了什么吧？"老周低头看着躺在院子里的徐辰六。

　　"周爷爷，您指点指点。"徐辰六耍笑道。

　　"你小子，再不老实，我新账旧账给你一起算！"

　　"别别别，爷爷，周爷爷。我真的没再去偷烟苗了。"徐辰六起身坐在了地上。

　　"还不说实话！"老周向地上啐了一口，似乎要向徐辰六扑去。

"啊，那个，我是又偷了点，但是没卖着钱呐。"徐辰六赶紧委屈地说。

老周怒喊，"你跟我说清楚，19号那天你干吗去了，说不清楚，老天爷也救不了你！"

徐辰六张着嘴巴，看着老周，说不出话来。

第六节

"我记得，那天我应该是在驴娃家打麻将。"徐辰六垂着脑袋，时不时地偷看老周一眼。"都有谁？"我立马掏出随身带的笔和本，做起记录。

"我，驴娃，安明，还有安明媳妇。"

"待了多久？"

"好像待到下午2点，我记得我刚到家那会儿，天气阴得老吓人了。回到家，我吃了点东西，就一直睡觉。"徐辰六说完，抬眼看着老周，好像在等待下一个问题。

"我问待了多久？！"

"啊，那个，一天，应该是一天。我们从下午开始的，打到第二天下午。起初，还有安明他弟和郭瘸子，他俩是后半夜走的。"

我想到，也就是在18号下午开始一直到19号下午，而阿七遇害是在19号晚上，所以徐辰六还没有摆脱嫌疑。"你晚上没有出去？"我问道。

"没有呀，警官，我睡得可实了，我家窗户玻璃被风震碎了，我都不知道。"

"你家里就你一个人，你爸妈呢？"我继续问道。忽然，老周说道，"我还会去问安明和驴娃他们的，你们要是说的不一样，有你好受的！"

徐辰六低着头没有说话。

"你们为啥打阿七？"老周问。徐辰六抬头看了看老周，老周又加了一句，"说—实—话！"

"我们搞了些铁皮卖了点钱，有点兴奋，路过花鲁村的时候，被阿七的狗吼了几声。我们一时兴起，就捉弄了他。后来，被路过的毛秃看见了，还说了我们几句，我们也就走了。"说完，他见老周神色凝重，便问道，"周爷，阿七咋了？""他死了。"徐辰六愣住了，一时没有说话，沉默了许久，最后蹦出一句，"那家伙也怪可怜的。"

我和老周离开了徐辰六家。出门后，我问老周，"周伯，咱们要去安明家吗？""不用了，没必要，徐六（徐辰六简称）说的是实话。""可是周伯，徐辰六有可能晚上出门，杀害阿七呀。他说他晚上在家睡觉，有谁证明呢，他家就他一个人吗？"

"嗯，"老周叹了口气说，"他是个孤儿，被爷爷奶奶养大的。"

第七节

我和老周刚离开安塘庄，就接到颜队的电话，我把手机递给老周。通话结束后，我没有立即问老周，只是看着他，等待老周告诉我颜队说了什么。但是，他把手机递给我之后，没有说任何话，便直接骑着摩托离开了。

樱台村的农田上空，突然荡起了几声骇人的响声，惊得栖息在村头树上的一群乌鸦，在灰冷的天空中四散开来。他倒在地上，鲜血和泥土混杂在一起。一起出警的同事倒在不远处，他挣扎着从眼缝中看到，两名嫌犯架着受伤的一个人逃向了樱台村。他想要站起来，却浑身无力，意识也渐渐消失。当他再次醒来时，发现自己已经躺在医院的病床上。当他被告知同事已经牺牲的时候，同事的那句"我倒觉得不是她心眼小，是我给的不够"再次在他的耳边响起。他顿时觉得亏欠妻子太多，让妻子跟着自己受尽了委屈，不由得痛哭起来，惹得来看望他的其他同事都满眼泪水。

第三章

第一节

回来的路上，经过花鲁村，我又听到了那迷人的琴声。

与之前不同的是，我觉得这次琴声充满着欢快，让人的心情如同这转晴的天气一样，充满阳光。我停车聆听，抑制不住内心的激动，因为我似乎能想象到那双不久之前还在抓着我的胳膊的小手，此时如何在琴键上欢快地飞舞。我想冲过去，坐到她的旁边，一直盯着她看，直到她累了，躺进我的怀里休息。但是，我发现老周接了颜队的电话后，似乎心事重重，我担心他，便不得不骑车跟了上去。

回到镇警院，我注意到老周很少说话。老李帮我换了一身衣服，又为我们准备了晚饭。老周吃得很少，之后便上楼顶了。饭后，我买了几瓶酒去找老周。

疏星寥落，夜色宁人，眼前的一点烟火时明时暗。

"周伯，今天中午咱们在面馆遇到的那两个人为什么那么怕你呀？"我觉得老周的心事应该与他们无关，便想借着这个话题和老周聊聊天。

已经喝了几瓶酒的老周似乎轻松了一些，"今天下午，我去了趟老宅。她埋在宅子后面的坟地里。"我看着老周，想象他脸上的皱纹与紧皱的眉头交织在一起，一听到他说话的语气，便觉得又苍老了许多。

"11年前，那天，她像往常一样从菜市场买菜回家。"老周抽了一口烟，"可是，谁也没想到……"他沧桑坚毅的声音颤抖了起来。"在回家的路上，被一名歹徒劫持了。"一刹那，我的脑子嗡一声，一片空白。

第二节

"歹徒，害了她吗？"

"没有，我赶过去的时候，歹徒已经被人按在了地上。她脖子里流着血，瘫在地上。"

"后来呢？"我急切地问道。

"她没有受多大的伤，但是，"老周双手盖住了脸，"向来体弱的她，因为那次惊吓，半年就走了。"

"今天中午那两个人，有一个就是当年的那个歹徒？"我觉得自己已经知道了答案，可还是问了一遍。

"嗯。"他的回答几乎被夜晚的虫鸣声掩盖住，却依然惊得我说不出话来。"我一直对她感到亏欠，身为一名警察却保护不好自己的妻子。"

有一段时间，我和老周都没有说话，似乎沉默才是最合适的交谈。"抱歉呀，小胡，让你见笑了，过了这么久，本来我也没那么放在心上了。可是，今天突然又遇到那家伙。颜波打电话又说，在昨天的搜捕中，有几名警员受伤，其中一名受伤严重，经连夜抢救，可，还是殉职了。"

看着眼前这位饱经风霜的前辈，我意识到，老周向我讲述了埋藏在心底的秘密，也许这么多年来，他一直没有找任何人倾诉，犹如我心念桥溪的那几年，一边对未来心怀忧虑，一边又沉溺过去，含恨追悔。与他不同的是，现在的我迎来了希望，而老周还会有什么期盼呢。

我打开一瓶酒，对着月空，倒向地面，算是对老周妻子和那名殉职英雄的祭奠。

第三节

第二天，因昨晚喝了不少酒，加上受了点夜风，老周身体有些不舒服，我为他买来一些药，他服药后便又继续休息了。之后，我骑着摩托又来到了花鲁村。

接近花鲁村的时候，我期望能听到她的琴声。但是，我的期望落空了，她家大门紧闭，二楼窗户也紧扣着，被室内窗帷遮住了一半。好在，我敲门之后，听到有人走出来开门，这颗紧张的心才放松下来。

"你好，请问田桥溪在家吗？"开门的是一位30来岁的女人。"桥溪到县城排练去了。"她看到我满脸困惑，又说，"这两天，桥溪要到市里参加一场表演。你找桥溪有什么事吗？"

"啊，没有，我是桥溪的同学。桥溪什么时候回来？"

"下午就回来了，你可以给桥溪打电话。你有她电话吗？"

"不用了，阿姨，不打扰桥溪了，我晚点再来一趟。阿姨，我先走了。"

一时间，我不知道自己要上哪里去，想着回镇警院，但是来到花鲁村觉得就应该再了解一些阿七以前的情况。此时，我看到村长的女儿鲁柿芳正从雕像路口的另一侧走了出来。

"小胡警官。"她先喊我。

"你好。"我把车子停在雕像旁，走了过去。

"我是柿芳，村长的女儿，你又来查案子了吗？"

"嗯，是啊，想了解一些关于阿七的事。"

"我刚好没事，你有什么问题就问我吧。"看着柿芳甜美的笑容，我便没有推辞。

"那就麻烦你了。"

"把车子停到我家里来吧！"她指着不远处家的方向。"不用了，只是一些小问题，我待会儿还要回镇上呢。我们沿着这条路走走吧！"我指着她家门前的那条路，这条路，刚好与我和桥溪一起散步的那条路相对，两条路在雕像路口汇到一起。

她陪着我一直沿着路向村子的东边走去，我看到东南方向的阳光斜照在她的脸上，为她那苍白的病容添了几分红润。我能感觉到，我对她的询问似乎是一件让她开心的事。她那时不时就绽放的笑容，让我也更加觉得自己遇到了一位理想的知情人。比起询问其他人，她没让我感到拘束，反而为我带来了几分欢乐。

第四节

"阿七傻里傻气的，我觉得他像个孤僻的孩子，不明白为什么有人要害他。"她说，"小胡警官，应该知道他住在哪里了吧？"我点点头，"我已经去过了。"

"他真可怜。我听父亲说，早些年，他的父母靠着烧砖，成了村里边第一家万元户。以前我们村子好多人跟着他父母烧砖呢，就像现在都跟着田绘民叔叔种烟草一样。"

"田绘民？"我不禁疑问道，"是住在村头路口边的那一家吗？"

"是呀，他女儿很漂亮的，而且又会弹琴跳舞，什么时候介绍你俩认识认识。"看着她那有点耍坏的表情，我没说什么，只是有点害羞地笑了笑，我也确定了田绘民就是桥溪的父亲。

"那个苏婆婆是阿七的奶奶吗？"我一时忘记了鲁村长之前告诉过我。

"不是，我听父亲说苏婆婆是在年轻的时候被拐来的，嫁给了村上的一个瘸子。""哦？那她现在没有亲人了？"回想到我刚来花鲁村第一次见到苏婆婆时她的笑容，还有她亲切的语气，心情不由得沉重起来，苏婆婆也是个苦命的人呀。

"她的丈夫在一次上工的时候被砸死了，她有一个女儿的，后来跟人跑了就再也没回来。"我叹了一声，没有说话。"阿七的父母走后，就被他嫁到外省的姑姑给接走了。"柿芳接着又说道。"嗯，这我听苏婆婆说了，后来是他自己跑了回来。"我长舒一口气说，"也许命不好的人更容易惺惺相惜吧。"

　　柿芳似乎觉察到我们的谈话让彼此心情有些沉重，想要改变话题，但一时又无从说起，只好看着我。我们沿着小路，一直往东走。走了不一会儿，出了村庄，我发现花鲁村周围的玉米林只有一公里长，其中有的地方还掺杂其他农作物。玉米林的尽头便是大片的烟草。"柿芳，为什么村子周围种的是玉米，不是种烟草？"我把疑惑说了出来。"这个我也不太清楚，好像是之前的村长出的主意。那会儿大家都忙着种烟草。村长觉得我们不能忘本，就留了点土地继续种庄稼，但是，我倒觉得这真有些搞形式，村东留出来的土地太小了，村子西边的那块还挺大，但每年也不会有多少收成的。"

　　我们在出村不远处，折了回去。走到雕像路口前，柿芳告诉我，"小胡警官，我经常看到阿七在那条路上来来回回地走。"柿芳指着对面那条路，"有时候，在村西的路口他一坐就是一整天，那条黄狗也总是陪在他身边。"

　　"黄狗？"

第五节

　　和柿芳分开之后，我直接回到了镇警院。我发现老周早已起身，床头放着我之前做的记录。"周伯，有什么头绪吗？"

　　"嗯，有点麻烦，这几天的大雨，我们就别想着在井边找到什么有用的线索了，可是我觉得那口井有可能不是第一案发地。还有上次谈到阿七的死因，如果是凶杀，那凶器也很有可能已经被凶手处理掉了，所以目前找凶器这条线也不好跟下去。其他的，还没有什么大的发现。"老周无奈地说了最后一句，"还有，小胡，你看徐六之前说阿七有条狗，上次我们去苏婆家的时候见到那条狗了吗？""好像没有，今天我从花鲁村那里了解到，确实是有条黄狗一直陪在阿七身边的。"老周磕了磕手上的烟，"这黄毛狗怎么不见了？"

老周和我决定再去拜访苏婆婆。我们骑车经过阿七经常待的那个路口时，停下来朝破砖窑望去，突出的小土包掩映在玉米林之中，顶上的植被在阳光的照射下略显葱郁，我忽然觉得它好像一座坟墓。"那里埋着他的父母。"我说。"明天，等地里边的路好走些之后，我们就过去看看。"老周说。

再次见到苏婆婆，看着眼前这柔弱娇小的身躯，已被无常的命运抛弃，我意识到苏婆婆余下的路途虽可能再无波折，却也不再值得期待，她终将在人事的遗忘中独自离去。苏婆婆领着我们来到她隔壁的院子，"这是鲁琦住的地方，我们两个院子只是隔着一堵墙。"我知道苏婆婆指的是那面半米高的矮墙。"鲁琦一般都是饿的时候才会到我的院子里来。"老周和我进了屋子，看到屋子里面衰败破落，潮气扑鼻，蜘网密布，我觉得自己也只能够忍受在门口站一会儿，真不敢想象阿七竟然住在这里。屋内只有一张简陋的木床，和几包看起来是装衣物的帆布袋。

"婆婆，阿七的那条狗呢？"老周和我在屋里边搜了一遍，并没有发现黄狗。

"狗？啊，那条癞皮狗总是跟着鲁琦混吃混喝。"苏婆婆拍打着阿七的床铺，在阳光的照耀下飞起一阵尘土，"这被子几天不晒就会糟掉的。"

"那狗呀，也算通人性，整天陪着鲁琦，是个玩物，养着不亏，能给他解闷。"苏婆婆说着就要把阿七的被子抱出去，我见状忙过去搭手。

"没有看到黄狗。"老周又沿着院子巡视了一圈。"苏婆婆，那条黄狗你这几天见过吗？""没见过，不知道跑哪里去了，鲁琦走了，没人养它了，估计又跑了吧？""婆婆，这狗有啥特点没？"我问苏婆婆。"特点？""就是和其他狗不一样的地方。""这条狗呀，鼻子特别灵，我藏点吃的，就能被它给翻出来。"

老周无奈地向我看了一眼，表示这一次又收获寥寥。我们准备和苏婆婆告别，看着苏婆婆，想着她终要一人在这样的两间屋子里了却余生，便一阵心酸。骑车离开时，我听到她在背后低语道，"没准是随着鲁琦去了呢？不知道，不知道。"

第六节

没走多远，我们接到颜队的电话，颜队需要老周回一趟县警队。我们在村西的路口分开了。老周走后，我眺望那座破砖窑，想象阿七每天在这个路口望着它的样子，想象他的父母在那里烧砖的日子，猜想那时的阿七应该是无忧无虑的吧。

走到雕像路口，我就激动起来，因为我听到了那令我心旷神怡的琴声。我在桥溪家大门前的不远处，鸣了几声车笛，琴声便随之停止了。我觉得自己能够想象到桥溪听见笛声后，是如何推开凳子，打开门，快步走下楼，一路跑向我的身边。

桥溪身穿一件白色的淡黄碎花纹连衣裙，我对她笑了笑，然后装作生气的样子，没有说话，转身就走了。我不知道桥溪是怎样的表情，但是，我听到她快步跑上来，一手拉住我，"胡杨，你怎么了？"

"我生你的气。"

"为，为什么呀？"我听出来她的惊讶与慌张，在心里嬉笑起来。

"你去了县城也不和我说一声，我的手机号白给你啦，你还给我吧。"我依然没有看站在身旁的她。

"啊，哎呀，哈哈。"她笑了起来，"早上我走得早，害怕你还没起床呢，想到县城再告诉你，可是到那儿，就开始准备训练，一时给忘了。"说着她转身走到我面前，看着我说，"你想要回手机号？我把它记在脑子里面啦，你把我的头拿回去吧。"然后，她伸出一根指头在脑袋上画了一个圈，我俩笑了起来。

我们继续沿着上次那条路走，又碰到了那个光着屁股的小孩。他站在路边，脸上脏兮兮的，瞪着一双大眼睛盯着我们，吮吸着手指，嘴角的口水沿着那根手指头顺流而下。他看到我，似乎认出了我，我对他笑了笑，谁知他撒腿就跑远了。

"看你把他给吓得。"桥溪忍不住笑了起来。

阳光温和，照在身上让人感觉惬意舒适。看着周边安详和美的景色，恍惚间，让我忘记了连日来所遇到的一切不快，我知道，即使将来有着再大的苦难出现在我的面前，我只要轻轻地拉一拉我身边这位姑娘的小手，我一生的快乐源泉便会给予我足够的勇气和力量。

待走到路口时，我说了一句，"你觉得我像不像你的小狗？"我想到了阿七的那条黄狗。

"傻瓜，哪有人说自己是条狗的？""我想一直陪着你。"

第七节

几十名警员在樱台村和周围的村庄及农田仔细地搜捕嫌犯。由于一名嫌犯受了伤，警犬根据气味很快就找到了他，但是，他已经奄奄一息，昏死过去，被同伴抛弃。后来，颜队在几处麦秸堆之间发现了另两名嫌犯。有一名嫌犯持有枪支，在做最后的挣扎。一番较量，持枪嫌犯畏罪自杀，另一人放弃了抵抗。

审讯室中，那名嫌犯还未从惊吓中回过神，嘴角一直在打战。"我问你什么，你就老实交代什么！"嫌犯一直在哆嗦。

"交代身份。"嫌犯吞吐地告诉颜队和几名负责审问的警官，他和受伤的那个人是岗山市本地人，自杀的那个是外地人。受伤的是这次毒品交易的联络人，由他负责搭线外地的毒品买家和本地的卖家。死的那个是外地买家的一个代理人。而他自己只是联络人身边的一个小跟班。

"来颍治县干什么？"嫌犯说，他们这次来颍治县是为了样品，拿到样品后，由代理人代表外地买家决定是否交易。

"你们约定的时间是什么时候？"嫌犯继续说，是三天后，卖家会主动联系我们。

审讯室内的警官转头看向正在旁边聆听的颜队，颜队叹了口气，说道，"我们要打草惊蛇了。"

不一会儿，一名警官为颜队送来三名嫌犯的详细资料，颜队发现伤者曾被老周逮捕入狱。

第四章

第一节

阳光透过枝叶间的缝隙，洒在地面上，留下大小不一的白斑。一阵风吹过，树木摆动，枝叶婆娑，地上的斑点随之跃动起来。

"你还没有弥补我。"我们坐在这林中的亭子里。

"哈，你想让我怎么弥补你？"她离开我的怀抱，回头看着我说。"你上午干吗去了，我错过了你上午的样子，我想看看。"我盯着她，一阵风拨动，一缕秀发从她的耳后落到了额前。

"好，那我就挑一支自己跳得最差的，不能便宜了你。"桥溪微倾脑袋，斜着眼睛，伸出一根指头，指向我。

桥溪小步跳出亭子，站在光影交融的树林下，酝酿舞姿。她正准备起跳时，我喊道，"等一下！""哎呀，你干吗，胡杨，吓我一跳。"我强忍住笑故作正经，"咱们要有点仪式。""什么仪式？"她等待着我的奇思妙想，摆出一副胸有成竹的样子。

"你在跳之前，要说一些，接下来，由某某某为某某某因为什么事在哪里表演什么舞蹈。""好复杂呀，我记不住。""算了，你想怎么说就怎么说吧。"

我看着站在林中的桥溪，不敢相信自己的眼睛，一下子越过饱受相思之苦的三四年光景，回到了她刚转学来班上的时候。她终日表情冷淡，寡言少语，对谁都不感兴趣，沉浸在自己痛苦的世界中，暗自神伤。但是我俩谁也想不到，多年以后的今天，那个终日泪水涟涟的姑娘会为坐在她前面的那个玩世不恭的笨小子跳舞。

"接下来，由著名舞蹈家田桥溪女士为，为……"她停顿了一下，"为新手警察胡杨先生跳即兴舞蹈一支。"说着，她便躬身行礼。

桥溪渐渐起舞，一只手从腰处慢慢滑向天空，她的脸也顺势望向高处。几束从枝叶间的空隙倾泻而下的阳光刚好滴到她那白皙的脸庞与臂膀之上，仿佛要顺着纤柔的脖颈向下滑落，点燃那白色的连衣裙，一同化作白色的光焰……

我从桥溪的舞蹈中，似乎看到自己此前的二十余年一幕幕闪过，从呱呱坠地到警校毕业，从懵懂无知到陷入爱情。这一切似乎都在提醒我，在此之前，曾经存在着无数的可能会摧毁这梦境，我要牢牢抓住，牢牢抓住眼前这位姑娘。

"嘿，你怎么了？"我没有意识到桥溪什么时候停了下来，"啊，被风吹迷了眼睛。"

第二节

母亲给我打来了电话，"儿子呀，还好吗？"我看着身边的桥溪说，"嗯，还好。"

"什么时候回家呀？""我也不知道，这边的案子还没结呢。"我转念问道，"我爸又出去钓鱼了吗？"只听手机那头，母亲在呵呵地笑，"儿子问你呢！"父亲接过电话，"胡杨呀，我闲着也是闲着，你放心吧，你就等着回家吃我的红烧鱼吧。""要不咱们还是买几条算了。""买什么买，买的鱼多难吃呀！"我听到父母在电话那头争执着。

"你爸妈？"桥溪问道，我点点头，看到她会心地笑了。

我们离开亭子，桥溪准备带我回她的家中。走到雕像路口处，我见到一辆黑色桑塔纳停在桥溪家门前。不远处，桥溪的父亲站在车旁，与车内的人交谈，前任村长站在旁边。田父和车里的人说了几句后，汽车便开走了。我见到田父，一手扶额，一副疲惫的模样，随后和前任村长走进了家中，那位为我开门的女子迎上田父，他们都没有注意到我和桥溪。

"最近这阵子，爸爸看起来总是很焦虑，可能生意上遇到了问题。"桥溪对着我说，"应该是为了烟草吧，几天的大雨肯定影响了烟草的产量和质量。爸爸好久都没有这么担忧过了。"

我拍拍桥溪的肩膀，说，"总会过去的，你爸爸吃了不少苦，他很坚强。我们先不回去了，免得影响你爸爸。"桥溪点点头。

我们坐在雕像旁边的圆台上。"爸爸忙于生意，为了照顾我，才娶了后妈。"我知道那位为我开门的女子就是桥溪的后妈。"她对你好吗？""嗯，后妈对我很好，但是，我总是放不下妈妈。"说着，桥溪往我这边靠了靠，我紧握她的手，却一时间不知说些什么来安慰她。

"你知道花鲁村的秘密吗？"桥溪忽然站起来，问我。

第三节

"你知道花鲁村的秘密吗？"我摇了摇头。"想听吗？"我又摇了摇头，桥溪撇着嘴，一脸嫌弃地看着我。"可是，你要知道我这次来花鲁村就是为了听你讲这秘密的。"

桥溪瞥我了一眼，然后望向那尊雕像。雕像双手合抱，神态虔诚，慈祥的目光，越过广阔的农田，眺望远方。

　　"很久以前，还没有这个村子，一对夫妇来到这里定居。妻子喜欢养花，所以他们就以种花为生。慢慢地，他们养的花越来越有名气，卖得也越来越好，甚至有高官聘请这对夫妇到他们府上专门负责养花。可这对夫妇只想待在这里，两人过着平淡幸福的生活。后来，他们收留了许多流浪的穷人，这里的花农也就多了起来。每到花季，各种各样的花开遍田野，到处都馥郁着令人心怡的花香。这里的人们看到的是花，议论的也是花，甚至吃的也是花，家家安居乐业，亲善和睦。"桥溪注视着那尊雕像，双手抱拳贴在胸前，置身在她脑海里的那个古老而美丽的故事之中。

　　"似乎能够让人铭记的爱情总是凄美的。"我发现在夕阳的照射下，桥溪和雕像的影子刚好重叠在一起。"一天，突然来了一队人，抢走了夫妇中的妻子。原来，妻子本是大家出身，而丈夫则是一无所有的书生，两个人私奔到了这里。家人逼迫妻子，要她永远不和书生见面，否则就把书生送到官府。她答应了，然后结束了自己的生命，就这样香消玉殒。"桥溪讲述这段故事的时候，我不仅能听出一种难以掩盖的悲伤，还有一种带着浪漫主义色彩的神往，让人觉得这故事对她来说，美好已经远远大于伤感。桥溪继续说道，"后来，书生追到了妻子的家中，知道妻子已经亡故，便拼命讨回了妻子的尸身，带回这里，将她安葬在百花丛中。书生余下的岁月都住在妻子的墓旁，但是，没过多久他也去世了。这里的花农们将他们安葬在一起，因为书生姓鲁，所以将这里命名为花朝鲁，纪念这对生死不渝的夫妇。"

说完，桥溪转过身来看着我。"这故事也太普通了吧，感觉是小说家们常写的路数。"我回了一句。

"什么小说路数。"桥溪急忙反驳道，"要知道这可是村子里老一辈人口口相传下来的。爱情嘛，无非就是两个人的事情，要么修成正果，要么爱而不得，从这点来看，大多数爱情都是相似的。"我惊讶于桥溪的见解，一时竟无言以对，"跳舞也是在讲故事，这些年来，我好像感受了许许多多不同的人生和爱情。让我知道，爱情又是很复杂的。任何一件小事在两个人的小世界里都可能会影响结局。如果说有哪支舞蹈最难跳的话，那一定是关于爱情的，变化太多啦。"

桥溪又望向那尊雕像，"我们村子的第一位姑娘为了爱情敢于放弃一切，甚至是生命，她又是那么幸运，遇到了一位终身呵护她，没有背叛她的丈夫。不论一生长短，能和自己喜欢的人厮守，真是一件幸福的事呀，这难道还不能作为花鲁村人守护的故事吗？"我看着桥溪，又望向雕像，忽然觉得她们有几分相似。

"这是只属于花鲁村的故事，也是我的秘密。"说着，桥溪解下脖子上的淡黄色丝巾，系在了我的手腕。

第四节

离开花鲁村后，我接到老周的电话，他告诉我说，今晚不回镇警院了。

"这个人，人叫他郝伍，道上都说这人做事从来不出卖朋友，靠得住。"老周坐在刑事科的沙发上，看着住院的受伤嫌犯的资料，回忆道，"所以，他在本地特别混得开。几年前，因为偷窃罪，被我抓了，数额较大，被判了三年。但是后来听说有人动用关系，把他提前给捞出来了。""那审讯室的那个人呢？"一名警官问道。"那个人就不清楚了，看着不上道，估计是刚出来混的。"

"老周，你对郝伍还了解多少？"坐在一边的颜队问道。"现在，县内的毒贩子们已经有警惕了，这个郝伍成了揪出他们的关键，我已经派人去郝伍家里搜查了，希望能搜出些结果。""郝伍好像几年前离了婚，他的两个女儿，跟着女方都出国了。我倒觉得他们的离婚只是个幌子，据我了解，郝伍会时不时地向国外汇款。"颜队对身边一名警官说道，"去查一下郝伍的银行账户。"

"老周，你是审讯老手，又对郝伍有所了解，等他醒来，你负责审问他吧。"颜队对老周说道，老周点点头。"花鲁村那边怎么样了，有什么进展吗？"老周起身站到门口，抽起烟来，"没什么大的进展，我一直在想为什么有人会动手杀了阿七。莫不是阿七发现了什么？"颜队看着老周，似乎同事多年都没有如此认真地看过他。颜队敬佩老周，相信这位前辈的直觉，如果不是多年前，自己无意中夺走了老周的警队队长之职，也许他们的关系会比现在好得多。

颜队也渐渐意识到阿七的死不是那么简单，这背后似乎隐藏一个不可示人的秘密，可是，如今追查贩毒案，已经快要耗尽了他所有的精力。"老周，花鲁村那边需要什么帮助的话，尽管告诉我。"

老周那只不停地往嘴里送烟的手，到嘴边停了下来，他意识到颜队是在向他示好，"好，好，谢了。"

第五节

第二天早上，刑事科的电话响了，颜队接过电话，只听对面说道，"颜队，嫌犯，嫌犯自杀了。"

"砰"的一声，颜队踢翻了一张椅子，"这下线索断了，那帮人有充足的时间擦屁股了。""嘿，这就是郝伍，我都觉得做得漂亮。"老周说，"他这一死，救了多少人，他们不会亏待郝伍妻儿的。"

"这种人为什么要当毒贩？到死都在为自己的妻儿着想。"颜队瘫坐在沙发上，"这么多年来给她们汇的钱，足够她们衣食无忧了。让我都感到羞愧。"

"他怎么做到的？"老周问。

"昨天夜里，他醒了，趁着值班人员不注意，自己把氧气管给拔了。"颜队看着桌子上放着的三人的资料,"白忙活了一场,郝伍的家里也没搜出什么来。"

老周点点头,"我还是回三水井镇吧,你们多和外地的同事沟通,也许能发现新的线索。"颜队把头埋在双手里,没有说话。

桥溪告诉我,今天她们要为市里的表演做最后的彩排。我知道这意味着,今天我见到她的时间会很晚。临近中午的时候,老周回到镇警院,我看到他一身疲惫,"周伯,昨天很忙吧,你先休息一下。""我看起来很累么,没事的,我这把年纪可不会亏待自己的。"老周对我笑了笑,让我觉得反而是自己多虑了。

"我们继续去找那条黄狗吧,昨天晚上,我几乎找遍了花鲁村,可惜没有什么发现。"老周稍微摇了摇头,"小胡,咱们先到那破砖窑看一看吧。"

第六节

几天的暴晒,已经蒸发了泥土的大量水分,土质已经开始结块,坚硬了许多。行人走在农田的泥土路上,不再拖泥带水。我和老周骑着摩托从花枝大道下来,驶进一条泥土路,走了一段距离后,我发现这条路位于石拱桥的北沿,而发现尸体的那口井则在这条路的对面。我们将摩托车停在了小路的尽头,徒步走进一片玉米林地。约有百米,出现了另一条泥土小路。这条小路呈南北方向穿插在农田之中，沿着它往北走，尽头就是花鲁村，就是阿七常待的那个村西路口。

我和老周横穿这条小路，来到对面的玉米林地中，走了十几米远，就见到了破砖窑。乍一看，破砖窑的北面要高出南面许多，我猜想，当年应该是南面的窑洞坍塌，埋葬了阿七的父母。破砖窑也不像我之前所认为的那样矮小，有大半节火车车厢大小，似乎还要高出许多。这里荆棘满地，长着各种让人不知道名字的植物，几乎没有可以让人落脚的地方。从中间断裂的圆柱形烟囱，上半截杵着地面，经过多年的风化和雨水的冲刷，早已与窑洞外壁融为一体。下半截烟囱虽然已经没有了当年吞吐浓烟的气势，但依然挺立，是这里最高的一处，似乎仍在诉说着火热的辉煌岁月。

破砖窑被玉米林环绕着，四周了无人迹，让我觉得这里就是一座专门为逝者挑选的墓地，足够安宁。我想阿七从来都只是在路口远远地眺望破砖窑，就是不想扰了这里的清静吧。对阿七而言，这里就是他的圣地，就是他后半生的全部。想到这里，我觉得自己和老周的这次到来，真是有些冒昧了。

我拨开一处杂草，当年砖红色的砖窑墙壁依稀可见，但是曾经的容貌已被肆无忌惮地争夺养分的植物毁得面目全非。我和老周绕着破砖窑巡视了一圈，并没有什么发现。"咱们上去看看吧！"老周说。"不太合适吧，周伯，下面还埋着阿七的父母呢。"老周往上看了几眼，见到上面的杂草似乎更为稠密，便没有爬上去，又绕着砖窑走了一个大圈。

玉米林围着破砖窑，使得这里潮气颇重，四周无风。上午的阳光虽不炽烈，却照得我有些恍惚，心神不宁。"看来这里也不会有什么发现。"我告诉自己。我正准备伸个懒腰，老周忽然喊道，"小胡，你快过来！"

第七节

傍晚，我来到花鲁村，没有听到期望的琴声。"看来桥溪还没有回来。"我便继续在花鲁村附近寻找那只黄狗。我和老周分为两路，我以花鲁村为中心，由里向外；老周从花鲁村周边的村庄和农田开始，由外向里。我不清楚找到那条狗会怎样，它又会给我们带来什么样的线索，我甚至怀疑老周在破砖窑发现的一小撮白黄色的毛发，不是狗毛。可是，在目前的情况下，那条黄狗也是唯一带给我和老周希望的线索。

我发现，老周从县城回来之后，似乎变得比之前忧虑和急切，眉头间也多了几分难以捉摸的坚毅，让我觉得老周总是在思考着什么，这无形之中也给我增添了几分压力。"找到那只黄狗吧！"我只能这样告诉自己。

站在阿七常待的那个路口，举目四望。往北走，过了几条街就可以到苏婆婆家；往南走，沿着一条泥土路，穿过玉米林，就能走到破砖窑；往西，走上两三里路就到了另一座村庄。我回头看去，那尊雕像与我遥遥相对，时间一长，我仿佛看到了阿七的背影，还有那条黄狗，摇着尾巴跟在身后。我试图想象阿七每天待在这里会想些什么。

我不知道阿七是怎么变"傻"的，不知道他如何从姑姑家跑出来，又经历了怎样的艰辛才回到花鲁村，但是，我知道那一切都很痛苦，带给了他莫大的打击，不然，他也不会成为人们口中那样的傻里傻气，成为村里孤僻的守望者。也许黄狗的陪伴，是除了苏婆婆之外，他所能感受到的唯一一份温情。如今，阿七已经走了，黄狗也不见了，难道主人不在了之后，它就抛弃这里的一切，去了别处吗？

"不会连狗都这么世故吧！"我看到不远处，有一个孩子拿着食物在挑逗几只贪嘴的小狗。

第五章

第一节

老周在镇警院的办公室里打了很久的电话，我没有听到具体说了什么，但是，隐约听到几个名字，老山羊，花鲁村前任村长鲁锦堂，还有一个郝伍。我站在二楼的走廊，望向镇警院的大门，目光虚视，心里有种说不出来的低落。

桥溪又打电话告诉我，说因为安排有变，她明天下午才能回花鲁村。在电话中，她听出了我的失落，便告诉我后天，离花鲁村不远的渔林镇将举办一年一度的庙会，到时候她要带着我去好好逛庙会。我听出了桥溪的兴奋，以及她对即将到来的市演充满了期待，我劝她好好准备演出，先不用顾及我。桥溪不在花鲁村，花鲁村对我来说，似乎也陌生了许多。它已经没有了我这几年来日日夜夜念想的神秘，变成了一个压在我和老周心头的疑问，"那条黄狗到底在哪里？"

后来，老周骑着摩托离开了镇警院，我便一人坐在镇警院的房顶上，吹着夜风，思绪越来越凌乱。远方村子的灯火散发着清冷的幽光，也已勾不起我的任何兴趣。忽然，我在凸台上发现了一个烟盒，捡起来发现里面还剩一支，也许是被人遗忘了。我掏出火柴，划着了它，吸了一口，咳了几声。那晚，我在房顶上待到很晚，却也没有等到老周归来。

第二节

我路过雕像路口，希望能听到令自己心安的琴声，但是，我知道桥溪此时应该还没有回来。昨天，我已经仔细地搜查了花鲁村的西面，今天，我把重点放在了花鲁村的东面。我拐过雕像路口，路过村长家门口时，柿芳正巧准备出门，我俩相视一笑。

"小胡警官，你还在查案吗？"柿芳先说道。

"嗯，柿芳，你要出门？"我看着柿芳一手揣着钥匙。

"今天临镇有集市。"柿芳似乎看出我有点闷闷不乐，"小胡警官，案子还没有头绪吗？"

"在找阿七的那条狗，都两天了，还是没有找到。"

"小胡警官，我陪你找吧，我比你熟悉这里。"还没待我开口，柿芳又笑着说，"反正我去集市也是瞎转。"

柿芳陪我沿着路一直往东走。我一直在努力搜寻话题，和她聊天，算是对她好意的答谢。却未曾想我这有一搭没一搭的聊天方式，倒惹两人都不自在了。"小胡警官，你能为我唱首歌吗？"柿芳突然的请求惊了我一下。"我，我不太会唱歌，念警校的时候，很少唱歌的，况且我唱的你也不会喜欢。""没关系的，小胡警官唱什么都行。"她满面笑容地盯着我看，我不敢直视她，一时竟然想不出一首自己能唱的歌来。但我又不想拒绝身边的这位姑娘，身处窘境的我，不由得满面发烫。

"哈哈，跟你开玩笑的，警察先生，不要害羞啦！"听到柿芳这句话，我觉得自己的脸更加发烫了。

"前天，我看到你和桥溪在一起。"我愣了一下。她低着头继续说，"我喜欢坐在房顶上，感受风吹日晒，就像田里的庄稼一样。"柿芳说着又看向我，"我是在房顶上看到你俩的。""我和桥溪是高中同学，我俩有三四年没见面了。"柿芳没有再说话，只是静静地看着脚下的地面。

"柿芳，你是不是身体有点不舒服，你的脸有些苍白。"我暗自告诉自己一定不要沉闷下去。"我生病了，一种很严重的病，跟相思病一样厉害。"柿芳凝视着我，"那实在是太糟糕了，没个几年是治不好的。"我想到了自己，说罢，我俩都笑了起来。

"小胡警官，你知道花鲁村的秘密吗？"忽然间，柿芳
问我。

"是你们村子的来源吧，我听说过。"我看到柿芳似乎有
些吃惊，"柿芳，为什么你们都称这个村子来源是秘密呢？"

"花鲁村的来源，是一个美好的故事。"柿芳满脸温情，
低语诉说。我忽然意识到这种温情在桥溪的脸上也曾显现过，
"这个故事，被每一位花鲁村的姑娘当作是自己的秘密。"说
着，柿芳又看向我，"她们只会把这个秘密讲给自己喜欢的
人，如果有一位花鲁村的姑娘对你讲这个故事，就说明她此生
认定了你。"

第三节

我沉浸在桥溪的爱意之中，满心欢喜，完全没有注意到
身边这位姑娘的用意。很久以后，当我再次回想这段时光，始
终会怨恨自己为什么不为她歌唱一首，痛恨自己当时的愚钝和
虚伪。

"所以，花鲁村的故事只会被这里的姑娘守护，就像守
护着自己的秘密一样，不会轻易告诉其他人。"我看着柿芳，
仿佛看到了桥溪，看到了那尊凝视着远方的雕像。我发现她
们之间存在着一种纽带，这种羁绊一直存在，从古到今，从未
消失。突然间，我想到了桥溪说过，爱情总是变化万千而又

相似。

　　"柿芳呀，你过来看看这是谁家的狗，怎么死在我家地里边了。"我和柿芳走出了花鲁村，来到一块烟草地前，一位下地的老伯忽然对我们喊道。我和柿芳彼此对视了一眼，便跑了过去，"二伯，先别动它，我们过去看看。"柿芳边跑边喊。

　　"这狗估计刚死没多久，身子还没凉呢。"那老伯说，"我记得昨天还没有呢，今儿咋会死到这儿来了，真晦气。"我跑过去，只见是一条毛发泛白的黄狗，肚子上有一道很长的伤口，伤口周围的毛几乎全都脱落了。

　　"这就是阿七的那条狗。"柿芳说道。

　　我打电话给镇警院，让老李联系老周。我觉得让柿芳这么陪着我待在狗的尸体旁边，有些不合适，就劝她离开了。柿芳走到烟草地头，离开时回头向我招了招手。

　　没过多久，老周赶了过来，我给老周讲明了情况，老周说，"这狗活着的时候一直躲着人，所以我们找不到它。"老周默默地看着这条黄狗的尸体，表情凝重，"小胡，我要带着它去一趟县城。"我帮老周将黄狗的尸体装上车，待老周骑车要走的时候，他转身对我说，"也许苏婆说的是对的。"

　　我一时不理解老周这句话的意思，看着渐行渐远的老周，那句"也许苏婆说的是对的"一直在我耳边回响。我用尽力气回忆我们两次拜访苏婆婆的所有细节，以及苏婆婆对我们说的每一句话，却都像走远的老周一样，身影模糊直至消失。

　　他们离开之后，我一个人待在原地，阳光火辣辣地照在我的脸上，使我抬不起头来。我瞅着四周的农田，广阔，空荡，没有声音，没有气息，只有一望无际的落寞。我觉得自己置身其中，又孤立其外。我开始怀疑，怀疑这个世界和我哪一个才是真实的存在，怀疑自己在花鲁村所经历的一切，怀疑自己在警校的岁月，怀疑自己的少年时光，甚至怀疑自己的出生都只不过是某位暮年老者在追悔往事时所虚构出来的一场梦。我就这样掉进这股漩涡之中，愈来愈无助，愈来愈不真实，而当我看到自己的手腕，那条丝巾将我一下子从痛苦的虚妄之中解救了出来，"下午就能见到桥溪了。"

第四节

虽然那条黄狗已经被找到，但就像停止拨动的琴弦一样，还有不断的余震，我那压抑的心情并没有因此而一下子得到彻底解脱。我躺在镇警院的床铺上，来回翻转，开始疯狂思念桥溪。

当我醒来，发现已经傍晚。我匆忙穿上外衣，骑着摩托车，奔向花鲁村。我没有听到琴声，但是，我并没有感到失望，因为，桥溪就坐在她家的大门前。

"你为什么……"我俩几乎同时说出了这半截话。

"你为什么不接我电话？"桥溪故带愠色地问我，这时，我才意识到我错过了她的几个来电。"我睡着了，昏昏沉沉睡了一下午。"我故作委屈，喃喃回答道。

　　我和桥溪一起坐在她家门口，一片玉米林隔着一条小路，与我们面对面。

　　"你为什么回来得这么晚，说好的不是昨天就回来了吗，你知道这一段时间我是怎么过的吗？""哎呀，胡杨，我也想你，可是我们团很重视这次市演，说之后还要到省城演出呢，所以，我们排练得非常紧。""那也不能不让人休息呀。""我明天上午还会在家，下午就要去县城，然后晚上就得出发到市里边。"我没有说话，沉默了一会儿，我知道我应该全力支持桥溪，但是，我明白最近这两天，自己总是会没来由地感到沉闷、低落，一时说不出鼓励桥溪的话来。

　　"我明天陪你去逛庙会吧。"桥溪满脸笑容地看着我，转念又问道，"胡杨，案子查得怎么样了？是不是遇到困难了？"语气充满关心。

　　"阿七的狗找到了，周伯带着它去县城尸检，我不知道在那条狗身上能检查出什么线索来。"我停顿了一下，"那狗肚子上有很长一道伤口，我觉得是凶手干的，可是，光凭那一点怎么可能找到凶手呢。"桥溪看着我愁闷的表情，把头靠到了我的肩上。"我真想快点找到凶手，现在，突然感觉自己不适合做警察，一点耐心都没有。"

　　"你怎么会没有耐心呢，你可是等了我三四年呢。"桥溪拉着我的手，"明天渔林镇有庙会，很热闹的，离花鲁村不远，好多村子的人都会去，很热闹的，咱们一起去散散心。"说着，只见一辆摩托车在桥溪家门口停了下来，是桥溪的父亲，穿着灰色的帆布衫。

"你是，周警官身边的那位小胡警官。"田父看着我，似乎刚认出我来，"你们的案子查得怎么样了？""叔叔好，还没有什么大进展。""这几天都没有找到什么线索么，阿七死了有一个多星期了吧？"我看着田父，觉得有点惭愧，"没有，我们只找到了阿七的那条狗。""狗？"田父听到后迟疑了一下，笑着对我说道，"你们到家里来吧，我这里有上好的茶叶，让小溪为你泡些茶。""不用了叔叔，这里挺好的。""好吧，你请自便，不要客气，我还有些事情，就不陪你们了。"

田父回到家中，一会儿的工夫，便又出门，摩托停在家门口，徒步离开了。"这几天爸爸好忙，有好几次天没亮就出门了，我好心疼他。"桥溪依偎在我的怀中，"他是最爱你的人，虽然他不说。"我想到了自己的父亲，想到了他钓到鱼后欢喜的样子。

我和桥溪坐到了很晚，阿姨要留我吃饭，但是，我担心老周可能很快就会回来，不想在有所发现的时候缺席，给自己的第一桩案件留下遗憾。

我准备骑车离开，桥溪叫住我，说为我从县城带回了礼物，我低头盯着桥溪的口袋，难掩心中的欢喜，一心想知道桥溪会掏出来什么。可是，她那只插在口袋里的手迟迟没有伸出来，而是稍踮起脚尖，在我的额上亲了一口，之后急忙转身向家里跑去。在门口，桥溪停下来，回头向我招了招手，喊道，

"明天见啦，小胡警官，拜拜。"说完便跑进了家中。

我站在原地，久久没有回过神，最后对着她消失的方向，轻轻地道了一声"再见"。

第五节

不知是因为桥溪的亲吻，我过于兴奋，还是因为老周的迟迟未归，我出于担心，这一夜，我失眠了。

我躺在床上，静静地看着过往的车辆照得屋子忽明忽暗，觉得找到杀害阿七的凶手，侦破这桩案件的希望也变得忽多忽少。我开始胡乱猜测阿七种种可能的死因，也许是像徐辰六说的那样，凶手被阿七的狗激怒，阿七为了护狗与凶手发生争斗，凶手失手杀害了阿七；也许凶手只是某个途经花鲁村的路人，一时兴起，毫无动机地杀害了阿七，之后便远远地离开花鲁村，永远不再回来；有可能是凶手在秘密地做其他事情的时候，被阿七撞见，才将阿七灭口的。无论是哪种情况，都让我感到凶手遥不可及，都让我看不到破案的曙光。

这样一件起初几乎不被任何人放在心上的案子，如今似乎快要成了一桩悬案。只不过死者生前孤苦无依，有点傻里傻气，也许对别人来说可有可无，除了我们，即使成为悬案，这件事也依然不会被太多的人放在心上。我蜷缩在床上，难以入睡，眼前漆黑一片。大脑仿佛正在贪婪地从我的全身汲取血液，每一根大脑血管都在发胀，而我的内心却干瘪得发堵。我想起身，抽一支烟，虽然知道那股味道可能会令自己更加不舒服，可是，我又不愿移动自己的身体，单纯地想蜷缩着，一动不动，好像时间也会跟着一动不动。唯一能让我从这无尽的烦恼与忧愁中得到些许欣慰的是，明天我会和桥溪一起逛庙会，一想到这里，我那颗虚弱的心脏，便一下子充满了生机，蓬勃地跳动起来，舒畅了全身。

屋子被来往的车灯照亮的时间间隔越来越长，每次的时长也越来越短。直到一束光从远处透过窗户，从屋子的一角移动到屋子中间，停了下来，几秒钟之后，便消失不见了。随后，我听到有人走进楼梯，走廊间的步伐声稳健有力，声音径直地来到我的门前。昏暗之中，我看到一个熟悉的身影走了进来。

"周伯，你回来了。"

"小胡，你还没睡？"

"我睡不着，一直不困。"

"那刚好，起床吧，咱们去花鲁村。"我转眼望向窗外，依然漆黑一片。

第六节

我看了一下时间，凌晨2点10分左右。

"穿上警服吧，颜色重一些。"我不解老周的用意，但没有多问什么。

"小胡，你还没有配枪？""我还不是正式警员，还没有发枪，只有警棍，周伯。"老周看着我，似乎犹豫了一下，想要说些什么，可最后没有开口。

我们没有叫醒镇警院的其他值班警员。我们各骑一辆摩托，老周走在前面。三水井镇镇上的各家各户都还没有亮灯，街道上路灯昏黄，没有行人，只有几缕微冷的夜风轻扫地面的杂物与灰尘，发出轻微的沙沙声。我们驶离三水井镇，宽阔的花枝大道上，不见车辆，只见一束束明亮的灯光，从高空投洒到路面，彼此交叠延伸，从东到西，贯穿整个颖治县。

离开花枝大道，驶进一段泥土小路，我发现这正是上次去破砖窑的那条小路，老周骑着车，走在前面，一言不发，没有减速，没有转向，一直到了小路的尽头。我俩将车子推进玉米林中，不会轻易被人发现。之后，徒步走了百米，穿过那条南北向的泥土路，再次来到了破砖窑。

"周伯，我们来这里做什么？"我满脑子疑惑。

"等人。"老周隔着夜色，环视四周。

"等人？"我更加不解，觉得老周是有了什么发现，"周伯，是从那条狗身上发现了什么线索吗？"

"小胡，我们去那里。"老周领着我走进了斜对面的玉米林，"蹲下、躺下都行，就是千万别站起来，还有，把手机静音吧，千万不能出声。"

我和老周盘坐在不同的垄沟里，隔着几株玉米。"周伯，能告诉我什么情况吗，我现在有些搞不清楚状况。"

"尸检结果说，在狗的鼻腔中存在少量冰毒。"我盯着老周，没有说话，我想看清老周当时的神情，却被夜色遮住了。"我相信自己的判断和职业直觉，这破砖窑就是一处藏毒点。"

"可是，我们上次来什么也没发现呀。"

"我们没有发现，并不代表不存在，况且我们不是找到了狗毛吗？"

"但是……"我开始回想，试图捋清自己的思路。黄狗的毛出现在破砖窑，说明黄狗极有可能是在这里受伤的，连日来，黄狗一直藏在某处，不敢见人，也正是因为受到了极大的惊吓。但是，也有可能是黄狗受到惊吓后，躲到了这里，所以掉落了毛。我正要把自己的疑问说出来时，"还记得苏婆的话吗？"我暗自摇了摇头。"苏婆婆之前讲，阿七说过有脏东西。"

"阿七看到了人！"我脱口而出，心头一惊，原来阿七整天望着破砖窑，口中的脏东西指的不是神鬼，"可是，周伯，又怎么能确定今天会有人来呢，我们上次来破砖窑也是有可能遇到人的吧。"

"知道今天是什么日子吗？"老周的话飘散在漆黑的四周，犹如耳边的丝风，难以捕捉。"什么日子？"我抬头透过玉米株的枝叶，望向星点稀疏的夜空，忽然，就像被冷风吹得打了寒战一样，惊然说道，"今天，渔林镇举办一年一度的庙会。"

"对，村子里的许多人都会去逛庙会，包括花鲁村。这样村子里就没有多少人了，就方便了毒贩。今天，对他们是个机会，对我们也是个机会。"老周停顿了一会儿，我似乎能想象到老周当时笃定而又坚毅的眼神，"我不知道这里究竟是不是藏毒点或者交易点，阿七每天望着这里，肯定是有所发现，才会被人杀害的。但愿我没有错，阿七不会冤死。"老周轻轻地说。

"颜队知道了么，周伯。"

"我们已经拟定了行动方案，这时候，县警队也不会安稳。为了不打草惊蛇，他们会藏匿在离花鲁村5分钟车程的周边，等候我的电话。"

我看着身边的这位老警官，钦佩他的敏锐和果断，在自己看不到破案希望的时候，这位前辈竟然已经开始收网抓人。

"毒贩是花鲁村人吗？"我轻声问。对面没有回声，我以为老周是在用沉默作答，表示他也不敢肯定。但是，我隐约听到老周在默默地说着，"5分钟足够了。"这才意识到此时老周正在思考着什么，所以，他没有注意到我的问题。

第七节

我和老周再没有交谈。我们安静地等待着，与周围的环境融为一体，什么事也不能做，仿佛在等待着自己的命运，也等待着另一些人的命运。我不知道今天要在这里等候多久，也不确定今天是否会有收获，更猜想不到命运最终会给我和老周怎样的一个结局。我唯一知道的是，今天将在我和老周3万多天的生涯中变得尤为特殊；我唯一确定的是，今天我不能陪着桥溪去逛庙会了，也没有机会给她打电话说明原因，更不被允许接听她的来电。

"她一定会对我生气的。"想到这里，我开始忧虑，也许在我和桥溪以后的岁月里，会有许多次因为自己的职业而惹她生气，"我能照顾好桥溪吗？"但是，我转念又想到，我和桥溪都明白，我们的爱情来之不易，惹爱人生气和埋怨爱人都是一种伤害，既然彼此相爱，又为何不能体谅、包容对方呢？"桥溪一定会理解我，包容我，而我要做的就是付出真心，全心全意地爱护她。"

躺在垄沟里，高低不平的地面让我的背部很不舒服。四周的虫鸣声，此起彼伏，稀稀落落，似乎大多都已入睡。我透过黑色的玉米枝叶，凝视着黑魆魆的夜空，仅有几点微如米粒的碎星相伴。时间一长，我开始产生一种错觉，夜空在渐渐离我而去，又或者是自己在慢慢下坠。

在相当长的一段时间里，我都没有想到老周，老周也安静得没有一点声音，如同不存在一般。"嘿"，这一声像是从我脑袋中蹦出来一样，把我从漫无目的的遐想中惊醒。我轻轻转过身，单膝跪地，双手支撑着地面，低俯着身子向破砖窑望去。此时，我才发现，老周真是挑了个用来隐藏的好地方，在我们的面前恰好有一堆茂密的杂草，稍稍高出我们一点点。

一个黑色的身影，出现在我们的视野里，我告诉自己，"有人来了。"

第六章

第一节

黑影先是围着破砖窑转了一小圈，怀中似乎裹着东西，行动稍有不便。之后，爬上破砖窑，来到高耸的半截烟囱前，俯下身来，似乎在寻找什么，稍后挪动了几下，便消失在草丛中，再也没有站起来。此时，一阵微风吹过，玉米林哗哗作响，突如其来的寒意让我不由得打了个寒战，我发现自己的警服潮湿了许多。

"原来，阿七发现了破砖窑的秘密，才被杀人灭口的。"我想到了阿七悲惨的一生，父母的坟墓被毒贩当作秘洞，而自己因为守护父母丢了生命。

我和老周都没有行动，我们都预感还会有人到来。不知过了多久，紫黑色的天空已经褪色为深蓝色，我逐渐能够看清楚蹲在附近的老周的神情。这一次，前后来了两个人。先到的那人，身形高大，手里提着一个包，先是沿着破砖窑转了一大圈，之后，又站在上面，停了好一会儿。我看见他抬头望向夜空，长长地舒了口气，最后也消失在了烟囱旁边。隔了不久，又来一个人，中等身高，体型偏瘦，动作敏捷，几步跳上破砖窑后，便不见了。

我转头看着老周。老周一言不发，只是稍稍地看了看我，一只手掌摊开，竖停在了胸前。我觉得此时应当是个好时机，我和老周完全可以迅速地找到入口，将他们堵在里面，但是，老周决定暂不行动，似乎另有打算。我开始揣摩老周的顾虑，也许这里还有其他的出入口，或者还会有人前来。

东方的天空已经泛起鱼肚白，近处的农庄传来此起彼伏的鸡鸣声。我望向被破砖窑和玉米林遮挡住的朝阳，自嘲道，此前无论如何也想不到，会有这么一天，我要以这样的方式迎接日出。我扭头又看了看老周，老周盘坐在地上，一手扶额支着头，尽显疲惫。可是，我知道，一旦这里有风吹草动，他便会像捕食猎物的猛兽一般，立即绷紧神经，蓄势待发，伺机而动。

我们紧盯着破砖窑，不敢松懈，生怕他们会从别的地方溜走，辜负了身后和我们一样在默默等候的整个县警队。可是，一个上午过去了，眼前依然没有任何动静。

第二节

"我肯定让桥溪失望了。"我轻轻地掏出手机，看到四个未接来电，有一个来自父母。午后的太阳有些毒辣，透过玉米林照在身上，让人感到烧灼。玉米林中也被烘烤出一股热气，将我和老周包裹其中，熏得我们直冒汗。"这个时候真适合睡午觉，庙会上还热闹吗？"我漫无边际地遐想着，无意中朝老周看了一眼，神经一下子紧绷起来。只见老周惊诧的眼神，直勾勾地盯着前方。

　　我顺着那个方向看去，在烈日斜射下，一个人站在破砖窑上正望着我们，由于背光，我看不清他的模样，不知道他已经注视了多久，在看见他的那一瞬间，我一下子惊住了，心脏紧跟着剧烈地跳动起来。

　　"不好，有人！快跑！"喊声打破了午后沉闷的晴空。

　　"快追！"老周的一声喊使我立马回过神来。然而，由于长时间弯曲，双腿发麻得厉害，犹如千万只蚊虫在叮咬，我俩都差点摔了一跤。另两人趁机从秘洞中跑了出来，我和老周强忍着麻痹，奋力追上去。我两三步跳上砖窑，然后顺势往下跳，得以抱住一人的腿部，将他扑倒在地。那两人跑进玉米林，老周追了上去，我迅速地用手铐铐住这人的双手，然后去追老周。

　　我很快追上了老周，跑出玉米林，来到泥土路上，只见一个穿灰色衬衫的大高个跑进了对面的玉米林中，而另一个人却不见了踪影。"小胡，给我手机！你去骑车赶到花鲁村！"我赶忙把手机递给老周，一起冲进玉米林，之后便分开了。我在玉米林中狂奔，跑向之前藏在玉米林中的摩托车，然后骑车冲向花鲁村。

　　当接近花鲁村的时候，我听到了琴声，"桥溪怎么还没走？"来不及思考，我将车子倒在路边，便跑进了桥溪家对面的那片玉米林。我看到桥溪家的大门半掩着，一辆摩托车停在门前。我不知道老周为什么断定那人会跑向花鲁村，也不知道他会从哪个方向跑进花鲁村。但是，我听到了桥溪的琴声，这便是命运给我的答案，"我要待在这里，保护桥溪，不能让他跑进桥溪的家，我要拦住他！"我没有老周多年的职业直觉，面对无知的未来，我只能听从自己的内心。

我藏身玉米林的边缘，一边看着桥溪家，二楼窗户紧闭，窗帘全开，但看不到桥溪，一边时刻留意着身边的小路。突然，不远处，传来一阵短暂而又急促的响声，我不禁浑身哆嗦了一下，"是枪声。"

是谁开的枪？是老周还是那个人？一时间我不知所措，枪声离我不远，无论是谁，都说明他正在我的附近，也许正朝我这边赶来。正当我为老周担心时，"砰"，又传来一声，枪声离我更近了。我感到全身的血液，"嗡"一下子都冲到我的大脑，血管膨胀，血液奔涌，我的心脏剧烈跳动着，双手发抖。此时此刻，我只能等待，是老周还是那个人，自己要面对的是生还是死，我都不会畏惧，"听天由命吧！"

我察觉到附近有人在奔跑，跑出了玉米林。我看到不远处，那个人抱着左臂，向桥溪家门口奔去。

我冲出玉米林，"站住！不许动！否则我就开枪了！"我虚张声势地大声叫喊，"举起手来！"我躬身做出双手持枪、准备射击的样子，因为烈日当头，我担心他会看到我的影子，"不许动！包括头！"我害怕他转过身来，发现我并没有枪。

但是，他没有朝我这边看，只是稍稍抬起头，然后便瘫倒在摩托车旁。我顺势看去，桥溪家二楼的窗户紧闭着，里面的窗帘却在晃动，琴声消失了。

第三节

"我对不起小溪……"他跪在地上,双手掩面。我走过去,才发现是桥溪的父亲。

阳光照在我和他的身上,地面上拖着长长的影子。我呆呆地直视那无情的烈日,双眼发酸,视线变黑,疼痛难忍,直到似乎有眼泪要夺眶而出。在那一刻,我和跪在地上的那个男人一样绝望,无助。

老周缓缓地从玉米林中走出来,满身泥土,喘着粗气,面无表情,右手握着枪,无力地垂在腿边。田父抬头看向老周,我也看向老周,"周,周警官?"老周瞅了我一眼,便又迅速地挪开了视线,一时没有说话。我注意到老周的眼角有些泛红,"人老了,腿脚不行了。"老周盯着地面上的影子,讪笑道。

老周支开我之后,拖着发麻的双腿快速地穿梭在玉米林中。他看不到田父在哪里,甚至听不到田父的声音。老周无望地在玉米林中奔走,觉得自己已经失去了弥补愧疚的机会,失去了兑现对妻子诺言的机会,自己再也没有为余生谋求欣慰的希望了。老周已经老了,他知道,这次机会对他来说,是最后一次也是唯一一次。

年过半百的老周深知人事的无奈,命运的多变,他虽然永远不会原谅田父,但是,也不曾憎恨到要杀害田父。老周希望田父出狱之后,能够改邪归正,走上正途,唯有这样,老周才觉得妻子没有白白死去。他把对妻子的一部分思念转化为对田父的期望，当他听到田父一手创造出花鲁村烟草基地后，从中得到的安慰曾一度帮他重拾对晚年岁月的憧憬。但是，当他在面馆遇到田父的那一刻，自己就产生一种不好的预感，阿七的死，可能与田父有关。当天下午，老周回到老家，站在妻子的坟前，回想起和妻子一起生活的点点滴滴。老周不敢相信，妻子离他而去已有十年。"如果他对不起你，我就……"老周温情地抚摸着妻子的墓碑，落下几滴眼泪。

在妻子的葬礼上，老周未曾流下一滴眼泪。他告诉自己，妻子只不过是出趟远门，顺便带走了自己对生活的所有念想。而今，他活着，只是在接受惩罚，惩罚自己没能保护好妻子，没有担负起一名警察与丈夫的责任，更没实现好好呵护她一生的誓言。余生的老周，每当思念妻子的时候，就是自己受刑的时候，而他几乎无时无刻不在思念着妻子。老周始终铭记妻子弥留之际对他说的最后一句话，"照顾好你自己。"老周怨恨自己，他告诉自己，我要活着，我要好好活着，我活着就是在惩罚自己。

可是，田父辜负了他，更辜负了他的妻子。他向老山羊打电话询问郝伍的情况，从中得知田父与郝伍有着往来。他连夜闯进郝伍情妇的家中，搜出了郝伍的账本。账本上详细地记录着郝伍参与的所有毒品交易，人员、金额、数量、时间、地点……老周翻找着，当他看到田父的名字时，脑海中随即生出一个念头：田绘民，这次，我要亲手逮住你！

第四节

往事给予生活的悔恨，往往并不是你从未有过机会，而恰恰是你曾有过机会。

老周冲出玉米林，眼前是一片低矮的豆子地。田父正在豆子地里奔跑。老周急忙追上去，想要亲手逮捕田父，却见远处奔跑的田父即将逃入豆子地对面的玉米林中，情急之下，直指天空，一声枪响，以示警告。田父慌忙弯身下蹲，定了一下，便又箭似的往前冲。又一声枪响，田父应声摔倒在地，惊吓之中伤了左臂，失声痛叫。老周见状赶忙打电话通知颜队，之后，快步走到田父倒下的位置，却不见人。原来田父忍着痛，匍匐着爬到了对面的玉米林。老周决心要了却心愿，亲手抓住田父，强撑着身体奋力追赶，却不料被一株玉米绊倒。老周趴在地上，眼睁睁地看着拼命逃窜的田父在玉米林中渐渐远去，眼角变得酸涩。

"我对不起小溪……"田父一遍一遍地哭喊着，喊声也一遍一遍地在我心中重复。在那一刻，我丧失了所有的勇气和理智，对周围的一切都感到陌生、麻木，对眼前的世界无知无觉，只剩下大脑在嗡嗡乱鸣，茫然无助。我不知道该如何面对桥溪，怎样才能减轻她的痛苦，得到她的谅解。有那么一瞬间，我想不顾一切地冲进桥溪家，跪倒在她的面前，任她打骂，乞求她的怜悯与宽恕。可是，我胆怯了，我害怕，我害怕面对桥溪，我害怕她永远都不会原谅我，我在她面前亲手逮捕了深爱她的父亲。我伤害桥溪越深，自己的内心就越恐惧。我不知道该怎么办，多么希望时间能够静止，能让我鼓起足够的勇气。我紧紧地盯着窗台，祈祷能见到桥溪，哪怕是透过窗帘，微微瞥见桥溪的身影，我觉得自己就会得到足够的勇气，冲上去，去面对她，恳求她。

　　我祈祷着，盼望着，甚至哀求着，"桥溪，你出来吧，出来吧，桥溪，让我看看你，让我看到你。"终于，警笛声从花鲁村的四面八方响起。不久之后，我才知道，在那一天，我的怯懦让我失去了见桥溪最后一面的机会。

第五节

　　十几辆警车从花鲁村的四面八方驶来，迅速地包围了花鲁村，几十名警员随即展开紧张的搜捕。

　　"恭喜呀，老周，逮住花鲁村这么大的一个秘密。"王哥朝老周走去，笑着向他搭讪。老周没有理他，径直走进一辆警车。

　　"小胡，你和老周押着这名嫌犯先回县城吧！休息休息，剩下的交给我们。"颜队拍拍我的肩膀，他看到老周和我都尽显疲态，"辛苦了，待会儿，我让小陈开车送你们回去。"

　　周围警笛声，犬吠声，交谈声，叫喊声，混成一片，街道上的村民们也越来越多，警员们个个神情严肃，紧张有序。颜队将警队分成八个小组，都配有警犬，又划分为两大队在花鲁村内外搜捕。我看着忙忙碌碌的同事们，耳边嘈杂声不断，自己却茫然地站在他们中间，宛若局外人。两名同事为田父稍微地处理了一下伤口，便把他架到了警车里。我跟在他们后面，每迈出一步都要使出全身的力气，仿佛大地在晃动，稍不留神，自己便会重摔在地。我不断地回头，望向窗台，可是始终见不到桥溪的身影，"对不起，桥溪，对不起……"我一遍一遍地在心中苦苦地呐喊。

我走到警车旁，看到老周坐在副驾驶上自顾自地抽烟，默然地看向车外。我转头看向警车后面的那个路口，高立的雕像双手合抱，神态虔诚，一如我当初所见。"花鲁村的秘密。"我脱口而出。忽然，一阵尖锐的哭声一下子刺痛了我，让我恢复了对周围世界的感知。

只见一个小孩，也许是受到了惊吓，躲进母亲的怀抱中号啕大哭，我木然地看着他，发现正是那个光着屁股的小男孩。

第六节

终于，我躲进警车，想把一切都挡在车外，自己再也忍受不了那毫无掩饰的哭声。那尖锐刺耳的哭声穿透我的躯壳，搅动我的五脏六腑，无休止地撕扯着，似乎要吞噬我整个的神志，好与之共鸣，声泪俱下。我强咬牙关，压抑着内心，故作镇定。

田父双手被铐，头依着车窗，不再哭喊，死气沉沉，犹如残破的雕塑。老周坐在我前面，一直抽烟，看着窗外一言不发。我透过车窗望向桥溪家，看到几名警员走了进去。"不能！我不能就这么撇下桥溪！"我鼓起勇气，准备下车冲向桥溪家。可是，警车启动了，我稍犹豫了一下，桥溪家很快就被玉米林挡住了，我终究没能下车。

花庄路上，警车飞快地扫过一道道树木的斜影。太阳在一片天鹅绒的围绕下，慢慢下沉，预示着这一天就要结束了。我静静地注视着它，如果能回到它刚升起的时候，我只会陪在桥溪身边，而不是去破砖窑。

"为什么？"我一时没有察觉到是谁说了一句，"为什么你要参与贩毒？"我扭头看向田父，等待着他的回答。

"我对不起小溪。"田父依旧一动不动，"可是，我也没有办法。"他一手掩面，整个身子塌了下来。

"这是最后一次了，真的是最后一次了。我已经放弃了，如果你们再晚一天，那里就什么都没有了。"田父长叹一声，让我想到，在破砖窑，那个对着夜空长舒一口气的身影。"我早就不想继续下去了，我只想等一切结束之后能好好照顾小溪。可是，我也好难呀。"

田父身子前倾，看向老周，"周大哥，这么多年，我知道我对不起你，是我害了大嫂，我该死。"田父低下头，声音颤抖起来，"无论你怎么恨我，都是我活该。当年，我为了救小溪母亲，求遍了认识的所有人，可还是凑不够手术费。我没有办法，真的是走投无路了，后来被人怂恿才会去抢劫的。"田父摊开双手，盯着手腕上的手铐，"进店的是两个人，等出来的时候，另一个人骑着摩托车就跑了，丢下我一个。自己很快就被几个人拦住了，我只是一心想逃走，却无心伤害了刚好路过的大嫂。"

我看不到老周的神情，老周坐在前面安静得没有一点声音，夹着烟头的那只手搭在车窗上一动不动。我注意到，开车的小陈转头看了一眼老周，脸上露出同情的伤感。

第七节

"我这次是没希望了，可怜我的小溪。如果当初有谁能帮我一把，我就绝不会去抢劫，今天的一切就都不一样了。"田父低声抽噎着，"出狱之后，我不怕吃苦，不怕受累，一心想着好好工作，弥补小溪。可是，我发现，很难了，我很难在这个社会上立足了。我找不到稳定的工作，连自己都养不活，没脸面对亲友，更没脸面对小溪。我永远忘不了，那年年关，我对小溪说自己太忙赶不回家，可实际上，自己一个人走在到处放烟花的街头，想念着小溪的母亲，没有地方可去。"

警车驶上花枝大道，顶着西沉的落日，离花鲁村越来越远。

"你为什么要贩毒？为什么要害死一个无辜的孩子，用他父母的坟墓来藏毒品，难道就不怕遭雷劈吗？"老周没有回过头来，却甩掉了手上的烟头，语气激烈。

"我没有杀阿七，也没想着害他，阿七死后我每天都心神不宁。"田父看向窗外，似乎在回想那个雨夜，"那里有三个窑洞，只塌了两处。出狱之后，我能做的事不多，但也绝对没有想着要贩毒。我只是从一张网掉进了另一张网，很多事情自己都做不了主。"

田父头依着车窗，恢复了之前的平静。那一刻，我知道在田父的内心里，除了对桥溪的亏欠，还有对老天的怨恨……

第七章　阿七之死

上　节

（一）

"把手举起来！"几名警员在烟草地里发现了那名我和老周没有追上的嫌犯。

他看到几辆警车，鸣着警笛，从农田小路上呼啸而过，驶向花鲁村，自己立即趴倒在烟草地中。他本打算待在烟草地直至晚上，然后趁着夜色离开，可转念又想到，自己离花鲁村并不算远，也许警察很快就会找到这里。于是，他半蹲着身子，缓缓地朝着附近的村子移动，计划先躲到村子里。

然而，不久他便注意到，几名警察出现在前方不远处的烟草地中，他意识到如果自己现在暴露，肯定很快就会被他们追上，便悄悄撕下一些烟草叶盖在自己的身上，企图混过警方的视线。可是，离他最近的一条警犬叫了起来，大声地朝着他这边吼，自己便知道，"这次是真栽到狗身上了。"

一名警员拨开烟囱旁的杂草，发现一块糙木板，掀开木板，看到一段小土阶。他小心翼翼地走下去，明丽的阳光止步在他身后。由于光线突然变暗，一时间他什么也看不清，"有手电吗？"他嚷道。还没等同事送来手电，他便依稀看到，这里的空间并不是很大，陈设简单，最引人注意的是一张大桌子和几个小木凳，桌子旁边有一个木架，木架上挂着一盏便携式矿灯，远处的角落里似乎还有一个小木箱。等他拿到手电筒，照向四周，看到桌面上物品凌乱，躺着一个黑皮公文包，散放着几包香烟，还有几个空瓶子和长短不齐的细管。他走到那个角落，打开木箱，似乎什么都没有，但是，他把手电照向箱底时，发现底部有几撮白色粉末。

（二）

时至今日，我记忆犹新，田父走进临时看护室前回头一瞥的画面。他低头注视着身后的一方地面，仿佛有什么东西掉落在了那里，然后视线沿着长廊慢慢地向前延伸，最后定格斜照在门口的落日余晖。田父面容憔悴，泪痕依稀，宛若一个刚刚亲手埋葬了自己心爱宠物的孩童，回头向着那段生命中美好而珍贵的时光做最后的道别。只不过对田父来说，是再一次地失去了挚爱，走进人生的监狱，希望的坟墓。

我来到门口，老周正坐在县警队大院里的石凳上。此时，夕阳已经踉踉跄跄地离开了天际，仅留下残存的一缕余晖，随着余热的渐渐消退，这抹余晖也依依不舍地从老周苍老的脸上离开了。在这光影匀和的时分，整个颖治县也都开始沉寂。隔着清冷稀薄的暮色，我看着老周，觉得遥远而又陌生，他什么都没做，只是静静地坐着，好像在专门等待夜色降临，以将他连同白天发生的一切一起掩埋。

我走过去，坐在老周身边，回想着田父刚下警车时对我说的话，"小胡警官，我知道你……我知道你是小溪的同学，请你帮我好好照顾小溪，她需要你。"

"周伯，我想打个电话。"几日来，我一直在借用老周的手机，我想让桥溪知道我在思念她，而当老周把手机递给我时，自己又一下子紧张了起来。我拨下号码，等待着，等待着，却始终没有人接听。

"你留着吧。"我将手机还给老周时，他说，"不要留下遗憾。"

（三）

在破砖窑被我铐上双手的是花鲁村前村长鲁锦堂，警方从他身上搜出了一个包裹，里面是几包冰毒，之后，又在他的家中搜出另外一些毒品和一本记录册。颜队一行在花鲁村其他的几个破砖窑发现了另外几处藏毒点。根据记录册，颜队随即抓捕了其他几名嫌犯。那天直到很晚，颜队他们才陆陆续续地返回县城。

"名字？"审讯室里，我在做笔录，颜队站在我和另一名警员面前，审问那名在烟草地里被捕的嫌犯。

"李宾。"嫌犯不停地晃动着双腿，目光似乎在追着一直乱飞的虫子，不瞧我们一眼。

"年龄？"

"23吧，也可能是24。"警员抬了一眼，嫌犯又说道，"24，是24。"

"哪里人？"

"饶河镇，李水屯。"

"背后有人，是不是？"颜队回头看了看我们，"从他开始，一个一个地给我查下去！全给我兜了！"

在审讯嫌犯的同时，县警队根据已掌握的线索，迅速展开对县内其他地区嫌犯的抓捕。老周交出了郝伍的记录本，我们不得不求助于其他市县兄弟警局的配合。涉案人员越来越多，整个县警队都承受着巨大的压力。从花鲁村这根毒藤揪出来的根须越来越粗，我们自身的力量已经远远不够将其连根拔起。

（四）

在划为重点拘捕目标的嫌犯名单中，原岗山市烟草局副局长，现花朝满烟草集团有限公司董事李锦书，赫然在列。

从后续的调查以及对田父和鲁锦堂一众嫌犯的审讯中得知，李锦书早期任职烟草局时，伙同其他人挪用公款，筹建花鲁村烟草种植园，田父正是这个时候被鲁锦堂拉入伙。两年后，经过李锦书的一番走动，花鲁村烟草种植园正式划归烟草局，他们廉价牟取了颖治县大片土地，以此创办颖治县卷烟厂，并将种植园扩建为烟草基地，一路高歌猛进，颖治县的烟草行业如火如荼，不久之后，又脱离烟草局，顺势成立了花朝满烟草集团有限公司，李锦书出任董事。田父也因此成了花鲁村第二位成功的企业家。作为烟草基地的负责人，田父任劳勤勉，谨慎安分，从不贪多，只在乎自己的应得与所求，期盼着有朝一日，全身而退。

李锦书的小儿子是颖治县最大的毒枭，他利用其父的声望与人脉，一手搭建了自己的贩毒网络。由于毒品利润巨大，也有不少人铤而走险，妄视法律，主动参与其中。这就包括花鲁村中几位贪财享乐的村民，在田父不知情的情况下，他们首先将破砖窑作为藏毒点，并迅速将花鲁村变为贩毒网络中最活跃的毒品售卖点之一。李锦书之子便要求田父同时负责起花鲁村的毒品交易，田父知道，他没有能力拒绝。

田父就这样不可避免地卷入其中，成为贩毒网络中的一员，花鲁村也成了大毒枭心中重要的交易点。我也真正地知道了，花鲁村周边种植大片玉米林的真实用意，他们用玉米林作为掩护，遮挡破砖窑，隐藏他们的秘密。

（五）

"这次，我只想知道两件事。"时隔两天，我们再次对李宾进行审讯，"是不是你杀了阿七，交代犯罪过程。"

嫌犯轻轻地摇了摇头。

"别心存幻想了，你那有权有势的亲戚都自身难保了。"颜队走到他身边，把几张资料摆到他面前，"我们完全可以从其他嫌犯口中得到真相，可是，看你年轻，我想给你一次机会，与其被我们查出来，不如你自己坦白，这样对我们都好，尤其是你自己呀。"

嫌犯看着那几张资料，我们目前已经掌握的李锦书父子的部分罪证，他皱起眉头，似笑非笑地说，"你们扳不倒他的。"

"我们是扳不倒，但是，法律可以。"颜队直视嫌犯，"虽然才几天，但我们掌握的证据已经让省厅立案，成立了专案组，整个颖治县已经不太平了，你这么耗下去，无疑是在自寻死路。"

"想想你的家人吧，想想该怎么道别，你这年纪应该也有妻儿了吧，如果你不配合我们，就没几次机会见到他们了。"

"哼，我还没结婚。"嫌犯紧绷着脸，"那你怎么面对你父母？"颜队抽回资料，等待着嫌犯开口，可他一直沉默着。颜队走回我们面前，转身看了一眼嫌犯，对我们说，"看来，这家伙一心要走到黑呀。"说着便准备离开。

"我恨他，我真应该杀了他。"我正要起身，嫌犯忽然轻声说道，"但是，我后悔害死阿七。"颜队停下脚步，"干巴巴的忏悔对犯下的罪行没有任何意义，好好坦白吧！"

下　节

（一）

19号午后，天空中，连片的乌云密不透光，望不见边际。一股势不可挡的压制感，迎面袭来，令人生畏。明丽的光线开始节节败退，骄阳也暗敛锋芒，躲到云后，隐匿踪影。不知不觉间，明与暗的交界变得越来越模糊。低云之下，渺小的人们纷纷逃回家中，而那墨色的浪潮悄无声息，却比黑夜来得更加急促，更加深沉。

当夜晚终于姗姗来迟，翻滚涌动的黑云之间，仿佛藏着一头饥饿的巨兽。它时不时地偷窥人间，凶猛的目光化作一道道闪电，犀利，扭曲，刺目。待黑暗彻底笼罩大地，徐徐而来的微风开始猖狂起来，疯狂乱舞的树影在忽隐忽现的闪电中显现真容，犹如鬼魅。一切都在预谋，一切都在积蓄，一场大雨正在酝酿。

然而，此时整个世界突然从癫狂中平静下来。阿七正蜷缩着身体，躺在床上，嘴里咬着大拇指，无心睡眠。他听到屋外黄狗狂叫起来，嚷它几声，黄狗没有停止，他便起身出门。只见黄狗跑出大门，阿七连忙追过去，看到黄狗径直跑向了街内。阿七回望一眼，苏婆婆的屋子已经灭了灯。于是，他自己追了上去，来到往日常待的路口。可是黄狗没有停下，跑上了那条南北向的泥土路。阿七止步望去，透过阴暗的夜色，隐约看到前方有人影，没有出声，悄悄地跟在后面。

（二）

那人走了一阵子后，停下脚步，来回张望。阿七赶紧蹲下，躲到玉米林旁边。那人没有发现阿七，之后便走进了玉米林。黄狗也不作声响地钻了进去，阿七快步走到那个位置。他面对玉米林，久久伫立，不敢进去，因为他知道眼前的这片玉米林包围着父母的坟墓。阿七整日望向这里，父母的坟墓远远地看起来只是一座小土包，自己却从不敢靠近。自从父母去世之后，第一次要走近父母的坟墓，他犹豫了。

短短几十步，却映照着阿七父母死后他那段痛苦的人生。这段路程的尽头正是阿七不幸命运的开始。一个正饱受生活折磨的人，是不能轻易触碰那些被内心挑选所珍藏的往事，因为与他正在经历的相比，一些甚至是平常、无聊、琐碎的往事都会披上一层梦幻般美好的糖衣。如果那些回忆不能带来支撑继续前行的勇气与希望，就只会让人上瘾般沉溺其中。阿七正是如此，他已经彻底丧失了对生活的希望，整日望着父母的坟墓，也是在守护、追忆他那一直无法忘怀的童年岁月。阿七不敢靠近，因为那段相隔遥远的岁月留存于现实中的唯一遗物，便是父母的坟墓，他时时刻刻地怀念着过去，却又被时时刻刻地提醒着他今时身处的境遇。他追念过去，却没勇气拾起，他幻想未来，却没有希望相伴。阿七早已经死去，他把自己埋葬在回忆的坟墓中，却又无助地忍受现实生活的搅扰。

突然，玉米林之中隐约传来狗的叫声，阿七来不及细听，冲了进去。

（三）

"那晚，我和老田来到窑洞，处理一批新货，老鲁是最后到的。我刚打开一包，想着尝一下，没想到，从洞口掉下一条狗，把我们仨吓了一跳。我们去轰它，可那狗进得来，出不去，在窑洞里面一顿乱跑，一顿乱叫。它跳到箱子里，我看到它的爪子抓烂了几包，就搬起凳子砸了过去，结果，把狗吓得躲到桌子底下，死活不敢出来。我又抄起凳子，往桌子下面一甩，把它给吓出来了。可不想，桌子上我刚打开的那包给我碰掉了，碰巧砸在它脸上。它被迷了眼睛，我就使劲踹了它几脚，之后它就叫着跑出窑洞了。"

"那天晚上，我们刚收到一批，我想着赶紧送出去，自己就省心了。我和李宾先到窑洞，老鲁后来的。李宾非要尝一下，我知道他一碰那玩意儿，就疯得控制不住自己，可我终究也没能拦下他。我和老鲁商量着怎么把这些东西尽快送出去。忽然，一条狗掉进了窑洞，我们当时没反应过来，都被吓了一跳。那条狗使劲想爬出去，可洞口旁边只是塌了一小块，它掉得下来，却不好钻出去。李宾大声一吆喝，我们开始撵它，那狗便急了，在洞里边乱跑，跳进了没来得及上盖的木箱。李宾见它抓烂了几包货，抽起凳子就砸了过去，把狗吓得躲到了桌子下面。我们怎么撵它都不出来。后来，我让老鲁把木板掀开，李宾把它撵出来时，不小心弄掉了桌子上的那包货，刚好砸在狗的脸上。那狗迷了眼睛，呛了一鼻子，不停打喷嚏。李宾趁机踹了它几脚，那狗惨叫着跑出了洞口。"

（四）

　　阿七来到破砖窑，不自然地朝着四周探寻张望，他听见黄狗的叫声，却看不见它。阿七大声地呼喊着黄狗，不一会儿，黄狗从破砖窑上跑了下来，可随后又跟来两个人。阿七对着他们大喊："脏东西！脏东西！"两个人中一个回骂道，"你给我闭嘴！你才是脏东西。"阿七没有停下，显然激怒了那人，那人弯身抓了把泥土朝阿七砸去，随后又捡起一根木枝，准备下去抽打阿七。然而，黄狗突然从一侧冲了出来，跳向那人，那人来不及反应，伸出左手防身。黄狗咬住他的左臂，那人另一只手举起木枝朝着黄狗捅去，在它身上划开一道口子，黄狗惨叫一声，滚了下去。阿七一边叫喊着，一边冲向那人，"你给我闭嘴！"他一脚将阿七踹倒在地，跳到阿七身上，从地上抓起一把泥土往阿七嘴里塞，"喊呀！你继续喊呀！""行了行了，别跟他过不去。"另一个人赶忙跳下破砖窑制止了他，"我要回去了，你和老鲁赶紧清算一下，把那批货赶紧给我送走，这个地方以后不会再用了，把他交给我吧，我把他送回去。"

　　"本想着只是一条狗，可我听到还有一个人在外面喊叫，我和老田就走出了洞，现在想想，老鲁是真怂，他应该早就全招了吧。呸！这家伙贪多，胆小，心眼还不少。我和老田出来看到窑下面站着一个人，他看到我俩之后就一个劲地指着我们喊，我一开始没听明白那人在喊啥，后来我听仔细了，是'脏东西，脏东西'。"

（五）

"当我反应过来的时候，我立马想起了我那醉酒喝死的爹。他是个酒鬼，在我小时候就经常打骂我妈和我。每当他要耍酒疯，我妈就抱着我，把我搂在怀里……我真想替我妈出气。我长大以后，那酒鬼不敢再打我了，可是所有的酒疯都撒到了我妈身上。那一次，我打了他，我狠狠地揍了他，自己有多大劲就使多大劲……我冲他吼，'从今以后，你再动我妈一个指头试试！'"

"那人喊得我心烦，我想堵住他的嘴。可他那条狗突然咬了我一口，我捡起一根木枝捅了它一下，感觉那狗伤得够呛。然后，那人要扑过来，嘴还是不停，真跟那酒鬼一个德行，我一脚就把他给踹在地上，坐到他身上，一个劲地堵他的嘴。后来，老田把我给拉开了。当时，我真是有些控制不住自己，心里很乱很烦躁。"

"狗被揍出去之后，还没等我们坐下，我们就听到有人在砖窑外面大声地叫喊。我和李宾赶忙跑了出去。我仔细一看，发现是阿七，他指着我们不停地喊'脏东西，脏东西'。李宾站在我前面，他随手从地上抓起了什么，就向阿七砸去，然后又捡了一根木条，准备下去打阿七。我正想拦他，结果阿七的那条狗突然跳出来，咬住了李宾的一只胳膊，李宾就拿着木条一个劲地捅黄狗，那狗疼得松了口，滚了下去。阿七见状冲了上来，李宾一脚把他踹了下去，跳到他身上，像魔怔了一样，不停地抽打阿七，又抓土堵阿七的嘴。我害怕他会把阿七弄死，就赶忙架开了李宾。眼看天快下雨，我想回家，就对李宾说，让他赶紧整理一下新货，阿七就交给我吧。我扶起阿七，阿七浑身一个劲哆嗦，满嘴泥土，他想找他那条狗，可是没有看到。我就拉着阿七往村子里走。阿七在破砖窑发现了我们，我不知道他是不是在那天晚上第一次发现我们的，可是无论如何，这个花鲁村藏毒的砖窑已经不能再用了。所以当听到你们说找到了黄狗，我就开始担心，知道你们一定会查到砖窑的，我就赶紧想办法尽快转移，只是没想到你们这么快就查到砖窑，我们还是晚了一步。"

田父拉着阿七来到那个路口，对阿七说，"回去吧，可别再去砖窑了。"阿七朝着村北走去，走了两步，回头看了一眼，田父以为阿七在看他，"回去吧，回去吧。"眼见浓重的夜色慢慢淹没了阿七的身影，此时，花鲁村的四周呼呼作响，"要下雨了。"田父心里念叨了一句，便回家了。

（六）

"老田带着阿七离开之后，我坐在外面歇了一会儿，瞅着左臂上的伤，虽然没出血，可是感觉骨头跟被咬断了一样。不大会儿工夫，我听见狗的喘息声，顺着声儿，摸过去，发现了它。那狗又哼唧着嗓子，还准备咬我。我见那狗伤得不轻，拿木枝杵了杵它，它吼了两声。我找到半截砖头，准备结束了它。没想到我被人从背后推了一下，一脚没站稳，从砖窑上滚了下来，栽了几个跟头。我定眼一看还是阿七，我操起砖头，向他头上猛砸了两下，然后他就从砖窑上摔了下去。我听见他对那条狗嚷了几下，便不出声了。当时，我也傻了，我不能把阿七给砸死了吧，我赶忙把老鲁叫出来。老鲁走到阿七身边，摸了摸他的脖子。当时刮起了风，马上要下雨了。现在我觉得老鲁根本没摸出来阿七是死是活。可是他跟我说阿七死了，我竟然也信了。"

"老鲁说，趁着雨夜咱们得把尸体处理掉。我完全不知道该咋办。我记得很清楚，那阵子，已经下起了雨，我的心里好烦躁，变得好没耐心，不想再待下去了。老鲁说把尸体扔到井里。他告诉我说扔尸体的井还不能离这里太近，村子前的石拱桥那里有一口井，离着不远也不近。我当时感觉老鲁真是我的救星。于是，我背着阿七和老鲁一起穿过玉米林，朝着石拱桥奔去。老鲁说，'得亏是他，是死是活都不会遭人惦记的，时间一长就没人会在意的。到时候就说走丢了，谁也不会想啥的。'那会儿，雨越下越大，我全身都湿透了，时不时地还闪电。我都后悔这鬼天气自己出来干吗，怎么搞成这样子。到了井边，我问老鲁，'就这么直接地扔进去？这样子早晚会被人发现的。'老鲁说，'雨天，说阿七失足掉井里边啦，再说了等发现的时候，咱们都清干净了，谁会查？上哪儿查？放心吧。'"

"我俩准备把阿七扔进去，可忽然来了一道闪电，把四周照得亮堂堂的。我和老鲁赶忙蹲下身子，把阿七摔到了地上。突然，我听到阿七竟然出声了，准备爬起来。我正要问老鲁该咋办时，老鲁突然喊道，'远处有车子过来了。'又一道闪电，我看到阿七满脸是血，慢慢站起来，粗着嗓子喊着什么拔、麦（方言，爸妈的谐音）。趁着光我看到不远处有一把锄头，老鲁急着嗓子喊，'不能让人发现他，要不然就全完了。'我赶紧摸到锄头，'老鲁快把他给我按倒。'我走到阿七面前，'像你这样，活着也是遭罪，早死早投胎吧！'然后，握着锄头起起落落地抡了几下子。待老鲁再去瞅那辆车时，谁料得到那车竟转向了。"

第八章

"什么是永远？"

流逝的岁月总会给我不同的答案，而今，我得到的是，"每时每刻"。

第一节

连续几天的审讯和频繁的抓捕行动，极大地透支着县警队所有人的精力，不，除了老周。在这几天里，我很少见到他，每次对他打招呼，他都面带微笑地回应我，可是，他那种与往日似乎没有什么不同的模样反而让我感到一丝难过与担忧。

而我，不停地奔走在各个审讯室之间，面对着不同的嫌犯，早已身心俱疲。虽然人在县城，可我根本无法抽出时间回家一趟，不知道为什么，我也不太想给家里打电话。也许怕让父母为自己担心吧，但我心里明白，这样的借口太过无力，是我对自己失望了。稍有时间我就会给桥溪打电话，一遍又一遍，一次又一次，在清晨，在午后，在夜晚，甚至午夜从噩梦中惊醒时，可是，却始终没有人接听。

"那天下午，桥溪为什么没有去县城？发生这么多的事，桥溪还能参加市演吗？桥溪一直不联系我，是在怨恨我吗？桥溪，桥溪，田桥溪，你还好吗？……"

我无时无刻不在思念，一看到她送给我的丝巾，就忍不住满眼噙泪……

第二节

在省厅专案组的批示下，岗山市警局对李锦书父子下达了限制出境的通知。根据进一步的线索，我们展开了对李锦书弟弟李锦华的抓捕。

离开花鲁村五天之后，颜队带领包括我在内的十几名警员，前往李锦华的乡下老家。临出发前，颜队特意拽上了老周。

七辆警车相继驶出三环路，接着转向东方，疾驰在花枝大道上。

颜队，老周，我，我们三人坐在一辆警车里。颜队开车，我坐在副驾的位置。看向窗外，那略带雨意的天空，和一路上还停留在记忆里的景物，一下子把我带回了第一次前往花鲁村的那天。

"今天的天气让我想到了蹲国道的那天。"颜队开车行驶在警队的后面。

"早上是有太阳的，乌云不是很重，应该不会下雨，只是个阴天吧。"我说，老周没有说话。

"哦，对了，那把锄头找到了，王智他们在石拱桥底下给挖出来的。这些人真是自作聪明。那连日大雨不把一切痕迹给冲刷没喽？还藏起来，反倒露了尾巴。"说着，颜队稍稍合上身边的车窗，顿时，冷风收敛了许多。"你们能在破砖窑发现狗毛，我看呀，真是个奇迹。"

"是个奇迹。"突然间，我想到了苏婆婆，不禁在心底里又说了一句，"也许是阿七的安排吧。"

我注意到，颜队通过车内的后视镜在看老周，"老周，你觉得我们能扳倒李锦书吗？"颜队说完，没有等多长时间，似乎没打算想要老周的回答，便说道，"嘿，没有我颜波想抓，却抓不到的犯人。"

警车驶过花庄路路口时，我本想朝花鲁村望去，却由于自己的位置不得不放弃，而当经过三水井镇时，我得以再一次目睹三水井镇镇警院。

第三节

车内，不知从什么时候陷入一种颇有点压抑的沉默中，我试图通过车内的后视镜看老周一眼，然而，匆匆一瞥之后，便放弃了，自顾自地沉浸在漫长的伤感中。

"狗这种动物，还真是忠诚。"颜队主动打破了沉默，我也从恍惚中回过神来，"我本来没那么喜欢狗，可现在倒也想养一条了。"我转头看了看颜队，颜队对我浅浅一笑，令我产生一种警车内只有我和颜队两人的错觉。

"在乡下，我老哥家养着一条狗，算起来也有七八年了。往些年，我每次去他家，那狗一见到我，尾巴摇得直让人乐呵，围着你上蹿下跳的。"颜队继续说道，"但是那年，我回家给老爷子过寿，咦，一看，这狗怎么瘸了。我一问，原来是我那小侄女喜欢猫，家里就赶忙在牛行上买了两只可爱的小花猫，然后狗窝改给了小猫。这窝儿被占了，这狗能不生怨气？于是，趁着不注意，叼着那两只猫给扔土沟里边去了。"边说着，颜队满打方向盘，警车从花枝大道上转了下去。"我那侄女发现后呢，就一直哭啊哭，我老哥为了哄她，抽了那条狗几鞭子，结果没想到让那狗折了腿。后来，猫是找回来了，可那狗就一直病恹恹的。"

"没再给它搭个窝儿？"我问道。"嘿，农村的狗嘛，哪儿不是窝儿。可那狗是个犟脾气。按说这事儿吧，自己的窝儿被占了，还撒不得气，鸠占鹊巢，没道理，没道理。"颜队说最后一句话时，稍加重了语气，也平添了几分无奈。

警车驶上一段坎坷不平的泥土路，我们前方不远处的警车也放慢了速度。忽然，整个警车带人上下颠了一下，也抖落出颜队最后这几句心里话，"老周，这次，多亏你了……周哥，这么多年，我还是欠着你，我不如你呀！"

一路上，老周都安静得没有一点声音，如同不存在一般。而当颜队说出"周哥……我不如你"后，老周才迟迟地，缓缓说了一句，"老了，老了，不管是人，还是狗，都该找个地儿，安享晚年了。"颜队没有说话，只是打开警笛。于是，七辆相继鸣起警笛的警车，继续向前驶去。

当年，老周正值丧妻之痛，情绪低迷，不得不求助于医生。警队出于全局考虑，颜队空降，无意中夺走了本该属于老周的队长之职。如今，老周的一句"老了，老了"，便将二人所有的芥蒂、嫌隙都溶解在阴晴不定的岁月里。

第四节

我独自开着警车返回，走上另一条路。不知道转过了多少弯，途经多少村庄，眼看天空中乌云渐渐厚重起来，一场秋雨在所难免。然而，这些我都不在意，我只想尽快地赶到花鲁村。当警车路过安塘庄时，我踩下油门，加快车速，冲向花鲁村。

桥溪家的大门紧闭着，我走下警车，站在离大门不远处，痴痴地望向二楼的窗台，窗户紧闭，窗帘全掩。我呆呆地站在那里，一动不动，仿佛回到了当时，田父跪倒在我面前，双手掩面，低头贴地。忙碌的警员们在我身旁来来往往，响亮的警笛声在耳边久久回荡。我的大脑一片混乱，已分不清彼时与现在。现在的自己犹如身处彼时的现场，一切都历历在目。而那时的自己却如同置身在一场虚假的噩梦之中，痛苦无奈，荒诞可笑，我本要保护桥溪却在最后伤害了桥溪，而我逮捕田父实际上却是救了田父。

不知过了多久，也不知自己是怎么走到了桥溪家的大门前，我静静地听着，听不到任何声音。我抬手准备叩门。

"小胡警官？"身后有人在叫我，我转身一看，是鲁村长，他骑着车子。

"鲁村长？"我走过去。

"里边没有人了，出事之后，田家人马上就搬走了。"

"搬走了？"我重复了一遍，随即扭头望向大门，双眼空空。

"嗯，田绘民这次算是完了吧，你是还要了解什么情况吗？"我茫然地摇了摇头。

鲁村长点点头，准备离开，"小胡警官，那我先走了。"

"您到哪里去？"我急忙问道，忽然间，想让他多陪我一会儿。

他长叹一声，"柿芳住院了，我去送饭，陪陪娘俩。"

"柿芳住院了？"我脑子里瞬间回想起，找到黄狗那天，在田间地头，柿芳回首笑着朝我挥手告别的样子，"什么？什么病？柿芳得的是什么病？"

鲁村长马上哽咽起来，欲言又止，"小胡警官，我先走了。"他摆摆手，骑车离去，留下了让我久久不能回神的三个字，"白血病。"

第五节

多年以后，当再次听到花鲁村的名字，我总会想起此番情景，心如刀绞。在那一瞬间，我同时永远地失去了自己深爱的姑娘和一个默默喜欢自己的姑娘。

离开花鲁村之前，我望着那尊雕像，许久许久之后，发动了警车，怀着花鲁村的秘密离开了。

警车刚驶下石拱桥，手机响了，我赶忙停下车，"喂？"

"儿子，你啥时候回来？"是父亲，语气里充满了抑制不住的兴奋。

"我，我还在忙。"

母亲接过电话，"儿子，今天抽空回来一趟吧，你忘了？今天是你生日呀。"

"嗯。"我立即挂断了电话，转脸望向车外，看到那口井。"嗒""嗒""嗒嗒"，雨水一滴一滴地敲击着车顶，越来越紧促，很快我的视线模糊了。

大雨倾盆，我坐在车内，号啕痛哭，浑身止不住地发抖。

车外，雨声淹没了哭声。

　　案件还没有结束，老周就递交了辞职书，在距离他正式退休还有不到半年的时候。颜队没有同意，阻止了老周的辞职，最后县警队批准老周休假。从那以后，我就基本没再见过老周了，我也没去找过他，无心也不愿再去打扰老周的晚年生活。

　　在往后的岁月里，我离桥溪最近的一次是，约半年后，我去省监狱探望田父。李锦书等人被捕之后，田父随着一起被转移到了省监狱，那时，他们一众人都还没有被判刑。

　　田父消瘦了许多。我问起桥溪去了哪里，田父摇摇头，"我对不起小溪，我毁了她的幸福。"便没有再说什么。

　　"她，她还好吗？"我问田父，我明白，也许是桥溪不愿见我。

　　田父哭着对我说，"来的那天，她就那么站着，动也不动，一句话也不回我，只是一个劲儿地流泪。"

第六节

　　我参加了阿七的葬礼。那天天气格外好，他们将阿七的坟墓安置在了祖坟边上，阿七墓旁还有一个小土包，埋葬着那条黄狗，它如生前一样，陪伴着阿七。其他在场的，除了苏婆婆，还有鲁村长。

　　我很惊讶鲁村长竟然和阿七有着如此深的感情，他满脸悲伤，当那几个人想草草了事时，那瘦小的身躯大声地吆喝着他们，他表示不满的模样，为这简陋的葬礼增添了几分凄凉。后来，我才得知，为了给柿芳治病，鲁村长和鲁锦堂一起私扣了阿七和苏婆婆五年的土地租赁款以及老宅翻新的费用，花鲁村的村民们对此都知而不言。此后，每当回想起阿七之死，总是会感到一身寒意，也许那辆路过的车子本就不存在，只不过是鲁锦堂的恶意罢了。

在阿七的葬礼上，我的脑海中莫名地涌现出一幅从未出现过的画面。那是在落日黄昏的背景下，阿七依旧和往日一样站在路口遥望着破砖窑，黄狗在他身旁，惬意地摇晃着尾巴，低头觅食。画面的中间，在雕像路口处，苏婆婆坐在路边，逗着那个光着屁股的小男孩儿，金色的阳光斜照在两人的脸上，灿烂温暖。那美妙的光线同样撒照在一位姑娘身上，她静静地站在房顶上，感受着和煦的晚风，也在眺望着不远处一对儿漫步的恋人。

第七节

我坐在鲁村长开着的摩托三轮车上，第一次走进花鲁村，听到悠扬的琴声，实在令我激动不已。后来，我从鲁村长家走出来，来到雕像路口，寻找刚才的琴声。忽然，我看到了她，她一下子也看到了我，我们远远地彼此对望，时间仿佛静止了。我永远忘不了那久别重逢的一面。在灰暗的雨天中，纤瘦的她独自绽放光芒，宛若寒冬里一支裹着薄薄冰霜的梅枝。

我们彼此相顾无言，一下子回到了一切的开始，那个无忧无虑的笨小子和那个终日泪水涟涟的小女生。起初，他们各自沉浸在自己的世界中，毫无瓜葛，直到有一天，他碰到她的手，两人四目相对。

每个开始，都不过是续篇，而充满情节的故事，总是从一半开始……

——辛波斯卡《一见钟情》

站在阳台上，看着楼下来来往往的车辆，想象着十年前桥溪站在窗台的场景，我紧握丝巾，心头酸痛，默默地告诉自己，"我们永远也不可能了，永远不可能了。"

杨湖，本名祁洋阳，河南省漯河人，出生于1993年。现居辽宁省沈阳市，东北大学硕士在读。已在《现当代文学》发表诗歌一篇，《沈阳研究生》发表诗歌两篇。

本文为第六届『青春文学奖』中短篇小说奖获奖作品。

镜中人，镜中人

| 王　苇

　　王鲁还记得最后一次去找谢一勉的那个下午，太阳炙烤着他的头皮，那个时候，距离他的死亡还有整整三十天。不久之前，王鲁躺在自家的地板上，望着眼前的一小堆灰烬，怎么也想不起来谢一勉又一次跟自己讲述镜子计划时，他到底在担心什么了。王鲁从小就喜欢担心一些事情，他已经死去的爷爷在王鲁三岁时就告诉过他，我活不了多长时间了。自从王鲁知道自己的爷爷活不了多长时间之后，他就一直担心这个时间到底有多久，直到八岁那年爷爷去世之后，才把担心放下来，在爷爷的葬礼上也没掉下来一滴眼泪。在此之前，王鲁失去了睡眠整整两年，就因为王鲁的爹，现在好好镇的镇长王光告诉王鲁，迟到这件事情接二连三地让藩校长找自己让他感觉很丢人，而他比藩校长不知道要强上多少倍，王鲁就开始担心自己睡着。每天夜里星光陪伴着他追逐睡眠，王鲁在那两年里感觉

自己做了一个十分巨大的梦，摸不透边缘又把自己笼在里头，感觉自己养了一整个动物园的动物，每天疲惫不堪又收获颇丰。那个时候王鲁最喜欢说的一句话是，我知道了。至于自己到底知道了什么，王鲁也说不明白，他那个时候觉得所有跟自己说话的人等着的都是这句话，只要说出来自己知道了，自己就能专心养动物去了，后来事情的转折是因为王光。王光跟王鲁说的所有话都希望王鲁能够去做，比方说王光跟王鲁讲，把我的毛笔给我拿来一下，王鲁还是说，我知道了。王光说，我是你爹你知不知道，王鲁说，我知道了。王光很生气。但是那个时候王鲁的爷爷还没死，王光不能动手打王鲁，就冲着王鲁骂了一句，不肖子孙。王鲁那个时候总感觉自己脑袋里有热气往耳朵冒，蒸腾腾地把好多声音裹在里头，"不肖子孙"这四个字张张合合地刮动着自己的耳郭，自己的身体突然之间变得很清冷。王鲁立刻说了一句我知道了，就跑到床上，努力摊平自己的身体，望着天花板去养动物了。王鲁养动物这事儿没告诉过任何人，只有一次在王光向王鲁的爷爷抱怨时，王鲁听到他爷爷说，你看不透你的儿，这是小小年纪入了化境，与神灵汇合相聚，修炼的是内气，表外的事情污不到你的儿。造化非一时之功，怕你的儿，我的孙开窍要早于他人，圣人之像，这福有享得了的人，有受不得的主，我的儿，你可莫要成了那俗表，延误我孙。王光还在气头上，什么也不说，王鲁看着他爷爷说，我知道了。这句"我知道了"出口之后让王鲁有些害羞，也就是在那不久，王鲁的爷爷就去世了。王鲁自三岁时一直担心的事情终于发生了之后，在王鲁整八年的小型人生里，一桩大事件就此落定，他顺便目睹了死亡，在那之后，动物园里的动物几乎在同一时刻相约消失，只剩下一只老麻雀在动物园的大门上站着，叽叽喳喳地叫个不停。王鲁在爷爷的丧事结束之后，想要把动物园关掉的时候，那只老麻雀已经虚弱不堪了，两只爪子紧紧握住铁栏杆，像自己的爷爷在失去生命之后枯槁的手，王鲁说，你走吧，我养不了你们了，东东西西都已经开始爆炸了，他们人太多了，他们要进来了，他们力量很大，不容许我搞这些东西了。那只老麻雀盯着王鲁，挥动了一下翅膀，又叫了一声，啪嗒掉在了地上，在地面上砸出来一个大坑，王鲁探着脖子往坑洞里望，感到一股剧烈的引力把自己撕扯了进去，一直往下落，突然间就惊醒了。这是王鲁关闭动物园之后睡的第一觉，上学又迟到了。

　　这是王鲁第一次感受到自己的担心落下帷幕，在他之后的十三年人生中，王鲁再也没有获得过这样令感官彻底清澈的内心体验。王鲁当时用尽最后的力气点着了"第八次镜子计划"的图纸，从口中喷射出黏稠的血液，整个人咣当倒在地上，望着眼前胡乱舞动的小火苗，又一次看到了关闭动物园时老麻雀掉在地上砸出的那个黑洞，这个黑洞是如此新鲜，又如同历经长途跋涉终于得见的目的地，王鲁感到了生的快慰。第二天，王光起床后照例洗了脸，用井盐抹了牙齿，出门伸了三个懒腰并吐出了一大口浓痰后，像往常一样，走到王鲁卧室前叩门，通知王鲁吃饭。这是王光成为好好镇镇长的第三百天，也是藩校长去世的第二百七十九天，他感到自己心情不错，万物在自己眼前茁壮成长，已然年迈的腰身也生机勃发。当王光敲了三次门，喊了三次"王鲁你起了吗"后，这位春风满面的中年男子突然意识到事情的不对劲，在王鲁还活着的时候，王鲁对父亲的敲门声一直很担心，为了避免这个担心的发生，王鲁通常都会比父亲早醒一个钟头，仰面躺在床上神游，当第一次敲门声响起，在它还未来得及扰动自己面前尘埃的时候，王鲁就会发出声音：我醒了，你先吃。王光对此心照不宣。自己儿子的毛病他曾经遍寻良医也无法根治，当年好好镇的头号名医尤八胜还活着的时候，曾给九岁的王鲁下过诊断：害怕病。王光问尤八胜，这病要怎么治，尤八胜说，没得治。在王光眉头几乎锁死的时候，尤八胜又说，世间这万物你所见到的都在眼睛里，一物此时你看到了，它也就未逃脱咱们的眼睛，然而终究有些事情是在眼界之外悄然发生，你看到这个墙，它终究会倒，此时未倒你也不愿思虑何时欲倾，然而你小儿并非如此，他想的皆是所视之外但又必然发生之事，虑及胸内，苦苦思索，何时会来，在立而倾倒的往复之外又有什么，这才是你小儿害怕的原因，王鲁他爹，若是没了眼睛，所视未至，视也未见，此病也就不存在，然而全然无法寄托于此，一切皆于古老中秩序井然，你要是害怕，那你就是害怕，你不怕，你就永远不怕。尤八胜说完之后，慢慢地从竹藤椅上挪开，当天阳光明媚，每个人的鼻孔也都清晰通畅，王光看到从尤八胜的小幅度动作里散发出几缕灰尘，这灰尘跑到了自己的鼻腔里，他当即嗅到了一股老朽的气息。正当王光伸出手着急地想要扶住尤八胜时，这位年已九十的老人立即对王鲁做张牙舞爪状，从充满黏痰的喉管里发出一声浑浊的尖叫，身子也立刻向王鲁的方向倾了两寸。王光吓坏了。正在哭泣的王鲁突然抽搐了一下，张大嘴看着眼前这位行将就木的老人，清澈的目光深入这位老人的喉管，他感到胸腔里一阵舒服，心脏似乎也停止了跳动。尤八胜当即笑了起来，转身对王光说，我这一猛然坐起，你的小子完全没预料到，对他来说是桩顶呱呱的好事，王鲁他爹，唯有出乎意料才能解脱你小儿的目光超前，然而眼底下的事儿哪一件是新鲜的呢。说完之后，尤八胜拄着他那根木节横生的老枣棍，慢慢悠悠地离开了王光的庭院，最后留下一句话：生于往复，穷生寻方，持于心内，反不为藏，吾生有涯，牵斯如常，云胡不喜，困诸大庞。王光还没从刚才的恐吓中反应过来时听到王鲁说，我担心他很快就要死去。几天后，尤八胜在一个冬日清晨失去了生命。王鲁当时站在尤八胜的遗体面前，他唯一的感受就是平静。他所担心的事情发生了，并且永远不会被推翻，他又一次产生了快慰。那天清晨，当王光史无前例地推开儿子的房门时，距离尤八胜的去世已经整整过去十二年了。这十二年里，王光对尤八胜毫无怀念，就因为他所说的"害怕病"是如此深刻地留在了自己的脑海里，以致他看到自己唯一的儿子时，任何感受都会被这三个字掳走，仿佛"害怕病"才是他唯一的真儿。而王光却缺少与这三个字的链接途径，他无法表达自己深沉而混有自私成分的父爱，亦无法接收儿子贫瘠且有所隐瞒的孝顺，他甚至觉得尤八胜引发了更为深层的混乱。门扇吱呀之后，王光看到王鲁躺在一小堆灰烬旁边，眼睛大睁着，身形扭曲。这一幕让王光产生了这一生里最难以启齿的感受。在他最后两个多月的人生里，生机在他羞耻且负罪的心理下被压抑了。

谢一勉是第一个发现王鲁失踪了的人。这位改变了好好镇面貌的伟大长者，两个月里未见王鲁一面，而王鲁当初带走了"第八次镜子计划"的图纸，二人预定的计划进展如今落入虚空，使这位长者产生了深度焦虑。他还记得王鲁最后一次来找他前，乌云在太阳旁边轻轻松松地绕圈，怎么都不肯形成一层暗幕，他坐着自己发明出来的轮椅，来到了老槐树附近。这是自这位老者有记忆以来好好镇最热的一个春季，田地里的作物已经被晒成了蜷曲的枯草……也就是在这个史无前例的春季烈日快要结束的时候，藩校长带领刚刚开始学习的儿童在群山漫步时，发现了一条细如丝线的溪水，在他下蹲抚摸着它如银蛇般的清凉时，因激动过度中暑而亡，七个儿童站在原地不知所措，最后被赶山的牧民发现才得以逃脱与藩校长同样的死亡。这条溪线的发现拯救了他们。七个儿童在牧民的指导下齐齐地趴在溪线前，用力舔龟裂土地上的这一缕生命脉动，他们稚嫩的舌头因为摩擦过度而破损，粉红的血液与透明的溪水一道击碎了早就横亘在他们头顶的晕厥。随后，好好镇唯一且被公认为"亚伟大"的王光成了下一位镇长。谢一勉等待王鲁时望着太阳，干枯错乱的胃部泛起了一阵阵恶心，在他低下头颅想要呕吐的时候，那朵巨型乌云终于与太阳那头的身体交合，一道暗青色的大幕就此闭合，谢一勉逃离了死亡的幻觉，而王鲁的脚步声也正传来。王鲁刚到达，就从怀里掏出一卷白纸，虚弱地递向谢一勉，说，谢公，这次我依旧未能成功。谢一勉接过"第七次镜子计划"的图纸，看着同样疲态的王鲁，流下了浑浊的老泪，说，王鲁我徒，怕是此事未竟，我即不在这副老躯之内了。王鲁往前走近了两步，俯瞰着坐在轮椅上的谢一勉，这些年以来，谢一勉唯一不断对自己重复的深情即是对于死亡的感慨。王鲁极力按压脑内急速升起的眩晕，将舌头缓慢放回口中，整顿了一下力气，对谢一勉说，谢公，我有一件事情一直没告诉过你，我适合讲吗？谢一勉顾不得擦去面上的老泪，看着眼前的图纸，回想起这困扰了自己几乎一生的发明，不禁悲从中来。谢一勉为时八十五岁的人生里，二十岁的他失眠了整整一年，在二十一岁的第一天晚上脑子里嗡了一声后，随即沉沉睡去了整整七十一天。在这七十一天里，他做了无数个梦，凡是梦到的东西，他在后来六十多年的时间里都一样样地发明了出来。好好镇如今的水车、勺子、筷子、铁铲、茅厕、下水道系统、煤油灯、圆轮马车、雨伞等几乎一切生活里的常见之物皆是这位老人发明。在好好镇的上上上一位镇长戚无记的自豪叙事里，他称谢一勉为：自二十一岁的谢一勉从七十一天的梦境中醒来后，好好镇有两段历史，一段为谢一勉之前的历史，一段为谢一勉之后的历史。谢一勉时年六十二岁。然而，在这段漫长的梦境中，唯有一样东西的出现困扰了他接下来的整个人生，这是谢一勉做的第一个梦，也是第一个出现在谢一勉梦境中的物品：谢一勉梦到自己来到了一个巨型的银色物品前，周围全暗但看得清一些东西的轮廓，这个银色物体是最鲜明的。他循着这层鲜亮往前行走，等完全来到了这个银色物品面前后，他站立原地，发现在银色物体里也站着一个人，正望向自己，随后他又走近，里面的人也在向自己走近。无论他做出什么动作，里面的人皆同样无差。充满疑惑的谢一勉不禁对着银色的物体摸了摸自己的五官，惊觉里面的这个人正是自己，他突然感到自己像生了根一样紧紧抓牢地面，头顶上的一切在重压自己但又丝毫不至于让自己塌陷，脚底下的空间轻盈至极却又难以让自己落坠。他整个人感觉舒服透了。在获得这种快慰的感觉之后，谢一勉看了一圈自己的身体，把视线重又对准那个银色物体里的人，等他又一次意识到正是自己在看着自己的时候，一股莫名的通畅流遍全身，他感到头脑里的一切在迅速连接成为互相的通道，眼前的颜色在不断变换而重饰瞳孔内的色彩，一切都在向自己表达亲切的陌生感。他由衷地笑了起来，并忍不住轻轻呼喊着"谢一勉"三个字。随后他轻盈地落入一片物的海洋，每一件他都没有见过，但拿起时却都能熟练使用并明白物品的具体用途。在接下来七十整天的梦境里，他搞清了每一件物品的内部构造，但再也没能看到最初的那个银色大物。

　　从漫长而复杂的梦境醒来后的谢一勉，花了四十九天去除遨游的幻觉，随后他就制作出了各种各样的生活用具。伴随着谢一勉充满深情与引发误解的推广，好好镇一时之间变了模样。最初，谢一勉的发明引起了好好镇居民的恐慌，古老的生活因为新发明的闯入变得支离破碎，祖先们生活的图景不断离自己远去，巨大的断裂让所有人感到被不祥的气息笼罩。在充满惊异与好奇中，好好镇的居民尝试使用了谢一勉的新发明，每个人皆偷偷摸摸鬼鬼祟祟，祖先的形象成了一道被迅速拉长的阴影锥入众人心中，恐慌很快成了一致的恐惧。然而好好镇的居民在使用新发明的过程中，感到了陌生的便利，一些古老的生活难题被清晰定位为物品的使入使出，胆战心惊的感受很快成为遥远的残影。但是所有人仍然无法接受古老的经验被新发明否决殆尽，因此每一次对新发明的使用皆被他们视作对祖先们的对抗，负罪感不可阻挡地泛滥。在众人皆享用谢一勉的发明时，没有一个人知晓这位曾经的青年，过去的中年男子，现在的老者的心事：他最想发明的就是那个银色大物，他为它取名"镜子"。谢一勉曾向他唯一的徒弟也就是王鲁描述过他当初见到那个银色物体即镜子时的奇妙体验，他说，我看到了吾，吾感到了我是谁，吾莫名快慰，吾觉得没有任何事情再可言之为重要的了，我看到吾后好像一切就发生了，一切就藏在我看到吾时。王鲁痴迷于谢一勉的描述，在不算漫长的学徒生涯里用力最深的便是镜子的发明计划，然而谢一勉知道自己从未能够成功，也无法证实它的存在，王鲁如此着迷令他感到身心的广泛舒畅，自己一生里唯一珍视的事情能够被有着无穷灵光的唯一徒弟如此重视，他也由衷地感到了生命末尾的大欣悦。然而，如今已经进行到第七次尝试，他未成功，在王鲁屡次尝试之后也未达成，今春又是如此凶恶，这位老人的两行老泪不仅是为发明镜子未果，更为生命将逝。王鲁看到坐在老槐树旁边的谢一勉仍在流泪，想及谢一勉多次提到的死亡迫近，他压抑着体内的饥渴，温润地对谢一勉说，谢公，我从来没有担心过你将要死去。谢一勉听到王鲁的话后，将自己深切的目光转向王鲁，他又听到王鲁说，谢公，我生活至今，凡是我担心的事情必然会发生，而我未曾担心过你所担心的这件事情，谢公，依徒看来，谢公你不会死去。谢一勉从不否认王鲁对于自己害怕病的描述，然而他感到死亡与自己如此接近，以至于能够看到它充满虚假的祥和与隐瞒着凶恶初衷的面庞。对于爱徒的真切表达，他只是感觉自己老朽的胸腔之内升腾起一股温热，他看到了火源还在，但也确认了生命即将燃烧殆尽。即便三个月后谢一勉迎来自然死亡时，他仍然感觉爱徒的祝福停驻在自己体内，安宁轻盈如一只雏鸟。这位老人三个月后，在好好镇的居民最需要自己的时候安然去世，他自制的石棺在众人面前完成了死亡的最终舞蹈，遍布恐慌心绪的好好镇居民无法理解这一幕，以至于目睹了他的遗体的人皆无法对应他们所认知的死亡。在好好镇漫长而又突然中断的历史上，谢一勉的死好像从未发生过，成了所有人胸中一口闷闷的气，只有取消对谢一勉生的验证才能让气息短暂畅通。

　　凶险的春季结束于一场昏天暗地的暴雨，厚重的乌云先是在天空盘桓了三天，浓稠的暮色从早晨一直持续到夜色降临，所有人像是被得了红眼病的太阳狠狠地瞪视，燥热与憋闷久不撤退，末日将至的恐惧很快在好好镇蔓延开来。那是王光成为新镇长的第二百七十天，对于这种大异象的来临，新镇长从老者的叙述中未曾找到判断与解决的依据，而在他四十三年的人生里也无法得到面对此等情况的指南。王光的嘴唇在这三天里很快与其他人一样泛起了一层死皮，在他清晨洁面试图撕扯这层死皮时，却用力过猛，拽离了唇边的新鲜皮肉。至死，王光的嘴唇看起来都比常人大了一圈。好好镇的居民对此很有默契，唇厚多欲而王光丧妻过早，他们相信这位身形雄壮的男人无处发泄的欲望将带领好好镇走向一个更加明媚的未来。王光至死也不知这个传闻。因为镜子尚未被发明出来，同样一生只求体面的王光也不知道自己的嘴唇在外观上与他所见到的常人不同。王光的嘴唇在他当值好好镇镇长的一年间，与谢一勉故居的老槐树一道化作所有人心目中的吉兆，槐树开花与王光的二唇朱红都象征着祝福从未远离这片圣土，镇民群体借此得以将自己放纵地置身于欲望的无序之间。只有王鲁对父亲当日鲜血淋漓的嘴唇感到过一丝心痛。王光在异象产生时当即决定闭门不出，王鲁得以与王光共度三天，这也是王鲁生命中最幸福的三日。王光在家中来回踱步，眉头紧锁，一种从未产生过的焦躁在王光面部茁壮生长。王鲁感到自己目睹的正是父亲的担心。这三日里，王鲁无法继续自己热爱的发明工作，便假意拿起了父亲的画笔，以王光的许多杰作为范本，不停描摹父亲眼中的世界。王光对此感到很欣慰，然而这种欣慰并不足以慰藉异象不断压迫而带来的生理不适。屋外的乌云不停厚积，天空由红转灰到最后彻底阴暗，第三日时急速下降，淹没了成年男子膝盖以上的全部身体，直立行走即被笼罩在不断频闪的雷电之中，轰鸣在耳边不断接续，爆炸陆续发生。虽然惊怖如此深入人心，怪就怪在乌云层以下除却因暗色笼罩而产生的视觉障碍，一切皆如常态，所有人皆跪伏前行，三日里也无人经此险象而丧失生命。所有在第三日里直身试险的人，在接下来的年月里皆不幸患上了噩梦病，发病时口不能呼眼不得见耳际却怪音频起，唯有往发病者的面部泼去一大盆冷水才能缓解这等骇人情状。王光在第三日跪伏前往所有受惊吓者的家中探视情况，回家之后，身体的疲惫感并未给他带来心绪上的平和，他看到王鲁如前两日一样正在伏案绘写，经过不到三日的锻炼，王鲁已经能够画出漂亮而又栩栩如生的所有禽类。王光窥视一眼儿子的画作，假意清嗓后说，王鲁，外面太可怕了，那些不听劝告的人直起身子，我怕是直起身子的都傻不可闻，你可莫要出门。王鲁没有抬头，用纤细光滑的手掌握着父亲的羊毫笔，正在点缀麻雀身上的斑纹，问王光，你呢？王光说，外面一眼就瞧得清楚，我是觉得那些人犯痴，如此异象不知逃避，害得我一个个前去安抚，险些令我也入险象。王光说完又凑近了王鲁，在王鲁抬起头对视自己的时候赶忙转身，说，绘鸟重不在似，画在纸上，妙在短暂停留，不久它还是要飞去的，因而在态，形体蕴态而态又不全在形体，握笔画鸟时，与鸟同生，你意在飞，飞就在了，你虽然画得不错，但你这鸟是飞不起来的，然而已经不浅了。王光说完后即晕厥在地上。

　　晚间王光醒来时，王鲁坐在床边的书案前，众多的画纸在他手里不停地交错。这些画纸是王光所作的肖像，从旧到新皆是"王鲁"一人，从他呱呱坠地到黄发小儿，少年仪态到成人样貌，无一缺漏。王鲁看到逐渐苏醒的父亲，立刻收起身上的冷汗，赶忙走到父亲床前，头脑里闪过嗡嗡鸣叫的声音，却听不清楚。王鲁瞪大眼睛看着父亲，眼前闪过的却是一张张画像正在连接成为父亲的样子。王鲁惊异于几十张画作所呈现出的生长痕迹，而这些生长痕迹又不断地与王光靠近。晕厥消散的王光费力起身，当他看到书案上被翻阅过的画纸后，立即将两束疲惫的目光束紧在王鲁身上。王鲁看到父亲醒来后，还没能从画中反应过来，只浅浅地叫了一句：父亲，你醒了。王光当即抓住了王鲁的手，说，王鲁我儿，这些画作，不久我也是要拿给你看的，你可已经看得这画纸上的内容？王鲁点了点头。王光说，王鲁我儿，你过来坐在我身边。王鲁靠近父亲坐了下来。王光缓慢地在床上挪动了一下，隐约间听到耳边笼罩着一层雷鸣，无论是夜色还是乌云的身体，窗外的颜色此时对于他来说都太深了，他丧失了辨识的兴趣而又一次把目光投向自己唯一的儿子。王鲁当即说，父亲，你太累了，你休息吧。王光又往画纸的方向望去一眼，问，王鲁，你可知那些画纸上画的是谁？王鲁点了点头。每张画纸上皆作明了绘画日期与绘画主题。然而即便如此，王鲁还是不能确信那个在画中不断成长的人就是自己，那明明是眼前的父亲被浓缩在了黑墨与彩墨的浸润中间。王光当即叹了口气，说道，王鲁我儿，这些画纸本不打算此时拿与你看的，为父在往日时光里悟出了绘画的存在，你兴趣广然而为父只晓作画，近日你拿起了画笔，我心里也松动了，你此时发现也省却了我的预备工夫。王鲁我儿，这些年来，镇子上笼罩着不祥的气息，这五年间我为镇民一个个画了肖像，古老的传说在为父手里得到了传递，所以为父才当值了镇长。为父心里的话并未打算今日说出，而我现在又不知犯了何病突然晕厥，今日见你习我所画的禽图，只这两日你便有大进，为父心里则更加欣喜。你可愿意习画，将我一身所有皆拿了去？王鲁听了这话，顿时身上冷热交加，他早知道这一日的来临并时刻担心着，如今果然发生，他心里因担心落下帷幕的快慰却又被一个难掩的秘密交织混缠，让他第一次因害怕病而产生了呕吐的幻觉。王鲁强忍不适，说，父亲，我学画干什么呢？王光听及此话，老泪纵横，说，王鲁我儿，如今镇子上因我与众人绘像，即便为父难能与第一位镇长古成金共列上下，在我死后亦免不了大名赫然，我儿，你当真要为父收徒而外传这绘画之技吗？王鲁感到胸口隐隐作痛，他感到自己的害怕病又犯了起来，立刻说，父亲，我答应你。王光无法相信耳边这一句起了又落的话，任凭空气在周围凝固，末了又问道，你方才说了什么？王鲁感到胸口的憋闷快要爆炸出口，慌忙之间又重复了一遍：父亲，我答应你。王鲁意识到自己的害怕病越来越严重，正准备起身离开时，掩面痛泣的王光又叫住了他，说道，王鲁我儿，这几日异象不灭而又剧增，为父不知如何是好，我只怕一切都将消失而又来不及成全。王鲁立刻说，父亲，你别怕，我一点儿都没担心，这些很快就要过去。话音刚落，王鲁就离开了父亲的卧室。在一路小跑返回自己卧室的过程中，王鲁脑内还是不断闪现父亲所绘的自己，他总感觉怪异，纸上的人与自己对话，说的只是一句：我要飞。这一夜，他无比思念仅仅七天未见的谢一勉，脑子里不断构想谢公所说的银色大物而始终未有所得。他感到谢一勉的叙述与父亲所绘的自己在蛮横角力，做了一个无比清晰的噩梦：梦里出现了那个银色大物，他走到银色大物跟前，里面却是父亲所绘的自己。他感到头部在急剧收缩又被巨大的黑色雾气笼罩，就在这雾气想要落在自己脚下而铺展成为一个坑洞时，王鲁感到了令人窒息的恐惧，他立马醒了过来，被褥吃饱了汗水而他浑身依然被燥热灼烧。

第三日过后，暴雨从厚积的乌云最底层开始下淋，整个好好镇仿佛凝固在一个巨大的水柱之中，干裂的土壤没有浪费一朵乌云的努力，令众人恐惧的洪水没有发生，土地立刻恢复了生色，表面像是披了一层水皮，众人出门庆贺的脚步未在这层水皮上留下痕迹，而他们狂欢的步伐也不曾塌陷土壤一分。王鲁自醒来后一直躺在床上，窗外的雨声并未叨扰他的思绪，在父亲喊自己起床吃饭的声音如期到来后，他立刻起身，快速解决掉早餐后即奔赴谢一勉家中。王鲁出发之前，王光看到儿子对异象的消失毫不在意，心里感到十分奇怪，但因为王鲁早餐吞咽过快，他并未找到切入询问的间隙。在王鲁即将走出家门之际，他说，王鲁，早些回来，今天我教你画作要领十一法之首法观量体察法。王鲁当即回应，我知道了。王光心里升腾起微弱的幸福感，但又突然出现了陌生而熟悉的怪异，到底怪异在哪里，王光至今也想不明白。王鲁到达谢一勉住处时也察觉到了怪异，但他清晰地捕捉到了自己这层怪异感的由来：老槐树的花朵全部凋谢，因槐树叶子未出，看起来毫无生机。等到谢一勉推行轮椅出现在老槐树旁边时，王鲁着急地走近谢一勉，他看到谢一勉一直以来整洁有序的华发如今乱糟糟一片，眼窝深陷，皱纹里藏着的全是暗色。王鲁当即蹲下，谢一勉则将目光转向了身边的老槐树，不禁发出了一声薄薄的叹息。他身边的那棵老槐树已经中空，苍劲皱褶的丑陋树皮架立在一尊石柱之上。前几日，新出的细长枝条上还长满淡黄色的槐花，沁人心脾。据说这棵老槐树之所以有现今的模样，是在四百年前被雷电劈过，上面自此住上了神仙。整个好好镇的版图四百年来反复变动而这棵老槐树所在的位置却依然如故，无人移动。那道古老的雷电给当初这棵年轻的槐树带来了一生的伤痛，却给好好镇的居民带来了他们所珍重的祝福。四百年来，对于好好镇是否为一方沃土，要不要迁居，在众人几乎要发生信念转折的时候，每次都是这棵受尽苦难的老槐树给予他们最由衷的自大：祝福在离我们遥远而不可知的日子里就已经降临，并且从未远离我们。淡黄色槐花的连年新生即是这片土地受到祝福的信念最具蓬勃生机的时刻，这个信念的维持后来加上了王光的二唇之相，以及在王光死后，短暂地当值了一天镇长的赵旧面部胎记。然而对于谢一勉的住处为何就在老槐树旁边，好好镇全体居民一致发生了集体失忆，谁也记不得到底是哪个老祖先选择了这个地方安居，而对于谢一勉是否就是这位老祖先的血脉，因为谢一勉二十一岁至今的发明，众人认为他受到了老槐树最亲近的祝福。这件事情，除了让众人艳羡不已，更重要的是维持了他们心绪的稳定：老槐树的古老祝福降临在每一件新发明之上。而此时凝视着陪伴自己整整八十五年的老槐树的谢一勉不知道的是，王光即将在儿子死去后动用自己镇长的权力让自己搬离此地，他也即将在到达新居不久孤独离世。王鲁蹲下，扶着师父瘦骨嶙峋的腿部，眼里噙满泪水，谢公，我梦到镜子了。谢一勉两行浊泪充盈在眼眶之内，因剧烈的咳嗽而不断发生震颤，最后终于掉落在地，他立刻说道，王鲁吾徒，吾所想果真不假。

　　进屋后，这位老人立刻与王鲁分享了自己的梦境。他昨晚几乎一夜未眠，就在觉得窒息感将要淹没自己的时候，几百道闪电同时发出嘶吼，大暴雨完全降临。他听着雨声沉沉睡去，做了一个噩梦：他梦到自己回到了二十岁的时候，下了一场持续了六十六年的雨，而地上却毫无积水，土地新鲜，万物茁壮成长，这六十六年里他一直在朝太阳奔跑，随后在一片空旷的地方摔了一跤，立刻掉进海一样深的土地里淹死了。醒来后门外阳光强烈，空气洁净，舒爽的冷风不停地吹拂着自己枯朽的身体，然而槐花的香气久久未至，谢一勉立刻推动轮椅来到户外，结果头顶的太阳正像梦中的样子，土地潮湿的弹性又让他觉得梦境在自己身上发生，他感到自己正在死去。随后，灵感乍现而他兴奋地推动着轮椅离开了槐花尽落的老槐树，挣扎着来到了发明台前并绘制出了"第八次镜子计划"的图纸，也正是王鲁此时手里拿着的这一卷。王鲁摊开图纸，与"第五次镜子计划""第六次镜子计划""第七次镜子计划"一样，里面详尽地注明了每一个步骤，不一样的地方在于，这次的图纸字迹潦草而线条错乱，王鲁翻看时突然紧张了一下。就在紧张感缓慢舒张的时候，王鲁听到谢一勉说：吾时日无多，王鲁吾徒，你即自己钻研，这六十多年来吾发明无数，而众人只知有我而不知我缘何为吾，怕是吾死去后许多物品即将消失，接下来的日子吾即编撰"发明典"一册，以使吾死后仍有人可接续这等事业，而王鲁吾徒，汝何敢让焉，何敢让焉。王鲁说，我知道了，随后又将目光陷入"第八次镜子计划"的图纸。他觉得谢公的文字间隙里藏着一个又一个自己，他第二次出现了在祖父去世后的一个夜晚里产生的少年幻觉。他把图纸放下后向谢一勉走去，还未到达谢一勉面前时，即放声痛哭起来，最后瘫软在谢一勉的轮椅面前，掩面嚎叫。当天上午，师徒二人相拥而泣。谢一勉皱纹里的暗色也被毫无间断的泪水洗刷殆尽。两人哭毕之后，王鲁说，谢公，我不知道为什么，我还是无法担心你即将失去生命，谢公，我感觉你无法死亡。谢一勉当即拍了拍王鲁的头，笑着说，王鲁，吾这一生了无遗憾，我看见了吾，虽然只有那一次，但吾很快慰，若不是因为你的害怕病使得吾与你能够得见，吾关于镜子的这层私密怕是将与吾的死亡一同掩埋，那将是吾一辈子的憾事并无法被死亡解决，王鲁吾徒，凡是肉身皆会消亡，这一生吾发明无数，而唯独镜子一事久而未成，此次若是镜子能成怕吾也无福再一次消受，然而吾的快慰半分未减，我在镜子中看到了吾，而吾感到了智慧，智慧是最好的东西，王鲁吾徒，你定然要为大家带来智慧。谢一勉说完之后，王鲁哭得更凶了，他啜泣道，谢公，我不知道自己能否完成，我在梦里看到了镜子但没有看到吾，我不知道吾是什么，我现在感觉好害怕。谢一勉用袖管擦了擦眼泪，俯瞰着面容委屈的王鲁，即问道，王鲁吾徒，你所言吾并未懂得，那镜子里是何物？

　　而现在谢一勉即在面对王鲁当时所说的镜子里的东西。在王鲁彻底消失了两个月后，谢一勉从简陋阴冷的新居推行轮椅来到王光家中打探王鲁的下落。儿子去世后，出门迎客的自然只有王光一人。这位面容充满忧伤而又努力散发祥和气息的老者锁死自己的轮椅后，立刻与镇长王光攀谈：王鲁最近干什么去了？对于谢一勉为何如此关心自己儿子的下落，王光也是至死没有搞清楚。在他的印象中，在尤八胜医治王鲁无方之后，王鲁的"害怕病"一直未见好转却又变得更加可怖，看到儿子双眼无神而又呈现出寻找某物的痛苦样貌，这位在王鲁祖父去世后不久才真正成为父亲的副镇长心里顿生芜乱的痛楚，他感到自己没有照顾好儿子，间接地无法对得起自己的爹。在遍寻方法无果之际，有一天中午他坐在马桶上，想到发明马桶的谢一勉，心里升腾起了怪异的兴奋。他牵着王鲁的手来到谢一勉家门口时候，老槐树刚刚长出新叶，锦簇的槐花的奇异芬芳一时间沁染了整个心胸，他感到一小股东西钻出了自己的体内，甚至感到作为父亲的无辜，也就在那个时候，老槐树底下的这一小方土壤将被王光选择为儿子的坟墓。正当王光不住地嗅闻槐花香气的时候，尚且能够直立行走的谢一勉走出家门，对王光的到来表示了极大的欣喜，同样在那个时刻，九岁的王鲁即将第一次感到世界的多姿。进入谢一勉家中后，王鲁在六个长不见底的长桌上看到了谢一勉正在发明的剪刀、自力车、捕蚊罩、杀虫水等众多新鲜物品，他感到一股莫名的兴奋与好奇，立刻挣脱王光，走向这些他还未在生活中见过的物品。在面向这些物品时，他感到自己每一个都不知道要如何担心。当时，站在一旁的王光立刻叙述了自己前来的原因，隐晦而间接地表达了自己的郁闷，而谢一勉越听眉头皱得越紧，之后把视线转向了玩耍的王鲁，慢慢地吐出了一句自己也正在思虑的话：小儿此时快乐如此，你便让他多来这里，我随时欢迎。王光听闻这句话后，走近不断触摸物品的王鲁，问道，你还害怕吗？王鲁说，我不知道。王鲁的话音刚落，王光即感到自己的肾部微微发热：王鲁从来没有说过"我不知道"这四个字。在肾部温度略微冷却之后，王光深情地对谢一勉说，我心内感谢甚巨却不知道要如何言表。在随后的日子里，王鲁似乎对谢一勉的居所上了瘾，每日皆向王光要求去谢一勉家中小坐，日出而往，日落才归，面对儿子诞生在脸上的微笑，王光虽然心有怨言，但毕竟当初是自己的想法，他每回也都欣然允诺并对儿子的痊愈抱有参与的期待。在王光印象中，王鲁学习生活课结业之后，即向自己表述不再到谢一勉家里去窥探新发明了。对此，王光一直耿耿于怀，原因在于当时的镇长也即学习生活学校的藩校长教学结束之后，自己的儿子竟然表现得"害怕病"好起来了一样，让他微微产生了对于藩校长能力的怀疑：藩校长居然能治好我儿子的病。在这个怀疑最旺盛的时候，王光试探地询问王鲁，藩校长最后一节课讲了什么？王鲁说，他只说，危险皆已尽然告知你们，在此之外再无威胁，你们生活去吧。

　　谢一勉现在来到自己家中询问自己儿子的下落，让王光一时之间有些摸不着头脑。不久之前，为了把儿子王鲁埋在老槐树底下，自己刚刚让谢一勉搬离故居，因此面对谢一勉的突然造访，王光多少有些生理不适。王光又一次练习了准备好的说辞，平静地对谢一勉说，王鲁最近在研究作画新法，到一僻静角落静修去了，我也多日未得他的踪迹。谢一勉听到此话后立刻旁若无人地老泪纵横。最后一次会面时王鲁带走了"第八次镜子计划"的图纸，而爱徒多日不再出现，他不仅感到了第八次实验的失败，更让他痛心的是王鲁似乎放弃了镜子的计划而偏向了王光所要求的轨迹。而此时自己的这一心理决计无法向面前的镇长说出，这是他与王鲁之间的秘密。这个秘密发生在十五岁的王鲁告诉王光他再也不去谢一勉家里窥视新发明的那天。当天王鲁向谢一勉表达了对于父亲想让自己成为画家的担心，而自己又实在热爱发明，少年王鲁一时不知如何抉择。谢一勉在与王鲁的频繁接触间，发觉了王鲁的灵性，此时面对王鲁的犹豫，谢一勉心中现出一计，也正是这个计谋让两人的师徒关系彻底成为秘密：王鲁，你莫忤逆你父亲种种要求，在此之上照例前来我居住之处，我暗里教，你暗里学，然而你所需做出的是，当害怕病又作用时，要抑制自己，决计不可再向你父提起，如此这般，你能否做到？因此，不为王光所知的是，自己面前的这位老人与自己死去的儿子已经是为时将近六年的师徒。王光自然也无从体会谢一勉的悲伤心境。然而出于对死去儿子的怀念以及往事带来的温热气息，谢一勉看到面容颓废缺少欢愉的谢一勉，心里不免产生了微弱的愧疚，黄昏即将降临，他心内情意肆起，看向谢一勉掩映在泪水中的面庞，温柔地问道，谢公，你怎么了？谢一勉随即努力镇定自己，缓慢地擦去了眼泪，对王光说道，吾听王鲁提起过绘画一事，吾也甚觉愉悦，接你衣钵，大好事情，吾只是想起来一些伤心事情，没什么要紧的。说罢，谢一勉打开轮椅锁，正欲转身，王光说，谢公，我还未给你画过肖像，不知谢公所意如何？谢一勉听到这话，想及王鲁向自己描述过的他的梦境，把轮椅重新锁死之后，对王光说，荣幸了。王光搬出画笔、画架与颜料，在和煦的春风与柔和的阳光下，认真地描摹了谢一勉的姿态。谢一勉坐在那里一动不动，对王鲁的思念却愈发剧烈。他想起了如王鲁一般大时自己的青春猛气，不禁又悲从中来：吾的爱徒你怎么可以轻易放弃我们之间的计划而多日不来寻吾，少年兮少年，此时你的心里到底为多少思绪所扰才决定就此隐踪，只余下吾这一副残破老身？就在这位老者百般思索之际，王光画作既成，他调转画架面向谢一勉，脸上挂着每次作画结束后都会出现的满足神情，并充满期待地等着谢一勉像其他人一样发出问询：这是谁？而后他便感到自信充溢体内，接着大声指出：这是你。但此时面前的谢一勉只是凝视画板，老眼浑浊而满含平静，姿态之间也并未呈现出过度的惊奇。王光随即收起了脸部的笑容，更加细致而充满敏感地观察谢一勉的神情，但是越用力他越感觉到了无趣，两人沉默了将近一个钟头。就在王光的眼神即将发生转移的时候，谢一勉缓慢抬起了头，向王光问道，这幅画吾能否带走？王光感到自己的兴奋感突然间又上升起来，立刻对谢一勉道：完全可以。谢一勉又看回那幅画，之后目光抬也未抬，缓缓说道，王光镇长，吾有件事情要告诉你，你能否坐下听吾讲述？王光重新坐回竹藤椅上。在这个平常的春日黄昏，谢一勉只觉得空气中有一块陌生的清凉，他于是才想起来自己从二十一岁后就再没感触过寒冷，这六十五年间他时时刻刻都被燥热围绕，仿佛当初在体内升起的火焰再也没有停止。在这块边缘清晰的凉意之中，谢一勉四肢微微颤抖，充满深情地向王光复述了自己当初的梦境与关于镜子的一切，以及六十五年来尝试无果的复杂心境，最后他向王光讲道：吾编撰了"发明典"，就在吾的家中，最后即有关于镜子的发明计划，吾年岁已高，怕是实现不在吾手，只能请镇长多费心相向。说罢，谢一勉接受了这幅画像，而后慢悠悠地离开了王光的庭院。当天晚上，王光来回思索谢一勉所言的镜子一物，怎么也不肯相信谢一勉的叙述。好好镇几百年以来，祖先们对于长相的描述早已成为圆满的事实：父亲的长相在子孙的脸部不断接续。好好镇的居民在看到自己的父亲与自己的儿女时，感到过去和未来同时发生，遥远时光里就已经诞生的祝福也一直在循环。对于谢一勉黄昏时提及的镜子，王光不由产生了仇恨的冲动，几百年来，只有自己通过绘画发明出肖像，使得众人在窥看肖像时内心得到欣悦，古老的传说在一幅幅肖像中得到延续，来自遥远时光的祝福从来没有如此地与众人靠近过，而原本就由谢一勉所造成的不祥气息因为自己的肖像而尽然全消，因此定然是谢一勉感到他那几百件发明在肖像面前失去了荣光，从而心生妒忌。当天晚上，王光躺在床上，脑内思绪纷扰错乱。他突然回忆起了自己尚是少年时，祖父对谢一勉的描述：大不祥，妖。彼时尚且年少的自己似乎难以体会祖父的话语，而如今王光感到祖父对于谢一勉的憎恶正是祖先向自己传达的祝福，这位新镇长的心绪也慢慢变得安宁起来，最终满溢着幸福感沉沉睡去。第二天一早，谢一勉去世。

　　谢一勉去世的消息似乎最早被老槐树感知。不经意路过谢一勉故居的镇民首先发现了异常：老槐树又开了一次花。暴雨过后，原本槐花尽落的老槐树在新枝之上又发了新枝，这些枝条通体红色，外圈长满了银色绒毛，远观如同幻象而走近雾气尽消，眼前于是出现大片槐花。自从大暴雨过后，原本应该长出枝叶的老槐树，在遒劲的枝干之上却还是干枯一片，暴雨缓解了农作物的饥渴也消退了众人心里对于末日将至的恐惧，然而老槐树的异象却又让众人的疑惧无法彻底消散，很快镇民中间流传着一个广泛的说法：是老槐树抵御了末日而暴雨又淹死了老槐树。在这层逻辑之上，镇民勉强维持着自己脆弱的神经却又一致认为对于此前的那出异象理应产生大的代价。但是承认老槐树自此失去了生命仍然是一桩难事，好好镇的居民不免将这场老槐树与暴雨的搏斗想象成两个生命体的对峙，人打架受伤是在理解范围之内的事情，老槐树休养生息也未尝不可能。在这种想象蔓延的时候，整个好好镇的居民开始变得虚弱不已，就在这时，老槐树抽出了新的枝条进而又迸发出令他们感到陌生的生机：从老到幼谁也未见老槐树开过这样大朵的槐花。然而令他们感到奇怪的是，即便把鼻子贴近槐花，也嗅不出一丝香气，反而间歇性地飘荡出夹杂着泥土气息的暗灰色恶臭。但这层怪异比之早些时候的绝望几乎微不足道：老槐树没有死去，古老的祝福仍在延续。第一个居民发现老槐树的异象后很快传遍了全镇，断裂了将近三个月的生活立刻得到了开始。王光却与镇民的愉悦脱离。在第一个镇民以为自己的眼睛出现问题后来发现并非幻觉后，镇长王光是第一批到达老槐树跟前的人，在众人窃窃私语以至于连成一片聒噪的时候，王光首先出现的惊异被更突出的悲伤压制：眼前即儿子王鲁的坟墓。丧子是王光从未想过的事情，面前儿子的尸体似乎在很久之前就是一个遥远的事实，如今好像是他费力才来到了事实的终点。就这样，他凝视着王鲁的尸体，过去了一个钟头。之后他放声号哭。从儿子嘴角流出的血液已经陈化发黑，儿子的眼睛大睁着而不知看向何处，身形扭曲，然而面部神情冷静，王光于是摸到了悲痛的线索。在即将被悲痛吞噬的时候，王光的脑内却又突然清醒，他感到儿子的死亡即将带走自己的长相。在这种感觉愈来愈勃发之际，王光的哭泣与泪水也开始变得干枯进而被连根拔除，他当即做了一个决定：对外隐瞒王鲁的死亡。这个决定也让这个平常的清晨成了"一切都将开始"的首日。两个月之后，王光在不停的噩梦轮回中孤独离世，赵旧成了下一位镇长，在决定杀死巨蟒时众人发现了王鲁的遗骨，王鲁死去得到了暴露，"开始"完成了自己乐曲的尾章。两个月前的清晨，已经决定隐瞒王鲁死亡的王光在为儿子选择坟墓时，当年藏在他鼻腔以内的槐树香气捅破黏膜重又释放，摄人心魄。他突然想起了带着九岁的王鲁去谢一勉家中的那天，当时年轻的自己站在老槐树前，谢一勉满含微笑地走出家门，阳光普照，王鲁的小手紧紧攥着自己粗糙的掌心，老槐树的香气包裹围绕着自己，他感觉自己进入了一个玄妙秘境，骨肉在侧而自己却不是父亲，一切都在自己瞳孔的浅处形成倒影，所有的东西都蕴藉着即将被完成命名的兴奋，而自己成了一条裸露的两足大鱼，水陆两栖。紧接着，突如其来的感觉立马散佚，老槐树的香气也很快消逝无踪。王光流出了鼻血。浓郁的血液腥臭将这位父亲拉回尸体面前，他舔到了自己的鼻血，咸苦的味觉让他再一次发生了对于儿子死亡的确认，王光当即觉得自己还需要这层香气，而当自己想起死去的儿子时更加需要。他甚至感觉到这股在鼻子内部突然生发的香气是老槐树在呼唤自己亲儿的身体，这近乎一场召唤的待完成，它解决了王光对于悲痛的追忆，也缓和了王光接近窒息感的羞耻，隐匿了自己的行踪而微弱地产生了一个漆黑的目的。然而问题在于老槐树后即是谢一勉的故居。整个好好镇里，所有居民都得到了王光为自己绘制的肖像，唯有谢一勉拒绝了，王光当初并未觉得这件事情于自己有损，反而充满了对谢一勉的怜悯。成为镇长后，王光在众人所赋予的荣光中几乎忘记了这件事情，然而面对儿子的死亡时，他不免感到荣光尽散：谢一勉就生活在老槐树之后，把儿子的坟墓选在老槐树底下似乎颇困难。

　　所有得到王光为自己所绘肖像的镇民，在向其他人复述王光时皆采用了"亚伟大"一词，他们描述：我父亲向我说，他的脸就是他的父亲的脸，我只觉得我父亲的脸就是我的脸，我向我父亲学习了所有表情，而如今这绘像中间所得的验证，有一点错吗，没有一点错，这就是我的父亲，也是我父亲的父亲，以至于父亲而无穷，而我及我的子女就在这无穷里。每个人都没有怀疑过关于长相的古老传说，然而每个人也都缺乏对于古老传说的具体感受，在得到王光为自己绘制的肖像后，幸福瞬间洋溢在每一个人心中，王光也就成了被第二爱戴的镇长。王光绘制的肖像让众人真切地感到祖先在自己身上不断复活，来自古老时光里的祝福也在自己体内不断涌动，他们感到了最由衷的庇佑，而这种庇佑又在自己的面部被天然完成，连同谢一勉的新发明和其他一切未知的东西带来的不祥疑云也就彻底消散。当王光为最后一位居民完成肖像画的时候，整个好好镇很快蔓延一种相同的情绪：我仍然如同我爹而我爹受到祖先的庇佑。因而，已经决心要在老槐树下掩埋儿子尸体的王光决定动用镇长权力：谢一勉要搬离故居。对于谢一勉搬离故居的原因，王光向投来膜拜目光的镇民解释道：暴雨过后，老槐树久不见生机，我怕是这场搏斗凶猛过甚，老槐树的恢复需要时日，然而更需灵气相聚贯通，你们且想，我若是在绘画你们肖像时你家小儿在一旁玩乐逗趣，我这笔管握得紧吗，画得妙吗，是握不紧，画不妙的，这老槐树不比我这区区绘画之举更需要安宁专注吗，谢公住在老槐树旁边，虽已有八十多年，而此次老槐树与暴雨搏斗凶猛，我们常人哪一个能知晓这未来走向，依我看来，就算平日里谢公与老槐树相伴良好，此时也需要搬离，直至老槐树复现生机。你们觉得呢？所有镇民都赞成王光的看法。因此，在十天前的清晨，好好镇全体居民围拢在谢一勉门前，当这位即将搬离故居又将在十天后离世的老者推着轮椅走出的时候，面对眼神坚毅的王光，立刻明白了所有人的沉默。谢一勉又看了一眼身边的老槐树，他感到老槐树似乎想说话但又畏怯于众人的目光，他张了张自己苦涩而腥臭的嘴，偶然间与老槐树互打了一个哑语。第二天晚上，王光即在老槐树下开挖儿子的坟墓。在向下挖掘的过程中，他不停铲断老槐树浅层的根系，在每一次断裂中，王光都听到泥土深处传来当初推开王鲁房门时的吱呀声，似乎儿子死了一次又一次，自己的长相似乎也被一层层不断搅乱。就在他重新又凝神起来的时候，一条通体金色的巨蟒从自己前方的土壤拱出。那条蟒蛇与王光对视了片刻后，即向谢一勉的故居爬去。王光额头渗出汗水，看了一眼身边儿子的尸体，再想去追踪蟒蛇的踪迹时，只感到面前一片寂寥，所见虽然明明在目却犹如一场乌黑的梦境。王光把儿子的尸体掩埋完毕之后，力气尽褪，他扶着铁铲靠着老槐树前的石柱坐下，此时却听到谢一勉故居里传出巨响，王光猛然坐起，就在想确认巨响的来源以消除自己的恐惧时，一条蛇身在自己脑内快速掠过，浑身的鳞片发出耀眼的金光，他感到脑内一阵刺痛，天旋地转间不禁把双手扶向了老槐树，突然夜色复归，周围又寂静起来。王光站立在老槐树面前，凭借记忆小心避开儿子坟墓的边缘，空气里飘来了一缕恶臭，王光凝视着老槐树新抽出的血红纸条与大团锦簇的槐花，脑子里突然跃出一个悲痛的想法：王鲁我儿，是否是你长了出来？

充满好奇的居民一个个来到老槐树前观察着新枝与槐花，他们靠近嗅闻，闻到一缕恶臭而后充满厌嫌地离开。在走过王鲁的坟墓后，众人与老槐树之间终于达到了恰当的距离进而又呈现出仰慕的惊惧神情。王光站立在侧，看到他们污垢满底的鞋子不停地在王鲁的坟墓上走来走去，他束手无策，内心的焦急更无处可泄。他不禁想象老槐树那些被斩断的根系透过王鲁的身体静谧而狡诈地连接在一起，王鲁的皮肉在泥土的挤压中动弹不得而又因为老槐树根茎的剧烈穿透微弱地摆动，仿佛生命重新降临。就在王光越来越感到焦急的时候，一缕恶臭重新又在自己鼻腔前挥荡起来，他不禁开始怀疑儿子的死亡是一场把自己排除在外的阴谋，老槐树此时的生机异象无异于一场明目张胆的挑衅，它喂食了儿子的骨髓与血水，借以完成对自己死亡的替换。王光感到自己仅仅是这场仪式开始时出现的受蛊惑者，一切都井然有序地走向盛大而自己被隐蔽地除名。一股强烈的恼怒震颤于王光体内，他拨开人群向前走去，甚至忘记了自己此时正站在儿子的坟墓之上，当即大声宣言：恶相环生，当有权宜之计。面对老槐树的异象，虽感困惑但处于一片欣喜与愉悦中的居民，看到王光面容严肃地挺立在老槐树之前，正当大家摸不到头脑的时候，谢一勉故居中突然传出一声巨响。一条金色巨蟒冷静地在地面上爬行。比之看似有目的的从容，它更像失明所致的勇猛，在完全忽视了众人的蠕行中，不断地接近王光站立之处。王光回想起当天晚上为儿子挖掘坟墓时看到的那条金色蟒蛇，当初的巨响带来的疑惧现在得到了落定。好好镇的居民忘了两个月前的乌云异象，也忘了王光刚刚那句莫名的发言。在一片呼号中人群躁乱地往后回撤。王光只觉得自己脑内有液体在剧烈流动，过往人生的图景在一个微妙的翻涌中全然展现，他失去了对眼前一幕的关注，全身紧缚而无法弹动，像是双足之下的儿子紧紧吸牢了自己的身体，快慰夹着紧张快速地掠过他的全身，成为三天之后王光在死亡之前尝试复习而未果的感知。远离了老槐树与镇长的居民在感到安全之后，不及整理仪表，他们看到王光岿然不动，金色巨蟒在接近镇长的时候放慢了身体，而后绕过了他的脚边朝老槐树爬行。很快它爬上了槐树，缠绕在老槐树身上，动作轻柔。王光的眼皮自动下沉，沉沉睡去，在进入一片漆黑的睡眠前，他感到自己衰老的皮肉尽然飘散，骨架坚硬挺拔如一棵生长了四十三年的老树，儿子的尸体为自己完成了根部的蔓延。随即，他开始了人生中最后一次沉睡，这场沉睡即将在三天后结束，是一出噩梦循环而他却始终无法苏醒。他梦到儿子的尸体与老槐树重合成了一个高大无面的新人，赤身裸体地奔走在暴雨之中。这位失去了儿子的父亲在梦境之外，躺在自己的床上提前成为死尸，因为惊惧而不断落下滚烫的泪水。

巨蟒的盘桓使得无人敢于靠近老槐树，王光背向老槐树挺立在地，与盘桓在老槐树上的巨蟒一样稳固不动。日色渐深，除了饥饿与疲倦在众人体内野蛮交织之外，再无新的事情发生，王光依然站立原地，巨蟒也未动半分。在丧失期待之前，人群中悄声传递着一条讯息，窸窸窣窣而又充斥着强烈的渴望：谢一勉居住于此长达八十五年，这条巨蟒是否为他所养，即便不是，八十年间难道他未曾目睹过巨蟒吗？这条讯息很快传遍，谁也不知道第一个发出询问的人是谁，同时谁也不知第一个走向谢一勉新居的又是何人。历经两个钟头的跋涉，好好镇的几百号居民终于来到了一处低矮的木屋前，夜色已深，然而没有任何事物愿意衬托宁静，众人只觉得自己被一层噪音笼罩，情绪烦躁，体表瘙痒，每个人都默契地保持着恰当的距离。最前面一个人在谢一勉门前轻叩，久未回应后，两个壮汉被要求强行打开这位老者的屋门，随后在场的人目睹了一生中的第四个异象：两个发出刺目白光的圆形物体被吊挂在屋顶下，屋内亮如白日，谢一勉躺在一块洁白的石板之上，身上未着衣物而被一条洁白的毯子覆盖，他双手交叉在胸前，脚跟相挨而脚尖微微相错，屋门大开之后不久，这块石板从中间缓慢裂开。石板发出的嘶叫穿透众人的耳膜又淤积在舌根深处，众人头一次产生了令他们感到陌生的恶心感受。随后断裂的声音整齐地结束，谢一勉的尸体缓慢下沉而掉入巨石棺材中，期待的声响没有出现，沮丧如期而至。就在绝望要露出马脚的时候，从石棺中飘出了一张白纸下落到地面。镇民中间的一人上前捡了起来，在另外一面发现了一幅肖像，在众人努力辨认的时候，识字的镇民上前读出了肖像一侧的小字：乙酉年作谢公肖像黄昏通透时有悲戚谢公谢一勉正笔王光。这行小字几乎破解了肖像的主人公，却又被肖像上面两个显眼的墨字打破：非吾。

　　"非吾"二字很快在好好镇民中间蔓延开来，没一个人知道如何面对这道谜题。谢一勉的死亡带来了出乎意料的平静，原本慰藉了众人的老槐树的生机此时显然成了一个可怖的征兆，每个人都感觉自己似乎正在被那条陌生的金色巨蟒不断环绕，古老的祝福正在遭受无声的绞杀。阴冷的夜色中，每个人都没有发现自己正在向身边的人靠近，直至成年男子的蛮力拥挤导致一个小孩的哭泣，刺耳的哭声终于捅破了漫长的死寂，苏醒与强烈的眩晕同时到来，无人知晓自己到底身处何处。在复归的宁静之中，赵旧推搡着人群往石棺走去，近乎鲁莽的行为却让其他居民感到了一致的兴奋。赵旧靠近石棺之后，往石棺内看了一眼，成为好好镇唯一一个目睹了谢一勉裸体的人。而后他看向众人，大声宣布：谢一勉似乎死掉了。众人感到这句话的尾音仍然飘荡在空气之中，成了一个张牙舞爪的怪兽，没有一个人愿意与其对视。因此，赵旧的这句话真实地进入了所有人的耳朵，但同时也真实地没有被任何一个人听到。而后，赵旧发现石棺后有本大书，上面用同样工整秀丽的墨字写着"发明典"三字。就在众人翘首张望的时候，赵旧说，来一人帮我抬出，最好两人，三人也行，看似需要四人，难道竟是五人，实际不知几人，大家皆来吧。上百个成年男子一齐涌入谢一勉简陋阴冷的新居，房门破裂，墙体倾倒，踩踏频起，二十六个小儿殒命此处，女人的哭声撼天动地，直至东方晓白。

　　在一夜的翻阅中，之前涌现在生活中的发明被众人一一看到了繁复的发明过程，最初的好奇很快转化成无法参透的无聊，许多人沉沉睡去。在他们最后一个记忆清晰的睡眠里，梦里传来令人战栗的哭泣，即便如此，这夜毫无质量的酣睡仍然成了最后一个安宁的良宵。日出时分，赵旧带领众人终于翻到了发明典的最后一个发明，上面写着"第九次镜子计划"。就在所有人疑惑"镜子"到底是何物的时候，其上的一行文字破解了"非吾"的谜团，也让众人产生了生平最无助的求援。谢一勉在"第九次镜子计划"下面写道：我在镜子里看到了吾，我获得了长相，我看到吾后获得了智慧，智慧是最好的东西，犹如明光在目。众人面面相觑，沉默如同闷雷，电光闪耀，然而却没有一个人愿意打破。没有一个人明白"获得长相"到底是一桩什么事情，每个人也都难以体会谢一勉所描述的感受。在遥远的时光里，父亲们已经诞生，古老的祖先在自己脸上不断复活，新的父亲永远在出现，长相从来不需要获得。在死寂的沉默里，赵旧重新捡起谢一勉的肖像，他瞪大眼睛仔细查看肖像中的这位老人，发出了微弱的叹息。众人立刻围拢上来，听到赵旧讲，你看这人的华发与瘦削面部，一样与谢一勉无差，不是他又是谁呢？很快这张肖像在众人手中不停传递，每个人皆发出与赵旧相同的满意叹息，然而疑云仍然密布在每个人的心头，他们迫切想要返回家中拿出自己早已经忘却的肖像，来确认古老的祝福仍未远离如今异象频生的好好镇。就在肖像的传递接近尾声的时候，一次传递未能达成默契，谢一勉的肖像从面部中间被撕扯成两半，众人努力稳定的心绪被彻底瓦解，恐慌再一次蔓延，所有人产生了相同的幻觉：金色巨蟒突张大口，吐出血红的信子。在幻觉还未完全消散的时候，众人突然听到赵旧说道，我能看到吾。巨蟒的信子迅速收回。惶恐之间，众人听赵旧继续说，我从小起就能看到吾。赵旧把手指向了自己的右脸，众人这才发现赵旧右脸上有一块突出的暗红色痕迹。赵旧继续讲，这块胎记自我从我娘的肚子里钻出来的时候就长在了我的脸上，我吃饭时看到它，撒尿时也看到它，往前看有它，往左右看也躲不掉它，我爹的脸上没有，我儿子的脸上也未生，吾可能就藏在里边儿，吾这种东西，我一天看它个几百遍。大家走到赵旧跟前观察他面部的丑陋胎记，这块胎记边缘清晰，凸出在赵旧暗黄色的皮肤之上，远观如同一个圆形而近观却发现边缘棱角甚多。众人在惊异之余禁不住上手抚摸，很快几百号人一一来到了赵旧面前，在抚摸中，他们感到自己的心神逐渐愉悦，周身又被祥和笼罩，而赵旧的胎记很快也在众人手掌的不住摩擦中渗出了鲜血。这抹鲜红成为来临的吉兆。很快，之前就已经完成抚摸的人重新回到赵旧面前，沾染了赵旧胎记上的鲜血往自己面部抹去，他们从来没有这么小心翼翼地对待过自己的脸部，在手指碰触到右脸的时候，每个人都感到了相同的紧张。几百个居民全部完成抚摸之后，赵旧因为失血过多突然晕厥。在等待赵旧苏醒的过程中，刚刚退去的惶恐又在宁静中弥散开来，他们忘记了父亲的脸，每个人都感觉赵旧的脸长在了自己的脸上，然而当众人的视线转向身边人的时候，所看到的却又是一张张不同的脸，众人困惑：那赵旧的脸到底长在了哪里？好好镇四百年的历史上很快诞生了一个新鲜的渴望：每个人都想看到自己的脸。王光当初为自己绘制的肖像首先出现在所有人的脑海里，但众人只看过一次，而后肖像被视作祖先的灵魂深藏在每个人家中最不为人知的角落，如今对于肖像的印象遥远如自己尚处于哺乳期时母亲的胸膛。就在众人已经决定回家翻找肖像的时候，赵旧突然醒来，捂着右脸虚弱地说，疼死我了。

赵旧醒来之后，看到众人茫然的神情后感到了气氛的怪异：所有人都在看向自己。右脸的灼烧似乎源自众人滚烫的目光，一种从未产生的感觉充盈在赵旧体内：赵旧醒来后觉得自己成了所有人的父亲。然而漫溢在众人心中的却是一种恶心的感受，他们无法接受赵旧的丑陋，更无法接受那块凝固的血迹里真实藏有来自古老祖先们的祝福。所有人都在想念王光，所有人也都被谢一勉所提到的镜子折磨着。焦虑的情绪促使众人不停地在原地走动，之前被撕毁又被来回踩踏的谢一勉肖像很快又出现在众人面前。着急的居民不断捡起谢一勉肖像的碎片，在七手八脚的拼凑中终于还是没有能够复原。面对一地的肖像碎片，好好镇的居民无疑目睹了一场无声却又狰狞的死亡，死亡的对象失去了面孔，从而可以成为任何一个人。金色巨蟒又一次出现在众人的脑海之中，它那潮湿的蛇身正在老槐树上蛮横地环绕，直至石柱倾倒，槐树倒塌，祖先们也即将消失于无踪。赵旧无法理解眼前众人所呈现出的躁乱情绪，沉浸在幸福荣光里的他仍然在翻看"第九次镜子计划"，谢一勉复杂的文字以及难解的图示让赵旧愈发感觉到昨日和今日的所有事情，连带着眼前异象都成了一个不需要进行破解的谜团，一切都在自己脸上的胎记上完成了。随后，赵旧站起，对众人说：我们需要拯救老槐树，大家跟我走。好好镇的居民全然畏缩在死亡的幻觉中，没有任何人发出任何回应，但每个人皆步调一致地跟在虚弱的赵旧身后，向老槐树的方向行进。就在众人忍着饥饿不断朝谢一勉故居靠近的时候，远方的景象全然笼罩在更加巨大的雾气之中，随着众人不断走近，雾气不断减弱，但众人还未看清眼前的图景，一股强烈的恶臭传来，赵旧带领好好镇全体居民一致进行了昏天暗地的呕吐。对于好好镇的居民来说，它成了最接近死亡的气息。在呕吐结束之后，赵旧擦了擦嘴，努力镇定精神对众人说，此是好事，恶的东西已经驱除体内，随我来，杀巨蟒，扶植老槐树生机，续古老的祝福。赵旧话音刚落，好好镇的居民终于在疑惧的心理之外，被一个问题短暂地冲击了一下，赵旧的言谈如此像镇长应该说出的话，那好好镇现在的镇长是谁？直至跋涉到谢一勉故居前时，这个并不期待得到答案的问题慰藉着所有人，使众人脱离了对生死的思考，略微找回了一些往日的生活气息。

　　老槐树的景象愈来愈清晰。王光仍然站在老槐树前，巨蟒已经消失不见，老槐树锦簇的槐花似乎在一夜之后迅速胀大。赵旧首先来到了王光面前，他看到王光仍然站立原地，除了眼睛闭上了，其他地方一动未动。当他伸出手试图推醒王光的时候，王光身子僵直地轰然倒地，在王光双脚所站立的地方登时出现两个大洞。这两个大洞幽深如夜，似乎是被掉落的瞳孔，瞪视天空，也瞪视众人。很快，大家一致觉得巨蟒逃遁此处，就在众人决定是否堵死洞口的时候，从这两个大洞里不断传来浓郁深厚的恶臭。这股恶臭不仅霸占着众人的嗅觉，张口之间似乎在舔舐着充满苦味的冰面，寒冷刺骨又令人难以忍受。站立在洞口旁边的居民不仅呼吸困难，更无法产生交谈的冲动，大家在眼神的交换中纷纷撤离了洞口，也撤离了被误认为尸体的王光。由于恶臭是如此强烈，除了赵旧，每个人都想回家，然而却没有一个人付诸行动。被各种异象搅乱的好好镇居民在赵旧提出杀巨蟒后，突然意识到这个举动无异于对祖先的召唤：老槐树作为古老祝福的显症，一切都起因于巨蟒的出现。

产生这个想法的好好镇居民不禁开始了重新推导：老槐树抵御了大暴雨，丧失生机达两个月，如今生机勃发却香气全无，这是对谢一勉的哀悼，也是巨蟒出现前的预兆，不断传来的恶臭则是巨蟒吐露的死亡气息。杀巨蟒可以解决一切。在大家等待祖先古老祝福的再度降临时，如今来到了老槐树面前，巨蟒却消失不见，大洞的恶臭又让众人无法接近巨蟒的逃遁地，众人体内涌动一股急速想要打出的力却落入虚空，疲困扼住了每个人的喉管，好好镇的全体居民又一次变得无声无息。仍然站立在前的赵旧小口呼吸着恶臭的空气，背向众人看着远处的老槐树和倒立在地的王光，心中产生一个更加剧烈的想法：王光死了没死？一个充满私密的目的促使赵旧跑入眼前的雾气，众人在惊奇之余不免开始了这两日里的第三次哀悼：赵旧或将死于巨蟒口中，或者臭气熏天的窒息之中。所有的感觉又迅速回拢于众人心胸之内，巨蟒的身体又一次快速掠过每一个人的脑海，谢一勉新居里的石板断裂声钻入耳膜，肖像的破裂，父亲面部的消失，死亡的恶臭气息又在不停传来，众人不约而同地摸向自己的右脸，期冀曾经给他们带来片刻安宁的血迹再一次将古老的祝福释放。就在此刻，一声尖叫费力地穿破浓稠的迷雾，赵旧的声音起了又落：镇长尚且似乎仍然未死。重大的希望似乎又来临了，站立在人群最前的四个成年男子闻声后迅速进入这片迷雾，每个人皆向前走了两步，急于亲近这股深沉的恶臭。它成了希望的味道。不久后，四个成年男子抬着陷入沉睡并不断发生噩梦循环的王光走出雾气，赵旧依然走在最前。

一场盛大的召唤即将开始。

王光两天后离世。昏迷的王光被众人抬到了家中，赵旧作为主要人员陪伴在王光身侧，以期当王光醒来时向镇长讲述这些天发生的事情，并将王光醒来的讯息第一时间传达给众人。镇长王光在昏厥之前所说的话似乎成了一句预言，除了赵旧，好好镇的居民皆等待王光醒来告知众人他的"权宜之计"。赵旧看着躺在床上的王光，胸部起伏均匀，双眼不住涌出清澈的泪水但身体一动未动。此时赵旧的右脸已经发炎红肿，从胎记处不断流出脓液黄水，右脸也比左脸整整大了一圈，疼痛频生。赵旧突然对面前的王光产生了憎恶：凭什么他睡着觉就能当镇长。赵旧越想，右脸越疼，而右脸越疼，赵旧就止不住越想，在来回往复的想法微妙地完成固定的循环结构后，赵旧在第一天夜晚昏昏地坠入了梦乡。他梦到了一群老人，其中他只能辨识出祖父和父亲的样子，这些老人怒目圆睁，随后不发一言地向自己走近，拿着一条长鞭，而后突然站在原地，挥动起手里的鞭子不停地抽打自己右脸的胎记。赵旧在灼烧的疼痛中猛然惊醒。他意识到右脸的疼痛是来自于祖先们的惩罚，同时也让赵旧感到自己右脸的胎记是召唤祖先的唯一脐带。尚在谢一勉家中时他就已经完成了对祖先们的招魂，如今要做的就是杀死巨蟒，以此祛除寄生在古老祝福上的恶瘤，而自己则应该成为好好镇的真正镇长。除此之外，好好镇的其他居民皆翻箱倒柜四处查询王光当初为自己所绘制的肖像，房屋里越是私密的地方越被翻查得彻底，因众多秘密的竞相暴露，夫妻之间开始争吵直至大打出手，父子之间仇恨骤生以至于情谊全无，肖像的寻找过程提前瓦解了每个人对于安宁生活的期待，而王光却迟迟未能苏醒。在令人窒息的恶臭和众人心里不断升起的躁乱中，部分居民终于找到了当初的肖像。刚刚发现肖像的他们只感到了短暂的愉悦，之后就在凝视肖像的时候陷入更深的疑惑，这些天发生的事情让众人愁态百生，而肖像里的人却欢笑着看着自己，每个找到肖像的人皆感觉自己受到了嘲笑，没有一个人愿意相信这个笑容来自遥远的祖先，也同样无法相信肖像里的人就是自己。众人感到自己的长相失踪了，失踪于那抹弯曲的微笑，也失踪于自己鼻腔之前的臭气，更失踪于自己的脸上。找到肖像的人开始不断地抚摸自己的面部，进而成了抓挠，又从抓挠变为撕扯，在一片充满痛苦的惊慌尖叫中撕碎了肖像，跑出家门，彻底失去了踪影。而另外始终未能找到肖像的居民，则在相互倾诉苦恼中请求他人向自己描述自己的样子，很快所有人加入了这场描述的狂欢。起初，这些没有画像的人在听到描述之后，收获了部分满足，但是因为始终无法对他们描述出的自己的样子进行确认，从而产生了巨大的焦虑。这个焦虑来势凶猛，导致好好镇上出现了集体性的暴力事件。为了在王光苏醒之前，解决这种令人难受的焦虑，众人就对描述自己的人进行了一系列的暴力举动，好好镇的男女老少皆或大或小地参与到这场集体性的暴力之中，没人不受伤。第二天下午，传来了王光去世的消息。

　　赵旧在下午确认王光失去了呼吸，之后踉跄着跑出王光的家门，召集全体镇民。看守在王光身边的赵旧完全不知晓镇子上发生的事情，被召集的镇民几乎缺少了一半，面对在场的一个个鼻青脸肿腿折手断的镇民时，赵旧充满疑惑地发出询问：怎么了？随后赵旧被告知刚刚发生的暴力事件，之后又被众人带到了一户户居民家内，目睹了被遗弃在院落里、堂屋内、厨房间、厕所旁各种破碎的肖像纸张。没有人知道这批人去了哪里又发生了什么，但一地破碎的肖像又让众人觉得生命的图景已然破碎。赵旧面容坚毅，从容冷静地带领众人又回到了谢一勉故居前，背向恶臭，与众人说道，王光镇长已死，如今混乱失序，重任在肩而我不能不挑，我镇几百年来，祖先的祝福从未远离，如今异象频生，对策失衡，我昨夜梦到了祖先，现今唯有杀巨蟒以重整旧序，树老槐而理新生，大家随我来。赵旧话音刚落，好好镇的居民感到自己好像突然又拥有了长相，这个长相与赵旧一样，右脸处有一块儿明晃晃的暗红色凸起，他们感到自己所有精神贯注在了这块儿凸起上。他们向身边的人望去，感觉到别人似乎并未获得，一时之间每个人都想到了"未生未死的谢一勉"所说的"获得长相"，一记强烈的重击从众人脑壳以内往外散出，他们意识到赵旧就是镜子，"镜子"就是赵旧。所有人都感觉自己正在受到祖先们的祝福而其他人并未获得，每个人皆觉得自己开始与别人不再相同，全身的力气重又聚集。于是，所有居民或瘸或踮或跑或走或奔或行，涌向了赵旧身后。很快他们到了老槐树跟前。赵旧面容依然坚毅，吩咐众人找寻铁锹与铁耙，而后向众人说道，巨蟒恶臭不知凶恶如何，你我皆轮流作息，你屏住呼吸挖一锹，他屏住呼吸挖一锹，你屏住呼吸拿着铁耙站在洞口，他屏住呼吸拿着铁耙站在洞口，一人保护另一人，另一人再受这一人保护，再有几位手脚麻利的站在不远处随时应对巨蟒情况，如此往复，直至巨蟒现身，我们一齐再上，杀死巨蟒，复老槐树生机，重振镇貌，以慰先祖。之后，在赵旧的指挥下，五十几位尚有劳动能力但也已经受伤的成年男子轮番开始这项工作，妇女老幼在外翘首，每个人手掌脚心都渗出汗水，也都感到往日的生活即将被接续。在长达四个钟头的挖掘中，突然有个声音打破了宁静：巨蟒成精了。

　　闻声后，赵旧和其他中年男子赶忙又闯入迷雾之中，在被挖掘出的坑洞中，他们看到了一副成年男子的尸体。这副尸体已经腐烂，露出了森森白骨，正冒起缕缕白烟。赵旧掩住口鼻望去，面部腐烂最为严重，完全辨识不出此人是谁。日光下沉，黄昏将至，赵旧双眉紧锁，在几乎窒息的时候看到尸身腐烂的胸腔里反射着亮眼而刺目的光线，这些光线为数众多，清晰可辨。赵旧立刻安抚了发现尸体的男子，率领众人走离老槐树，来到恶臭薄弱地带进行了一次畅快的呼吸，而后赵旧走到众人面前，说道，罪魁祸首，昭昭在目，方才全不是蟒蛇成精，而是你猜如何，原来有歹人埋尸于老槐树下以期掩藏罪恶，祖先灵光受到玷污，古老的祝福遇阻，以此地欲为盖罪行之所，你说惩治不该到来吗，那巨蟒怕是吉物，哀怜老槐树与祖先遭遇，这才盘桓默哀，所有事情皆为这一具尸身所扰，如今已然寻得，但我也知大家心里很难过的，到底是谁将这一具尸身掩埋于此，愿你能主动站出，我等倒不是要惩治你，只需你向祖先谢罪以护佑往下日子，一切重回原轨，便是大好。赵旧话音落下后，众人感到心头的重压似乎全然释放，除了一片叫好声外再无其他动静，无人上前认领赵旧所说的罪行。而后众人又复归平静，面面相觑之间，怀疑彼此的情绪很快弥散一片。赵旧背向老槐树站立，见久无回应之后，右脸处剧烈疼痛了一下，面部登时升起了一股燥热，而后他又向众人说道，怕是此人罪孽深重，与那一批失踪了的人同归无迹也说不准，此时先行按下，要紧当在搬离尸体，使老槐树再也不受打扰，古老的祝福再次降临，以安此地。所有人一致赞同赵旧的决定。随后，赵旧带领四个成年男子，以头巾掩鼻，重新又进入迷雾。四个成年男子来到老槐树前，又往这副尸身旁边锹了几锹后，终于缓慢地将这具尸体从坑洞中抬起。就在尸身刚刚离开地面的时候，从其腹腔之中散落了无数的银色碎片，叮当作响之间吸引了赵旧的注意力。赵旧为四个成年男子让路之后，往坑洞旁边走去，他蹲在坑洞上面往下望去，看到这些银色的碎片好像倒映着天空、泥土与老槐树的枝身，他拿起了一片观摩着，而后将银色的一面对向自己，突然之间他在这一小块儿银色上看到了一个暗红色的胎记，其上肿胀着黄色的脓包。赵旧立即把这个银色碎片拿离眼前，他听到自己的心脏急速跳动，突然间想起了自己在谢一勉家中时，在发明典上看到的对于镜子的描述：银色大物。他感到心绪里涌动的慌张。随着四个中年男子将尸体搬离，笼罩在老槐树外层的迷雾急遽消散，恶臭也快速撤离了众人的鼻腔，众人在欣喜之余看到赵旧蹲在坑洞前久久不动，所有人把视线都投向了赵旧。他们看到赵旧依然蹲在原地，过了很久之后，他伸长了右手，来回在右掌心之前移动着自己的头颅，末了又突然不动。好好镇的居民对眼前的一幕顿生困惑，一是安宁似乎没有全然回复到自己的心胸之中，二是赵旧不再作为的身影凝固在老槐树跟前让他们感到了焦躁难安。成年男子中的好事者上前，在充满恭敬的询问还未出口的时候，只见赵旧立刻攥紧了右掌，瞪向他们。赵旧右掌不住地流着鲜血，他双目大张，犹如刚刚经历了一场恫吓，随后他慌忙起身，一个跟跄摔倒在地又急忙爬起，向前急速跑去直至跑离了众人的视线。眼前的一幕所起太快，没有人确切得知到底发生了什么。迷茫的情绪刚刚露出端倪就被来到坑洞前的众人打断，他们看到了坑洞中的银色碎片，看到了碎片上闪烁的光芒与被凝合成为不同边缘的天空，每个人都拿起了一块儿，每个人也都不停地传递给身后的人。拿到银色碎片的众人在观摩的时候，几乎在同一时间将银色的一面对准了自己，他们看到里面有一个不完整的面部，是一张自己完全陌生的脸。很快，众人都做起了赵旧的动作，对着掌心中的银色碎片移动着自己的头颅，一个完整的面部在滑稽的左右上下中的动作被全然勾勒。好好镇上每个人的脑子里都响起了雷声，并从脑子里迸裂出去，在好好镇的上空组成了雷声的群聚。随后每个人的眼球开始震颤旋转并上下颠倒，眼前的世界也随之发生了相同的变化。他们看到了自己。之后，好好镇的居民在奔跑中陆续失踪，没有一个人知道别人去了哪里。老槐树的香气在第二天重新弥散开来，在一旁的王鲁的尸体经过了春季和酷暑后风化成了有着森森白骨的干尸，其腹腔之内仍然有许多镜子碎片，将其上的天空切碎成不同的边缘，也给了飘于其上的白云最深情的注视。好好镇自此消失。

　　二十一岁的王鲁发明出来镜子的那天晚上，他想起来爷爷去世之后，八岁的自己觉得生活里的所有东西都变长了。他感觉王光长高了，手里的木勺子也变长了，教生活课的藩校长的那双难看的手也变大了，就连家门口的老桐树好像也更加高了。他忍不住告诉自己，死去的爷爷的灵魂落在了每一个他现在看到的人和东西上。他开始无比地想念爷爷，觉得自己的爷爷变得松松散散的，到处都能看得到，但就是汇聚不到一块儿。王鲁因此变得伤心而忧郁，但动物园没了，他没地方去，就在自家的杨树林里哭泣。每哭一次，王鲁就感到爷爷离自己近了一些，王光也变矮了一截，木勺子也慢慢在自己手里变得更加合适，藩校长难看的大手也自觉缩小了一圈，老桐树也好像离天远了一点，每次流完眼泪之后，他也感觉到自己更加实在了起来。当王鲁发现爷爷留给自己的这最后一个秘密的时候，他就对所有自己感觉到巨大的东西哭泣，有时候蹲在地上哭，有时候趴在河边哭，有时候背着王光偷偷地哭，有时候脱光了衣服躲在被窝里哭。王鲁开始每天都在哭泣，他感到自己面前的一切都在缩小，唯有一件事情他搞不明白：自己越长越高。王鲁有时候脱光了衣服看着自己的躯体，他能明显地感觉到自己的骨头和血液拔节和流动的声音，有的地方还小幅度地跳动着，他把手按在那些跳动的肌肉上面，感觉里头藏着另外一个自己，但跳动的地方是如此之多，他也分不清楚到底有几个王鲁了。夜色郁积在王鲁眼窝深处，他感到一切都沉寂了下来。王鲁抬起头望着眼前的黑夜，即便被星光扎漏了一些外皮，他还是不可避免地想起老麻雀当初在动物园门头上掉下来后砸出来的那个坑洞，他像当初一样变得晕晕乎乎的，鼻子却一下子酸了起来，眼泪不可避免地流淌下来。王鲁坐在床上大声哭泣。他感到爷爷刚才来过了，不仅仅是刚刚来过，王鲁感到自己把所有的爷爷都哭进了自己的体内，他感觉自己好像就是爷爷了。他一边哭，一边觉得爷爷的灵魂与自己如此靠近，自己的血液在迅速而广泛地流动着，骨髓也开始翻涌发力。这天晚上他做了一个怪异的梦，之前他费尽心力养的那些动物都失去了面部，在杂乱的黄草铺就的地面上，所有的狮子大象老虎虫蛇鸟兽鱼虾都慢慢上升旋转倒立，慢慢变得细长，之后被扎紧在了一块儿，身体相聚凝结成了一团模糊不清又四处凸起的雾气，在这团雾气上头站着之前那只老麻雀，嘴巴张成了一个直角，从里面伸出来一条猩红色的像人一样的舌头。王鲁走到这团雾气下面，感到自己的小小心脏急速地跳动着，他突然察觉到自己珍视的事物在慢慢远离自己，一种新鲜的悲伤感受在自己体内翻滚着，让他感到又紧张又舒服。他想流泪但流不出来，就在这个时候，那只老麻雀俯瞰着自己说：你小子在担心什么，你小子担心的都不算啥。王鲁受到了惊吓，立刻清醒过来，在试图洗尽昨晚夜色残渣的时候，他触碰到自己的上嘴唇，一种恶心的感觉油然而生，他长出了人生中第一丛胡子。王鲁点燃了"第八次镜子计划"的图纸后，在他陷入如当初老麻雀从动物园大门上掉落而砸出的那个坑洞的时候，他感到自己即将沉沉睡去，想起父亲为自己画的肖像，而耳边一直回荡的则是：不肖子孙，不肖子孙，不肖子孙。

王芾，本名王磊，毕业于南京艺术学院影视与新媒体专业，在校期间组建甘米文学社并担任甘米文学社社长。2014年《人人人》入围"第十六届新概念作文大赛"。2017年对话体小说《局杀》入围第一届简书"对话体小说"大赛，《你那么美》入围第五届豆瓣征文大赛。2019年长片电影剧本《偷故事的人》入围青春文学人才作品创投会。

本文为第六届『青春文学奖』中短篇小说奖获奖作品。